深耕大地

——中国农业银行奋进七十年纪实

中国农业银行　编著

中国金融出版社

责任编辑：吕　楠
责任校对：孙　蕊
责任印制：程　颖

图书在版编目（CIP）数据

深耕大地：中国农业银行奋进七十年纪实 / 中国农业银行编著 .—北京：中国金融出版社，2022. 5
ISBN 978-7-5220-1624-5

Ⅰ. ①深…　Ⅱ. ①中…　Ⅲ. ①纪实文学—中国—当代　Ⅳ. ①I25

中国版本图书馆 CIP 数据核字（2022）第 084221 号

深耕大地——中国农业银行奋进七十年纪实
SHENGENG DADI：ZHONGGUO NONGYE YINHANG FENJIN QISHI NIAN JISHI
出版
发行　中国金融出版社
社址　北京市丰台区益泽路 2 号
市场开发部　（010）66024766，63805472，63439533（传真）
网 上 书 店　www. cfph. cn
（010）66024766，63372837（传真）
读者服务部　（010）66070833，62568380
邮编　100071
经销　新华书店
印刷　天津市银博印刷集团有限公司
尺寸　169 毫米×239 毫米
印张　16. 75
字数　249 千
版次　2022 年 6 月第 1 版
印次　2022 年 6 月第 1 次印刷
定价　36. 00 元
ISBN 978-7-5220-1624-5
如出现印装错误本社负责调换　联系电话（010）63263947

编委会

编写组

主　　编：张　波　赵文生

副 主 编：陈继军　刘　蓓

丁　园　韩锡伟

成　　员：牟丕志　赵元兵

金玉珊　许华民

周　园　周建军

吕忠伟　徐婧婧

张婷婷　陈　威

禹成亮　陈勇涛

冯　锵　张　奎

杨新刚

序

1951 年 7 月，伴随着新中国坚实前行的脚步，农业银行的前身——农业合作银行成立，自此开启了砥砺奋进的历史征程。70 年来，农业银行先后历经了“三分三合”、第四次恢复成立、“一分一脱一剥”、向商业银行转轨、股份制改革、公开上市等一系列里程碑式的重大改革和实践。

不论在哪个历史时期，农业银行始终坚决贯彻、执行党和国家的各项战略决策、方针政策，站在我国金融事业发展的最前沿，坚守初心使命、彰显大行担当，勇立潮头、奋楫争先，有效地发挥了农村金融骨干和支柱作用，谱写了改革和发展的华彩乐章，为我国经济和社会发展付出了不懈的努力。

70 年风雨兼程，农业银行紧扣时代脉搏，紧跟国家步伐，在探索中发展，在实践中成长。经过一代又一代农行人的艰苦努力，经过一次又一次改革发展的磨砺升华，目前，农业银行已经发展成为一家总体实力较强、“三农”特色突出、渠道网络广泛、客户数量领先、风控体系健全的全球系统性重要银行。凭借全面的业务组合、庞大的分销网络和领先的技术平台，农业银行向广大客户提供各种公司银行、零售银行产品和服务，同时开展金融市场业务和资产管理业务，业务范围涵盖投资银行、基金管理、金融租赁、人寿保险等领域，各项业务迅速发展，各项事业蒸蒸日上。

春华秋实，硕果累累。截至2021年末，农业银行总资产突破29万亿元，发放贷款和垫款17.18万亿元，吸收存款21.91万亿元，资本充足率17.13%，实现净利润2419.36亿元。境内分支机构共计22807个，境外分支机构17个，主要控股子公司16家，拥有员工45.52万人。2021年，在美国《财富》杂志世界500强排名中，农业银行列第29位；在英国《银行家》杂志全球银行1000强排名中，列第3位；自2014年起，连续8年被金融稳定理事会纳入全球系统重要性银行名单。

千淘万漉虽辛苦，吹尽狂沙始到金。每一段奋斗的历程都是一部励精图治的卷帙，每一次精彩的瞬间都是一个默默耕耘的缩影。70年岁月峥嵘，所有荣誉和成绩的背后，都诠释着农业银行服务人民、服务社会的坚强本色和拼搏不息的品格，也彰显了农业银行作为国家的银行、人民的银行的奉献与担当。

夯实党建揽全局。作为中国共产党领导下的国有控股银行，党指向哪里，国家需要在哪里，农业银行就跟进到哪里，旗帜鲜明讲政治已经深深融入农行血脉。农业银行始终以党的政治建设为统领，将党支部建在全辖2万多个网点，突出思想政治教育，践行全面从严治党的政治责任，开展丰富多彩的基层党建活动，将全辖36万名党员紧紧地凝聚在一起，以高质量党建引领高质量发展。

深耕大地守初心。泱泱大国，重农固本。深耕“三农”广袤热土、助力“三农”兴旺发展，既是农业银行的立行之本，更是农业银行的政治责任和历史使命。农业银行始终铭记服务“三农”初心，将党和国家支持“三农”方针政策，不折不扣地落实到各项金融举措和服务细节，积极助力脱贫攻坚和乡村振兴，支持乡村经济繁荣和农民生活走向富裕。

服务实体绘蓝图。回眸农业银行走过的70个春秋，一条主线十分醒目，那就是始终牢记金融服务实体经济的宗旨，与国家经济发展同成长、共命运。“一带一路”、京津冀协同发展、长江经济带发展、西部大开发、东北振兴、粤港澳大湾区建设、雄安新区建设、海南自贸港建设、成渝双城经济圈等，每一个国家重大发展项目实施中，都有农业银行坚定执着的身影。

温暖民生践使命。民生无小事，农业银行深入贯彻以人民为中心的发展思想，强化民生领域信贷投入和金融服务，以金融科技和业务创新为驱动，打造客户体验一流的智慧银行；围绕生活消费、政务民生、产业链三大领域，推出智慧出行、智慧社区、智慧医院、智慧学校等一系列服务场景，满足客户不同层次金融需求，让广大百姓乐享现代金融服务。

金融戍边勇担当。截至2021年末，农业银行在海拔3500米以上地区设立网点500余个，边境线2公里以内设立网点70余个。许许多多平凡的农行员工，践行着金融戍边的责任，常年坚守在祖国边疆地区，以“缺氧不缺精神”的信念和“不怕吃苦、顽强拼搏”的精神，全力提供一流的金融服务，为边疆地区经济发展、社会稳定和民族团结作出了积极贡献。

科技先行筑梦想。长期以来，农业银行坚守科技立行的战略定位，以不断超越的勇气、永不言败的决心，取得了科技发展上的一个又一个突破。国内首家实现金融PB级大数据建设技术自主可控，连续多年位列中国企业信息化500强前10名。信息化建设实现了跨越式发展，跻身全国同业先进行列。数字化重点项目取得了突破性进展，数字化经营能力稳步提升。

深植文化重人本。员工是企业发展的内生动力和价值创造的主体。农业银行以人为本搭建舞台，以人文关怀铸牢根基，实施青年英才开发工程、国际化人才培养工程、科技复合型人才建设工程等一系列重大人才开发项目，建立员工职业发展与成长成才的渠道和平台，保障员工合法权益和健康安全，实现员工与企业共同成长。

奋斗的岁月值得铭记。为了展示农业银行改革历程和发展贡献，让社会公众更加了解农行，让农行员工更加热爱农行，促进农业银行企业文化建设迈上新台阶，我们组织编写了《深耕大地——中国农业银行奋进七十年纪实》。这是中国农业银行编写的综合性纪实书籍，是农业银行发展历程的珍贵记忆。

耕耘路，不停步。站在新的起点，展望新的目标，农业银行将高举中国特色社会主义伟大旗帜，坚持以习近平新时代中国特色社会主义思想为指导，增强“四个意识”、坚定“四个自信”、做到“两个维护”，全面贯彻党的基本理论、基本路线、基本方略，立足新发展阶段，贯彻新发展理念，服务新发展格局，以高质量发展为主题，强化创新驱动、服务驱动、人才驱动，坚持稳中求进工作主基调，统筹发展和安全，全面实施“三农”普惠、绿色金融、数字经营“三大战略”，努力将农业银行建设成为服务乡村振兴的领军银行、服务实体经济的主力银行，为实现中华民族伟大复兴的中国梦贡献更多的农行力量！

《深耕大地》编委会

2022 年 1 月

目录

深耕大地

中国农业银行奋进七十年纪实

第一章

历史记忆：一家发展历程独特而曲折的银行

一、综述："四分三合"的发展与变迁

历经岁月沧桑，历史见证峥嵘。农业银行的奋斗历程，是我国农村金融和整个金融体系发展巨变的一个缩影，也是我国经济建设和社会发展的一个映射。

1951年，对于成立仅两年时间的新中国而言，正是百废待兴的艰难时刻。这一年，我国基本完成了第一次土地改革、西藏和平解放等一系列重大历史事件。7月2日，在位于北京市西城区西交民巷27号的一座古朴、宁静的二层小楼中，农业银行的前身——农业合作银行正式成立。这是新中国成立的第一家专业银行，在新中国金融史上具有标志性的意义。

自1951年成立至今的70余载征程中，农业银行历经了"四分三合"的发展与变迁：1951年和1952年，农业银行第一次设立与撤销；1955年和1957年，农业银行第二次设立与撤销；1963年和1965年，农业银行第三次设立与撤销；1979年，农业银行伴随着改革开放和农村经济改革的步伐，第四次恢复成立，延续至今。

一分一合：新中国农民专属银行成立与撤销

1949年新中国成立时，广大新解放区尚未进行土地改革。继续推进土地改革，成为当时最重要的经济政策之一。1950年6月30日，《中华人民共和国土地改革法》正式颁布，新中国土地改革拉开了帷幕。从1950年冬天开始，全国新解放区分三批开始进行土地改革，约有3亿无地少地的农民分得了7亿亩①土地，农业生产互助合作运动随即展开。

在国家加大农业生产力度的背景下，紧缺的不再是种子、锄头和口粮这些基础生产资料，更加需要的是抽水机、马拉农具和七寸步犁等高级生产工具。如何发挥好金融机构资金融通的作用、充分组织资金支持生产，成为摆在党中央、政务院面前的一个全新课题。

为此，1950年12月，人民银行召开的第二届全国金融工作会议提出，

① 1亩＝666.67平方米。

农村土地改革后，帮助农民和手工业者组织起来发展生产，是农村经济工作的中心任务，设立农业合作银行是实现这个中心任务、促进农村经济恢复与发展，并逐步集体化的一项重要措施。

在此次会议上，《筹设农业合作银行提案》被讨论通过。1951 年 7 月 10 日，政务院批复："对农业合作银行正式建立，准予备案。"至此，农业合作银行正式成为人民银行领导下的专业银行。农业合作银行与以后第二次、第三次成立的农业银行性质、任务等基本相同，因此金融界和专家学者把农业合作银行与后来的农业银行视为一脉相承。

农业合作银行的成立，让中国农民第一次有了专门为自己服务的银行机构。7 月 27 日，政务院任命何松亭为农业合作银行经理，罗俊、乔启明为副经理。农业合作银行的具体任务是：依照国家预算，执行农牧水利、林垦合作社、企业机关的投资拨款工作，并监督其正确使用；依照信贷计划办理农牧水利、林垦合作社等长期贷款；编订农业合作社短期信贷计划并开展信贷工作；组织和领导农村金融工作及农村信用社工作。总编制为 150 人，设四个科，即：综合科、农业放款科、少数民族科、合作放款科。农业合作银行成立后，未设立分支机构，基层农村金融工作仍由人民银行办理。

小账本记录大历史，小算盘折射大变迁。若将农业合作银行的成立放到更久远的历史时空中考量，我们又可以得出这样的结论：在以往的任何一

图 1–1　1951 年 7 月至 1952 年 5 月，何松亭任农业合作银行经理

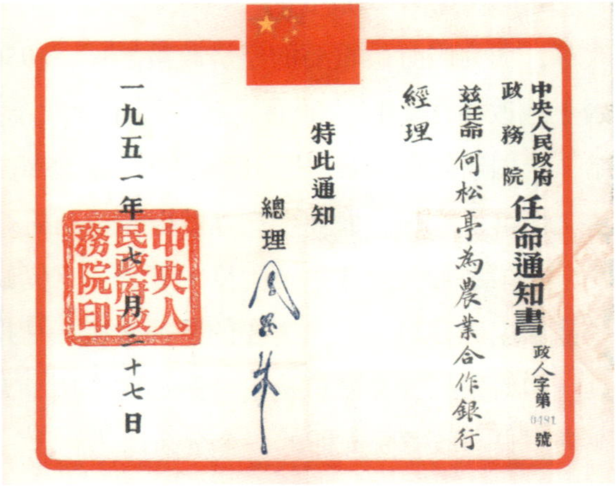

中央人民政府政務院任命通知書 政人字第 0491 號

茲任命何松亭為農業合作銀行經理

特此通知

總理 周恩來

一九五一年七月二十七日

中央人民政府政務院印

图 1–2　周恩来总理为何松亭签发任命书

个历史阶段，金融这种以钱生钱的高级工具，大多是为贵族和富人阶层服务的，何曾眷顾过穷苦农民。但是在新中国，这一切发生了变化。农业合作银行的成立，在一定程度上改变着中国农村经济的发展轨迹。

1951 年 12 月，中共中央作出《关于实行精兵简政、增产节约、反对贪污、反对浪费和反对官僚主义的决定》（以下简称《决定》），“三反”运动由此在全国拉开大幕。运动后期即“组织制度建设”阶段，人民银行总行开展了精简机构工作，于 1952 年 7 月撤销了农业合作银行，农村金融工作归人民银行统一领导和管理。

尽管仅仅存在一年时间，但丝毫不能埋没农业合作银行在此期间作出的重要贡献。在没有分支机构的情况下，农业合作银行围绕“深入农村，帮助农民，解决困难，发展生产”的总方针，千方百计适应土地改革和农村经济不断发展的需要，在执行农业水利林垦合作社的投资拨款工作，办理农牧水利林垦合作社的长期贷款以及组织领导信用合作社等方面做了大量工作，促进了农村经济和互助合作运动的健康发展。

二分二合：“中国农业银行”正式得名与探索

1952 年底，国家提出了过渡时期总路线和总任务，对农业进行社会主义改造，有步骤地推进和引导农民走互助合作道路。1953 年，中共中央印发了《关于发展农业生产合作社的决议》，农业合作化运动在神州大地蓬勃兴起。到 1954 年，全国农业生产合作社已从 1953 年的 14000 个发展到 95000 个。支持和巩固近 10 万个农业生产合作社，是金融部门义不容辞的责任。

1953 年 7 月，也就是农业合作银行被撤销仅仅一年之后，时任人民银行行长曹菊如就表示：“为了进一步帮助农民不断增加生产设备、扩大再生产，并逐步完成社会主义改造，建立一个专门办理国家对农业投资和长期放款的农业银行是必要的。”

1954 年 8 月，人民银行总行向中财委报送关于建立中国农业银行的请示，提出在过渡时期，为了适应我国农业生产发展的需要，根据我国实际情况，参照苏联经验，必须建立一个专业的农业银行，以便把国家的农业信贷和农村信用合作社，统一在国家的政策要求下，有计划地支持农业合作社运动，打击直至消灭农村高利贷，并就农业银行的性质、业务组织等提出了建议。

1955年3月1日，国务院批复了人民银行关于建立中国农业银行的请示。批复指出："国务院同意建立中国农业银行。中国农业银行由中国人民银行领导，作为中国人民银行的一个直辖行。"

1955年3月25日，农业银行正式成立。自此，"中国农业银行"这个名字正式问世。根据中央组织部的通知，乔培新任农业银行行长，李绍禹、关学文、王沛霖、莫钧涛、乔启明任副行长。按照规定，农业银行总行配备人员122人，设办公室、计划处、会计处、监察处、人事处、国营农业信贷处、农业信贷处、信用合作管理处、少数民族业务管理处9个处室。

根据人民银行向国务院上报的《中国农业银行暂行条例（草案）》，农业银行的任务是：指导农村信用合作，广泛动员农村余资，并合理使用国家农贷，以扶助农业生产发展和促进小农经济的社会主义改造。

据统计，自1955年8月至1956年10月底短短一年多时间里，农业银行累计发放贫农合作基金贷款7.2亿元，不仅解决了近4000万户贫下中农缴纳入社股份基金的困难，提高了贫农在农业生产合作社内的政治和经济地位，还增强了贫农走合作化道路的信心。此举既有利于合作社发展，又有利于社员团结，让广大贫农在合作社的道路上越来越顺利，显示了党的政策在特殊时期的重大意义。与此同时，在帮助农业生产合作社搞好财务会计工作、改进财务管理、健全财务会计制度等方面，农业银行也做了大量卓有成效的工作，成了农民最贴心的"账房先生"。

图 1–3　农业银行第二次恢复成立后，部分员工在总行办公大楼前合影

1956年1月17日，中共中央发出了《中共中央批转中国人民银行总行党组〈关于农业银行分行行长座谈会的报告〉》。在这一文件中，中共中央在批语中指出："农业银行几年来农贷工作是有成绩的，农业贷款对支持农业生产、限制和消灭农村高利贷

是起了作用的。”

基于人民银行、农业银行两行业务并存等原因，人民银行于 1957 年 2 月向国务院上报了《关于将农业银行重新和人民银行合并的请示报告》。关于合并的理由和背景，该报告中提出：“国务院为了加强农村金融工作，曾于 1955 年 3 月批准中国人民银行的意见，决定建立中国农业银行。现在农业银行设立的机构有总行、各省（自治区）分行、县支行，大约有 70% 的地区有县支行（其中大多数不是会计核算单位），在农村金融工作中起到了一定作用。在两年的实践中，也发生了一些不易解决的问题：一是县以下人民银行、农业银行两行工作很难划分，实际上，县以下的金融工作仍然由人民银行一个机构办理，没有另外设立农业银行机构。二是如果两行分立，须增加机构、干部、基本建设和费用开支，而原定在人民银行原有编制和基本建设规模的基础上，划分出一整套农业银行机构的方案，在县区机构是很难贯彻执行的。三是即使已经设立农业银行的地方，也因为人民银行、农业银行两行工作划分不清，两行干部不便统筹使用，这种情况显然对工作是不利的。”

1957 年 4 月 12 日，国务院发出了《关于撤销中国农业银行的通知》，决定将农业银行的各级机构与人民银行合并。至此，第二次成立的农业银行完成了使命。

三分三合：重任在肩，接受锤炼与考验

1960 年 8 月，中共中央提出了“调整、巩固、充实、提高”的八字方针，发布了《关于全党动手，大办农业，大办粮食的指示》。该指示指出：“要坚决从各方面挤出一切可能挤出的劳动力，充实农业战线，首先是粮食生产战线；坚决压缩水利等农村基本建设；搞好秋田管理，力争秋季丰收，特别是粮食丰收；重视棉花、油料等经济作物的增产。”

这个时期，农村金融工作既要贯彻上述方针，做好支农工作，同时还有两项任务：一是统一管理农业资金，二是提高农业资金使用效率。对此，中共中央、国务院先后采取了相应的三条措施：第一条，加大管好用好农业资金的力度；第二条，建立资金小组；第三条，建立中国农业银行。

1963 年 10 月，在周恩来总理的建议下，中共中央、国务院决定并印发了《关于建立中国农业银行统一管理国家支援农业资金的决定》。

1963 年 11 月 9 日，经全国人民代表大会常务委员会第 106 次会议审议批准，农业银行作为国务院的直属机构恢复成立。农业银行历史再次掀开了崭新一页，踏上了支持农业农村经济发展的新征程。

1963 年 11 月 12 日上午，中国农业银行成立大会召开。时任国务院副总理李先念、邓子恢专门到会并做重要讲话，可见党中央、国务院对农业银行恢复的重视程度。此后，李先念副总理还在人民银行、农业银行两行联合召开的全国分行行长会议上强调：农业银行的成立，是党和国家贯彻执行“以农业为基础，以工业为主导”的发展国民经济总方针的一个步骤，农业银行今后要担负起统一管理国家农业资金和贷款的繁重任务。

大公報
DA GONG BAO

社論 中国农业銀行的主要任务

统一管理国家支援农业资金促进农业生产和农业现代化
中国农业銀行在京成立
李先念邓子恢副总理在成立大会上作了重要指示

湖北山东及早准备争取明年棉花增产
四川棉区供销社改进物资供应工作支援棉花生产

热烈庆祝反对美帝侵略的重大胜利

姚仲明大使举行招待会

图 1–4　1963 年 11 月 13 日，《大公报》刊登了《中国农业银行在京成立》及《中国农业银行的主要任务》的消息和社论

第三次成立的农业银行由胡景沄任党组书记、行长，袁子扬、陈穆任党组成员、副行长，机关编制为 228 人，其中干部 202 人，工勤人员 26 人。总行内部设 9 个厅局级机构，即：办公厅、人事局、计划局、会计局、信用合

作局、国营农业企业基建拨款管理局、国营农业企业流动资金管理局、农村人民公社贷款拨款管理局、农业资金研究所。

第三次成立后，按照中共中央、国务院的《决定》精神，农业银行的主要任务是：办理国家支农资金的拨付和贷放，领导农村信用社吸收资金和发放贷款，协助农业部门辅导农村人民公社、生产队的财务会计工作，代理人民银行在农村的存款业务，办理人民银行委托的现金管理和其他业务。

可以说，当时农业银行承担的工作是复杂和繁重的，涉及面广、政策性强，既要管财政拨款，又要管银行贷款，既要管基本建设投资，又要管事业费用和其他开支。但是，农业银行勇挑重担，扶民生、促经济，支持了农业生产的大发展，其工作成效也得到了地方党政、广大社员的一致称赞。

1965 年 10 月，人民银行和农业银行两个党组一并向中共中央、国务院报送了关于中国农业银行同中国人民银行合并的请示。关于合并的理由，该请示中提出："1963 年 10 月，根据中共中央、国务院的决定，全国自上而下地建立了中国农业银行的各级机构。两年来，农业银行统一管理了国家支援农业的各项资金，对于发挥这些资金的使用效果，促进农业生产的发展，起到了积极作用，工作是有成绩的……但是，人、农两行分设以后，也出现了一些问题。这些问题主要是：两行基层机构的工作有些重复，增加了手续；管理机构重叠，增加行政管理人员，而基层机构的人员，特别是支援农业第一线的人员增加不多；两行分工与合作当中存在一些问题……我们认为，从当前的精兵简政要求出发，从备战出发，人、农两行机构从上至下合并起来是适宜的。合并后，两行原有的工作都要加强，不能削弱。要继续统一管理国家支援农业的各项资金，支援好农业生产，以适应农业生产建设的需要。"

1965 年 11 月 3 日，中共中央印发了《中共中央关于中国农业银行同中国人民银行合并问题的批示》，同意人民银行党组和农业银行党组《关于中国农业银行同中国人民银行合并的请示》。

农业银行从 1951 年到 1965 年，走过了三次设立、三次撤销的曲折之旅，“三分三合”让农业银行接受了时代发展的一次次考验和锤炼。

第四次成立：谱写金融改革与发展崭新篇章

1978年12月18日，中国共产党第十一届三中全会在北京京西宾馆隆重开幕。党的十一届三中全会提出：“实现四个现代化，要求大幅度提高生产力，也必然要求改变同生产力发展不相适应的生产关系和上层建筑，改革一切不适应的管理方式、活动方式和思维方式，因而是一场广泛、深刻的革命。”党的十一届三中全会讨论了农业问题，要求全党把农业尽快搞上去。全会通过的《中共中央关于加快农业发展若干问题的决定（草案）》明确提出：“恢复中国农业银行，大力发展农村信贷事业。”经历了十年“文革”，中国经济社会发展大势转向改革发展。此时，改革开放的总体部署需要农业银行，“包产到户”的农村改革需要农业银行。在改革开放的春风中，在农民渴望脱贫致富的期冀中，为适应农村经济和改革发展的新形势，国务院决定恢复中国农业银行。1979年2月，国务院发出了《关于恢复中国农业银行的通知》，1979年3月，中国农业银行挂牌恢复成立。

根据国务院的通知和人民银行的意见，农业银行总行内部设政治部、办公厅、计划会计局、农业拨款局、社队信贷局、企业信贷局、社队会计辅导局、信用合作管理局8个职能厅局。方皋任农业银行党组书记、行长，王海丰、赵秋喜、黄玉明、肖贵中、刘鸿儒任党组成员、副行长。

图1–5 中国农业银行第四次恢复成立时，第一届领导班子在总行大门前合影［前排：王海丰（左一）、肖贵中（左二）、方皋（左三）、刘鸿儒（右一）；后排：周济之（左一）、王兰（左二）、黄玉明（左三）、赵秋喜（右二）、林洁（右一）］

1981年7月，方皋调回人民银行，国务院任命李绍禹为农业银行党组书记、行长。在农业银行恢复初期，国务院给农业银行的编制为6万人。农业银行的基本职能和主要任务是：统一管理支农资金，集中办理农村信贷，领导农村信用社，发展农村金融事业，为更好地支援农业，发展农村商品经济，实现社会主义四个现代化服务。

从此，农业银行进入了一个长期稳定发展的新时期。

“四分三合”，经历独特。农业银行终于在共和国改革开放的东风中策马扬鞭，驰骋大地，书写了一个又一个责任担当、砥砺奋进的精彩篇章。

二、纪实

西交民巷 27 号的记忆与诉说

在农业银行的历史上，总行办公地址曾经历过多次变迁。

农业合作银行曾有三处办公地址。1951 年 7 月，农业合作银行成立后的第一处办公地址是北京市西城区西交民巷 27 号。该建筑系大清户部银行旧址，位于西交民巷靠西段，一座坐北朝南的二层楼。大清户部银行于光绪三十一年（1905 年）在北京开业，光绪三十四年（1908 年）清政府将大清户部银行改称大清银行，成为中国最早的中央银行。

大清户部银行旧址所在建筑于 1882 年建成。大清户部银行改称大清银行后，该建筑又成为大清银行所在地。中华民国成立后，北洋政府时期作为中央银行的中国银行总行在此继续办公。1928 年北洋政府结束后，中国银行变为特许的国际汇兑银行，位于该处的机构改为中国银行北平分（支）行。

1949 年北平和平解放后，人民银行从石家庄迁到北平，行长和综合处室设在大清户部银行旧址，各专业部门设在北洋保商银行旧址。

据农业银行的“老银行”回忆，1951 年 9 月，农业合作银行由北京市西交民巷 27 号迁入西交民巷 50 号的中国农工银行旧址办公。中国农工银行于 1918 年创立，原名大宛农工银行，1927 年改组为中国农工银行，新中国成立后清理停业。该楼于 1922 年建成，地上两层，立面用花岗岩装饰，大门入口处作柱廊，内部装修豪华。

1951 年 11 月，农业合作银行由西交民巷 50 号迁入东城区东交民巷 39 号的麦加利银行旧址办公。麦加利银行也译为渣打银行，1853 年创立，总行设在伦敦，1858 年后陆续在上海、北京等地设分行。新中国成立后，麦加利银行在中国内地的分支机构除上海分行由中国政府指定经营外汇业务外，其余先后关闭。1969 年，该行与标准银行合并为渣打银行集团。该楼建于 1918 年至 1919 年，砖石结构，地上三层。

农业银行于 1955 年 3 月恢复成立以后，总行在北京市西交民巷 17 号的大陆银行旧址办公。大陆银行系旧中国主要商业银行之一，1919 年 3 月成立，总行设在天津，1919 年 4 月，大陆银行北平分行开业。1952 年 12 月，大陆银行与其他行合并改组为公私合营银行。1955 年，公私合营银行的各地分支机构并入当地人民银行。该楼建成于 1924 年，为仿英国银行建筑，地上五层，地下一层，立面为西方古典式，基座用大块花岗岩砌造，上层檐口挑出，入口大门作重点装饰。三层拱门内镶嵌券柱、两侧作科林斯壁柱。钟楼上为穹顶，比例适度，轮廓优美。

农业银行于 1963 年 11 月恢复成立以后，总行在北京市西交民巷 27 号大清户部银行旧址办公。

图 1–6　1951 年 7 月，农业银行前身农业合作银行成立。办公地址
——北京市西交民巷 27 号原貌

农业银行于1979年恢复成立初期，总行仍在北京市西交民巷27号大清户部银行旧址办公；1981年3月16日迁至宣武区白广路1号，租用了中国人民解放军总参谋部第三招待所的部分房间；1982年8月5日，又迁至海淀区复兴路25号，租用了玉渊潭乡的三栋楼（一栋四层小楼、两栋两层小楼），不久又扩租了中国人民解放军某部的70号楼（一栋六层小楼），供总行部分部室办公。1992年12月，农业银行总行迁至北京市海淀区复兴路甲23号城乡贸易中心主楼办公，在此办公时间将近15年。2007年7月，农业银行总部机关迁至北京市东城区建国门内大街69号办公。

图1–7　1992年12月，农业银行总行迁至北京市海淀区复兴路甲23号办公

图1–8　2007年7月，农业银行总行办公场所迁至北京市东城区建国门内大街69号

一张老照片的记忆

在农业银行行史馆里，静静地摆放着一张泛黄的老照片，参观者每每经过都忍不住驻足长久观看。

这张照片记录了1956年毛主席接见全国农村金融先进工作者代表们的情景。

1956年7月12日，全国农村金融先进工作者代表会议在北京召开。会场设在北京西苑饭店，参加会议的代表共505人，其中发言代表77人。在几天的会议议程中，代表们把他们多年来在农村金融战线上的先进经验和模范事迹毫无保留地介绍给出席会议的全体代表。

在分享农村金融工作感受的同时，他们谈及最多的还是“想见伟大领袖

图 1–9　农业银行行史陈列馆的一角

毛主席！”

莫小涛在《莫钧涛的故事》一书中写道，时任农业银行副行长的莫钧涛是大会的秘书长。他在征得了中财委和人民银行领导的同意后，开始了请求毛主席接见与会代表的努力。当莫钧涛第一次向中央办公厅提出申请时，毛主席身边负责安排接见的李秘书表示：主席非常忙，请求接见的申请又非常多，这次恐怕难以安排。

莫钧涛不愿意将这一失望的消息告诉代表们，考虑再三，他鼓起勇气又一次拨通了李秘书的电话。他特别强调了这些代表都是在农村第一线做农村金融工作，他们直接为农民服务，绝大多数都是第一次来北京，能见到毛主席是他们一生最大的愿望。莫钧涛还告诉李秘书，他本人就是毛主席当年推荐给毛泽民行长到中华苏维埃共和国国家银行工作的，是一位从井冈山下来的红军战士，也许主席还记得。

莫钧涛所说的“与主席有过一面之缘”是在 1932 年 1 月。那时，年轻的莫钧涛在汉口一家银行工作，耳濡目染，又肯学习，对银行工作多有了解。

当时，苏维埃政府的国家银行正在筹建，受人推荐，毛主席亲自“面试”了莫钧涛，问他“银行是干什么的？如何赚钱？”莫钧涛都对答如流。

毛主席轻轻地重复了几遍莫钧涛的名字："莫钧涛，你的名字里有个'钧'字，'钧'字一拆两开，就是一个'金'字和一个'匀'字。你去银行工作，就一定要在金钱上均匀、公平，不可偏颇，这是第一点；第二点，办银行就是要替咱们政府管好钱财，当好家，千万不能当败家子；第三点，做银行工作，天天同钱打交道，切不可贪污和浪费，办银行最忌'贪'和'费'。做好了这三点就有了办银行的基础。"

带着主席的嘱托，莫钧涛走上了金融之路。算上他，那时候国家银行一共才四个人。

通过电话后，所有人都陷入了焦急的等待中。

就在第二天，激动人心的好消息从中南海传出来了，李秘书来电称，他向毛主席直接汇报了请求接见的事，毛主席讲："再忙也要见一见这些工作在农村一线的同志。"并指示尽快安排。

当莫钧涛把这个消息在大会上宣布的时候，许多代表站起来高呼"毛主席万岁！""共产党万岁！"很多代表团都向莫钧涛请求，照相时能不能把他们安排得离毛主席近一些。莫钧涛同各代表团领导商量后，定下一个原则：少数民族代表和边远省份的代表站得离毛主席近一点儿，内地省份的代表站得离毛主席稍远一点儿。全体代表都拥护这一安排。

在当时，毛主席接见的具体时间都是临时通知的。为了加大安全保障，莫钧涛单独会见了一位贫苦牧民出身的维吾尔族代表——他是一位共产党员，政治上可靠，身强体壮。莫钧涛安排他合影时站在毛主席身后，特别嘱咐他，万一有什么情况，保卫毛主席的安全是第一位的。这位维吾尔族代表表示："我会用生命来保卫主席！"

一切就绪，只等中央办公厅通知了。7 月 19 日上午，大会发言结束以后，传来了毛主席当天就要接见代表的好消息。代表们早早吃过午饭，换上整洁的衣服，女代表们把辫子梳得又光又亮，一辆辆大汽车把他们送到了中南海。大家兴高采烈地来到中南海怀仁堂后面的接见广场，按照事前规划，有秩序地站在半弧形多层木梯上。他们怀着激动的心情，等待毛主席的接见。

中午时分，毛泽东、刘少奇、邓小平、彭真等中央领导同志分别乘车来到了中南海。在小会议室，毛主席见到莫钧涛，说："好久不见，你好吗？听说你还在银行工作，我很高兴！"莫钧涛对毛主席说："我和全体代表都盼着见您，祝您健康！"

稍事休息，毛主席起身向接见广场走去。当毛主席出现在草坪上时，现场爆发出经久不息的掌声，大家反复高呼："毛主席万岁！"毛主席高兴地从一边走向另一边，微笑着频频向代表们挥手。毛主席和其他中央领导同志坐定后，大家才稍微安定下来。

摄影师咔嚓的一声按下了快门，一张珍贵的照片就此定格。

拍照结束后，毛主席站起来向代表们挥手告别，现场再一次爆发出雷鸣般的掌声和欢呼声。毛主席乘车离去后，全体代表依然守在原地，他们不停地喊着口号，很多人流下了激动的热泪。

代表们返回驻地之后，情绪仍旧难以平复。有的人聚在一起回味着毛主席接见时的情景，有的人忙着打电话、写信，迫不及待地把见到毛主席的特大喜讯告诉单位和家人。那位维吾尔族代表更是激动不已，因为毛主席同他握了手。

鉴于这种情况，大会秘书处宣布："休会半天，座谈毛主席接见后的感想。"当天，代表们一直兴致勃勃地座谈到深夜。

全国农村金融先进工作者代表会议是新中国金融史上的一次重大会议，铭刻着新中国第一代领导人对农村金融工作者的殷切期盼，承载着毛主席对农村金融工作者的巨大鼓舞。

高规格的成立大会

1963 年 11 月 9 日，第二届全国人民代表大会常务委员会第 106 次会议批准设立中国农业银行，作为国务院的直属机构。

1963 年 11 月 12 日上午，农业银行成立（第三次）大会在北京举行。

出席此次大会的有国务院财贸办公室、农林办公室、农业部、林业部、水利电力部、财政部、人民银行等有关部门的负责同志。时任农业银行行长胡景沄、副行长袁子扬、陈穆及总行的同志参加了成立大会。

这样高规格的成立大会，在农业银行发展历史上可以说是空前的。分管国家财贸工作的李先念和分管国家农业工作的邓子恢两位副总理在大会上分别做了重要讲话。

两位副总理一致指出，农业银行的成立，是党和国家贯彻执行“以农业为基础，以工业为主导”的发展国民经济总方针的一个重要步骤。农业银行今后要担负起统一管理国家农业资金和贷款的繁重任务。他们勉励农业银行全体同志，紧紧依靠党的领导，发扬艰苦奋斗、密切联系群众的革命传统，为促进农业生产和农业现代化，为进一步巩固人民公社集体经济作出应有的贡献。

针对当时有人怀疑农业银行能否长期存在而提出“中国农业银行是一岁还是万岁”的问题，李先念副总理回答说：“不是万岁，也不是一岁，要看今后工作做得怎么样。”

时任人民银行行长曹菊如对农业银行的成立表示热烈祝贺。他指出，在农业银行设立的过程中，各级人民银行都应当对农业银行给予切实的帮助，以便农业银行能够顺利地完成设立工作。

时任农业银行行长胡景沄最后代表农业银行全体同志在大会上表示：“我们一定按照两位副总理的指示，兢兢业业，虚心学习，努力工作，完成党和国家交给的工作任务。”

肩负着重要使命，农业银行又一次开启了前进的航程。

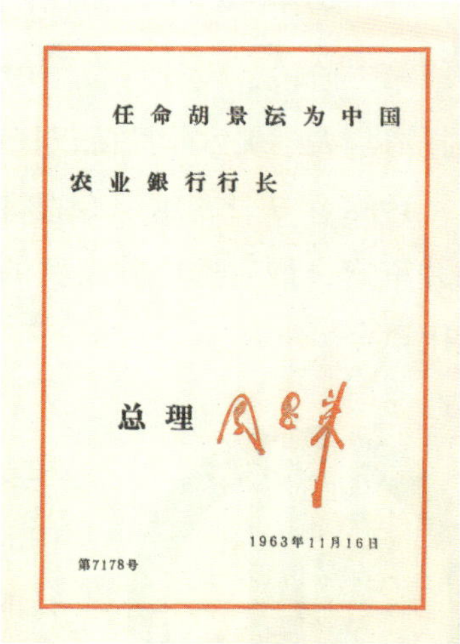
任命胡景沄为中国农业銀行行长

总理 周恩来

1963年11月16日

第7178号

图 1–10　1963 年 11 月 16 日，周恩来总理为胡景沄签发任命书

岁月如歌扮靓“脸庞”

标识是一个企业的“脸庞”。

历史上农业银行的标识几度变化，意境深远。农业银行从 1979 年恢复成立以来，企业标识的演进经历了四个阶段。

第一阶段，统一行名。农业银行于 1979 年 3 月 13 日正式恢复成立，次日在北京西交民巷27号大清银行旧址挂牌。当时标牌为竖写繁体的仿宋体字。1985年全行首次统一行名字体，改变了各分行“百花齐放”局面，在几位书法家题写的行名中选择了韩绍玉题写的行名，并作为标准字体在全系统统一使用。在此期间，农业银行企业标识处于“有标牌无行徽，行名统一字体”阶段。

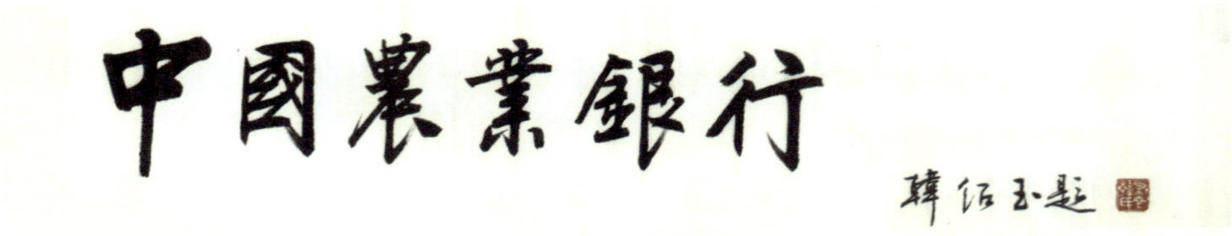

图1-11　1985年，农业银行首次统一行名规范字体，使用的是韩绍玉先生题写的繁体汉字行名

第二阶段，设计行徽。1987年3月，总行决定在全系统征集行徽，同时委托清华大学美术学院陈汉民教授为农业银行设计行徽。

1988年7月，组织专家将陈汉民教授的方案连同各分行选拔上来的方案一并审定，最后选中陈汉民的方案并提出修改意见。11月，行徽正式启用，沿用至今。

图1-12　1988年农业银行首次启用徽标

农业银行行徽整体为圆形图案，由中国古钱和麦穗组成。古钱寓意货币、银行，麦穗及其中部构成一个“田”字，寓意农业，整体构成了农业银行的名称要素。麦穗芒刺指向上方，使外圆开口，给人以突破感，象征事业不断开拓前进。图案外圆内方，表示合规经营，不以规矩，不能成方圆。行徽标准色为翠绿色，象征生机、发展、永恒、稳健，表示农业银行诚信高效，寓意事业蓬勃发展。总之，该图案集中体现服务“三农”、规范经营、稳健发展的银行特质。

第三阶段，整体规范。修改行标字体，使用简化汉字，增加英文行名。1996年，农业银行正式印发了《中国农业银行视觉形象标识规范》。在新的视觉形象标识规范中，行徽、行名的专用色分别为白色底色，绿色行徽，黑色新魏碑中文行名，绿色英文行名。其中，绿色象征生命和希望，预示着农业银行事业的兴旺发达，黑色象征着农业银行管理严谨、作风稳健、实力雄厚。

中国农业银行
AGRICULTURAL BANK OF CHINA

图 1–13　1996 年农业银行启用的徽标

第四阶段，与时俱进。股改期间进一步整体修改标识。2009 年，农业银行完成了股份制改革，成立股份有限公司，同时推出新的徽标，标识颜色更新为更加明快的绿色，中文字体由新魏碑改成汉仪粗宋简体，英文由绿色改为黑色，行徽前面增加了行名的黑色大写英文缩写 ABC，并对其使用进一步加以规范。

图 1–14　2009 年 2 月，农业银行新标识发布。
图为黑龙江大庆卧里屯支行装修后使用最新的标识

广告语的变迁

广告语是时代精神、企业品牌、产品宣传的凝练和概括。

农业银行在每个发展阶段都适时推出了紧贴时代旋律、宣示企业主张、提振发展信心的广告语。

这些带着时代烙印的广告语，在变迁中见证了农业银行一次次的跨越和巨变。

百家各自战

1979 年 2 月 23 日，国务院批准恢复成立农业银行。此后的一个时期，农业银行忠实履行国有专业银行职能，影响力广泛，知名度较高，但竞争意识和品牌观念比较淡薄。

20 世纪 80 年代，当时看到最多的宣传口号就是：存款自愿、取款自由、存款有息、为储户保密。事实上，这不算是广告语，而是个人储蓄原则。

20 世纪 90 年代初，时任上海浦东分行副行长的潘中法，对农业银行的广告十分关注。据他介绍，当时广播和电视经常在节目间隙播放一句农行的广告：“储蓄吗？到农行来。”这句话通俗易懂，传遍千家万户。当年，被誉为“中国第一新闻官”的赵启正任上海浦东新区管委会主任。一次，赵启正来到上海浦东分行慰问参加年终决算的员工。一见面，他就对潘中法说：“原来不知道农业银行的实力，看了你们农业银行的广告才知道，三分天下有其一啊！”

那时候，农业银行广告语的主创人员是农行员工，主要载体是大街小巷的墙体。当时姚世清是湖北钟祥支行信贷经理，他带着两名油漆工，在辖内街道、公路、村庄、学校等显著位置墙面上，刷上了“存钱到农行，安全有保障”“一握农行手，永远是朋友”等朗朗上口的广告语。

这些广告蓝底白字，美观大气，很吸引人们的眼球。特别是那句“一握农行手，永远是朋友”，将农业银行予以人格化，生动形象。姚世清说：“在此后很长一段时间里，客户和农行员工见面握手，都会提起这句广告语。”这些墙体广告面世以后，起到了不错的广告效应。当年旺季资金回笼工作结束时，他所在支行储蓄存款净增了 600 多万元。

图 1–15　20 世纪 90 年代末，农业银行宁波分行布设的路牌广告

20 世纪 90 年代中后期，一条“要住房，找农行，农行服务在城乡”的广告语挂在了河北省秦皇岛市政府对面广场上。这是由秦皇岛分行员工张月进设计、手工书写的。当时我国启动了住房制度改革，秦皇岛市刚开始推行住房商品化，房贷对银行和客户都是新鲜事，一条广告横幅吸引了很多市民的目光。

这一阶段，商业银行以金融创新抢占市场，新产品层出不穷，产生了初步的品牌意识，开始针对产品打广告。

春秋大一统

1996 年 12 月 27 日，农业银行下发文件，统一了四条对外宣传口号，要求各级行在不同场合使用，力争在短期内响遍全国城乡，树立农业银行向商业银行转变的新形象。

这四条广告语分别是：用于营业所以及悬挂张贴的“存款到农行，可靠又吉祥”；与新标识一同使用的“耕耘中华大地，共建美好城乡”；单挂横幅使用的“中国农业银行，城乡经济发展的桥梁”；用于信用卡的“播撒绿色，收获金穗”。这是农业银行第一次统一宣传口径，广告语进入大一统时代。

图 1-16　1996 年农业银行发布对外宣传口号

图 1-17　“大行德广　伴您成长”海报

在农业银行档案馆里，有一份2002年关于制作农行形象广告片的请示，上面这样写着：“由总行统一制作形象广告片，不仅有利于树立一级法人的良好社会形象，也减少了各分行分别制片造成的浪费。”

这份请示是一个信号，表明农业银行开始主动研究策划品牌诉求点，谋求建立品牌差异。此后，广告、赞助、参展、评比等多种宣传方式在品牌传播中逐步得到运用。

农业银行现代意义上的品牌建设转折点是2005年。这一年，农业银行聘请了国际知名广告公司——奥美广告公司统一整合包装企业形象和产品。经过充分的市场调研，系统内广泛征求意见，首次确定了“伴你成长”企业品牌定位，创意制作了电视形象广告片“跑步篇”和平面形象广告“小苗大树篇”，整合包装了“金光道”“金穗卡”“金钥匙”“金e顺”等涉及公司、银行卡、个人、电子银行重点业务领域的“四金”产品品牌。

2007年，第三次全国金融工作会议确定农业银行进入建设现代股份制商业银行时期。该阶段，农业银行在原有基础上对“伴你成长”品牌理念进行更新升级，明确提出建设“大行德广，伴您成长”的品牌口号。自此，

“大行德广，伴您成长”一夜之间响彻大江南北。

党的十八大以来，围绕习近平总书记提出的建设“两个一百年”和“美丽中国”宏伟目标，农业银行提炼和推出了“耕耘美丽中国”系列广告语。美丽中国是中国梦的愿景，农业银行是美丽中国的耕耘者。“耕耘美丽中国”是对农业银行面向“三农”，服务城乡最形象、最生动的诠释。

铅华褪尽留本色，大浪淘沙始见金。广告语的魅力在于它不仅凝聚了企业在长期经营中所形成的文化内涵，也代表了企业与消费者之间的利益共识和情感交融。农业银行广告语的变迁，就是农行成长壮大的符号和轨迹。

图 1–18　北京首都机场高速路旁“耕耘美丽中国”的农行广告牌

“一分一脱一剥”始末

1994 年 11 月，中国农业发展银行成立。此前，在同年 7 月，农业银行向筹建中的中国农业发展银行划转了大部分政策性业务，此谓“一分”。

1996 年 8 月，国务院印发了《关于农村金融体制改革的决定》。农业银行不再领导管理农村信用社，农村信用社与农业银行脱离行政隶属关系，此谓“一脱”。

1999年10月，中国长城资产管理公司成立。农业银行陆续向新组建的长城资产管理公司剥离了不良资产，此谓“一剥”。

在成功完成“一分一脱一剥”等一系列改革之后，农业银行按照现代商业银行要求，推进内部管理体制和机制改革，完成了专业银行向商业银行的华丽转身。

“一分”：农业发展银行分设

1992年10月，党的十四大明确，我国经济体制改革目标是建立社会主义市场经济体制。1993年11月，中国共产党第十四届中央委员会第三次全体会议通过《中共中央关于建立社会主义市场经济体制若干问题的决定》。该决定提出：“建立政策性银行，实行政策性业务与商业性业务分离；发展商业性银行，现有的专业银行要逐步转变为商业银行。”按照决定要求，人民银行和农业银行紧锣密鼓地开展了政策性银行的筹备和组建工作。

1993年上半年，人民银行为贯彻执行党中央关于经济体制改革的决策，使金融体制适应建立社会主义市场经济体制的需要，制定了《金融体制改革方案》。该方案提出对农业银行的政策性金融业务和经营性业务进行分离，建立农业政策性银行，承担国家粮棉油储备、农副产品合同收购、农业开发等方面的政策性金融业务。

1993年9月，农业银行按照国务院和人民银行相关要求，在北京召开了由农业银行行长，人民银行体改司、金融管理司等部门有关同志，农业银行8个省市分行以及部分地市县行行长参加的座谈会，研究落实人民银行制定的《金融体制改革方案》；同时，组织骨干力量，深入听取各个层面、不同部门的意见。在此基础上，农业银行提出了《关于农村金融改革的建议》，上报国务院和人民银行。

1993年12月，国务院发出《关于金融体制改革的决定》，该决定明确提出：“组建中国农业发展银行，承担国家粮棉油和农副产品合同收购、农业开发等政策性贷款，代理财政支农资金的拨付和使用。”1994年初，国务院发出了《关于组建中国农业发展银行的通知》，批准了人民银行上报的《中国农业发展银行组建方案》和《中国农业发展银行章程》。

1994年4月，人民银行和农业银行联合召开了组建农业发展银行工作会议。时任国务院秘书长罗干到会并做重要讲话。会议决定组建农业发展银行分两步走：第一步，划转政策性业务，实行委托代理；第二步，分设机构，组建农业发展银行。7月，按照1994年6月30日的余额，农业银行向筹建中的农业发展银行划出信贷资产1860.84亿元，占农业银行信贷资产总额的27.28%，划出存款69.29亿元，占农业银行存款余额的1.18%。11月，农业发展银行挂牌成立。

图1–19　中国农业发展银行成立后办公地点

至此，农业发展银行作为政策性银行的重要成员，加入我国金融体系当中，农业银行则向商业银行转轨迈出了实质性的一步。

“一脱”：农村信用社与农业银行脱离行政隶属关系

农村信用社最初成立于1951年，是由农民入股组成，实行入股社员民主管理，主要为入股社员服务的合作金融组织。其主要任务是筹集农村闲散资金，为农业、农民和农村经济发展提供金融服务，是我国金融体系的重要组成部分。

1951年至1959年，是农村信用社组建和发展的重要阶段。1951年5月，人民银行召开了第一次全国农村金融工作会议，提出要大力发展农村信用社。到1957年底，全国共有农村信用社88368个。

1959年至1978年，这一阶段由于受极“左”路线影响，农村信用社被下放给人民公社、生产大队管理，后来又交给贫下中农管理，金融服务功能一定程度上被弱化，经营管理水平也有待提高。

1979年2月，农业银行恢复成立。国家赋予农业银行领导和管理信用社的职能，农业银行采取积极措施，全面加强了对信用社的组织和管理工作。

1984年，国务院批转了农业银行《关于改革信用社管理体制的报告》，提出把农村信用社真正办成群众性的金融组织，在遵守国家金融政策和接受农业银行领导、监督的前提下，独立自主地开展业务，恢复和加强农村信用社“组织上的群众性、管理上的民主性、经营上的灵活性。”

依据上述改革思路，农业银行研究制定了一整套管理办法，采取了一系列针对性政策措施，培养了一大批农村信用社的领导干部和业务骨干。农村信用社在民主管理、业务经营、组织建设等方面进行了卓有成效的改革，特别是设立了县级联社，对农村信用社业务发展和内部管理都起到了十分明显的促进作用。截至1995年底，全国共有独立核算的农村信用社50219个，正式脱产职工634245人；信用社各项存款余额7175.62亿元，各项贷款余额5222.31亿元，股金288.77亿元，分别比1978年增长了42.2倍、115倍、60倍。

但是，农村信用社在迅速发展的同时，也存在一些薄弱环节。有些信用社在经营管理和民主管理方面存在一些问题，合作金融作用发挥得不够充分；有些信用社为农民服务的功能有待增强，贷款投向不合理，工商业贷款比例过高；等等。同时，农业银行领导和管理信用社，也与信用社存在许多利益冲突，不利于信用社按制度和原则发展，等等。因此，农村信用社与农业银行脱离行政隶属关系，成为农村金融体制进一步改革的客观要求，对农业银行和农村信用社的发展都有利。

1996年8月，国务院印发了《关于农村金融体制改革的决定》(以下简称《决定》)，明确提出:“农村信用社与农业银行脱离行政隶属关系，其业务管理和金融监管分别由农村信用社县联社和中国人民银行承担。”在具体“脱钩”工作中，国务院农村金融体制改革部际协调小组根据《决定》制定《实施细则》。“脱钩”工作由国务院部际协调小组和省、地、县三级农村金融体制改革领导小组具体组织和领导。

农业银行认真贯彻落实国务院《决定》和部际协调小组《实施细则》，遵循“顾全大局、尊重历史、客观公正地处理行社资金、财产和人员关系，确保国有资产和集体资产的完整”的原则，组织和实施“脱钩”的各项具体工作，重点做好人、财、物和资金的界定和划转工作。

1996年11月下旬，农业银行与信用社核对划转数据后，严格按规定时间逐级汇总上报，农业银行向人民银行划转资金1878.39亿元，其中信用社存款准备金990.24亿元、信用社转存款888.15亿元。划转后信用社尚留存在农业银行的备付金72.56亿元。此后，农业银行于1996年12月15日向人民银行申请了全部划转资金的特种贷款，人民银行、农业银行两行将资金同时逐级实划各基层行。

至此，农村信用社与农业银行"脱钩"的资金划转及清算工作如期完成，标志着农村信用社"脱钩"工作顺利收官。

图1-20　1996年10月，农业银行天津分行与天津农村信用社举办"脱钩"仪式

"一剥"：农业银行向中国长城资产管理公司剥离不良资产

防范和化解金融风险是银行业健康发展的基础和前提。长期以来，国家采取多种政策和措施，积极防范金融风险，确保经济和金融的安全平稳运行。

为了依法处置国有商业银行不良资产，加强国有商业银行经营管理和考核，根据党中央、国务院关于深化金融改革、整顿金融秩序、防范金融风险的统一部署，国务院1999年7月转发了人民银行、财政部、证监会关于组建中国华融资产管理公司、中国长城资产管理公司和中国东方资产管理公司意见的通知，明确了三家公司的成立及职责等。

1999 年 10 月 18 日，中国长城资产管理公司在北京正式成立。至此，作为我国金融体系的重要力量，长城资产管理公司担负起了独特的金融职责和使命。长城资产管理公司对承接的不良资产，综合运用出售、置换、资产重组、债转股、证券化等方法对贷款及其抵押品进行处置；对债务人提供管理咨询、收购兼并、分立重组、包装上市等方面服务；对确属资不抵债、需要关闭破产的企业申请破产清算。同时，按照国家有关规定，通过向境内外投资者出售债权、股权，最大限度地回收资产、减少损失。

农业银行根据国务院通知要求，主动采取有力措施，有条不紊地向长城资产管理公司划转部分工作人员和符合规定要求的不良资产。截至 2000 年 7 月末，农业银行向长城资产管理公司剥离不良资产 3458 亿元，自身业务经营和经营机制发生了重大改变，进一步加快了向商业银行转轨的步伐。

经过多年的努力，长城资产管理公司实力不断壮大，管理不断提升。2016 年 12 月，中国长城资产管理股份有限公司在北京成立。这是经国务院批准，我国四大金融资产管理公司股份制改革的收官之作，也是深化国有金融机构改革的重要成果。

图 1–21　1999 年 10 月 18 日，中国长城资产管理公司在北京成立

大行蝶变

2010 年 7 月 15 日，上海证券交易所。上午 9 点半，随着清脆的开市锣声，一只代号为“601288”的股票首次汇入交易的洪流，引起了人们的关注。

是日，农业银行以 685.29 亿元的募资总额问鼎 A 股全球 IPO 之冠，标志着农业银行完成了从国有股份制银行向公众持股银行的转变，也标志着中国大型国有银行股份制改革的圆满收官。

农业银行 IPO 之路，被很多业内人士视为“大象之舞”。农业银行股改、上市之路，后被哈佛大学作为经典案例，编入商学院案例库。

股份制改革方案“四易其稿”

2002 年 2 月，第二次全国金融工作会议开启了国有大型商业银行股份制改革的大幕。2005 年，建设银行首先在香港成功上市。2006 年，中国银行和工商银行先后在内地和香港成功上市。至此，国有大型商业银行的股份制改革“四成其三”。

在工行、中行、建行三行股改有序推进期间，农业银行也紧锣密鼓地开展一系列股改准备和探索工作。相比同业，农业银行历史包袱较重、不良资产较多；农业银行股改横跨农村金融和国有银行两大领域，需要同时解决服务“三农”和商业运作两大难题，改革难度可想而知。

作为大型国有银行股改上市收官之作，因其历史和定位的诸多特殊性，在股改的过程中，农业银行股份制改革方案曾经“四易其稿”。

2002 年，农业银行开始研究股改方案，拟定了“集团化 + 股份制”的改革方案，方案设想成立农业银行控股集团，控股农业银行、风险资产管理公司、保险代理（代办）公司等，对子公司进行股份制改组，创造条件争取上市。

2003 年，农业银行根据国务院关于加快国有商业银行综合改革步伐的精神，成立了农业银行体制改革工作领导小组，组织专门力量，制定了集团化改造股改模式。按资产性质和质量重组既有资产及相关人员和网点，组建金融控股公司，分设资产管理公司，进行股份制改造。

2004年，农业银行根据国有商业银行改革“一行一策”的战略构想，提出了“区域分拆、整体改制、择机上市”的三步走方案。同时，根据政策性业务各类包袱形成的原因，提出了分类处置的措施。

2005年，农业银行贯彻国务院关于国有商业银行改革总体要求，为了从根本上解决体制上存在的深层次问题，全面提升整体竞争力，农业银行结合实际，借鉴他行股改经验，最终拟定了“整体改制”模式的股改方案。

2007年1月19日，时任国务院总理温家宝在第三次全国金融工作会议上，充分肯定了农业银行为服务农村、服务经济社会发展作出的重要贡献，指出要坚定不移地推进农业银行股份制改革，并确定农业银行股改的原则是面向“三农”、整体改制、商业运作、择机上市。

此后，农业银行的股改进程进一步加快。2008年10月，国务院原则通过了《中国农业银行股份制改革总体实施方案》，农业银行改革方案终于“一锤定音”。

股改前准备工作“千头万绪”

开展股份制改革并非一蹴而就之事，需要循序渐进，一步一个脚印，做好大量的准备工作。清产核资是实施股份制改革的一项重要基础工作。早在2006年8月，农业银行就启动了以清产核资等为主要内容的股改准备工作。

实施外部审计工作。农业银行选聘了会计师事务所，陆续完成了2005年至2007年三个年度的外部审计工作，此后又启动了以2008年6月30日为基准日的审计工作，持续全面开展外部审计。

开展不良资产清理和调查。自2007年开始，农业银行对全行可疑类和损失类贷款逐笔、逐户进行了风险评价、形态认定和档案资料整理，并聘请中介机构进行了核查；同时，全面完成了对不良贷款的责任认定和追究工作，为不良资产处置做好充分准备。

开展经营性资产和其他各类资产的清查与处置。股改工作启动以后，农业银行积极推进资产、土地、物业评估、精算和法律尽职调查等工作。截至2008年1月，中介机构出具了农业银行相关资产、土地、物业预评估结果。此外，农业银行加大了特殊资产和闲置固定资产的处置力度，加快了土地、房屋的确权工作，农业银行房地合一的确权率达到90%以上，为实施股份制改革打下了良好的基础。

与此同时，相关律师完成了法律尽职调查，并与农业银行共同研究起草了未来股份公司章程及“三会”议事规则等公司治理相关文件。

加快推进内部改革。为建立现代金融企业制度，农业银行制订了《农业银行深化内部改革方案》，设计了具体的改革路线图和战略规划，明确了发展战略目标和战略重点。与此同时，人力资源综合改革、新会计准则应用、审计及内控体制改革、IT 建设等各项改革也同时在积极推进。

财务重组和股份有限公司的成立

多年来，农业银行通过积极拓展业务，加强内部管理，经营业绩稳步好转，为股份制改革打下了较好的基础。2001 年至 2007 年，农业银行累计实现利润 2591 亿元，不良资产占比下降，新发放贷款质量明显好转，为股份制改革创造了有利条件。

股份制改革方案获国务院批准之后，农业银行采取了积极的措施，有条不紊地推进注资与财务重组工作。

国家注资，重组资本结构。2008 年 11 月 6 日，汇金公司向农业银行注资 1300 亿元人民币等值外币资产外汇储备投资。其间，农业银行制订了外汇资本运营和管理方案，规避外汇注资风险；与财政部沟通，得到财政部《关于调整中国农业银行资本结构的批复》；与银监会、国家工商行政管理总局进行沟通，获得有关注资法律程序的豁免。

借鉴可比商业银行股改经验，结合自身发展的独特性，农业银行选择了“等额置换人民银行再贷款 + 设立共管基金”的方式处置不良资产。2008 年 11 月 21 日，经财政部批准，农业银行以 2007 年 12 月 31 日为基准核准日，按账面值剥离不良资产 8156.95 亿元。

财政部与农业银行共同设立“特别共管基金”，分年偿还购买不良资产所需支付的本金和利息。“特别共管基金”存续期为 15 年，资金来源包括但不限于存续期内农业银行向财政部分配股份红利、上缴中央财政所得税以及财政部购买不良资产所回收资金等。

经过一系列紧张、有序的准备工作，2008 年 12 月 25 日，农业银行完成了股份公司工商登记手续，取得了营业执照。2009 年 1 月 9 日，中国农业

图 1-22　2009 年 1 月 16 日，中国农业银行股份有限公司挂牌成立

银行股份有限公司创立大会在北京召开，财政部和中央汇金公司作为发起人派代表出席了会议。大会审议通过了《中国农业银行股份有限公司章程（草案）》及董事会、监事会组成人员等有关议案。至此，农业银行由国有独资商业银行整体改制为国家控股的股份制商业银行，名称变更为中国农业银行股份有限公司，简称中国农业银行。

2009 年 1 月 15 日，国家工商行政管理总局核准农业银行变更工商登记注册，换发企业法人营业执照。2009 年 1 月 16 日，中国农业银行股份有限公司成立大会在北京召开。同日，中国农业银行股份有限公司在京挂牌。

实施公开发行上市

根据国务院批复的深化农业银行股份制改革方案相关要求，农业银行拟定了 A 股战略配售的原则，主要包括战略配售投资者的遴选标准：重点考虑国有大型企业、大型保险公司及农业产业化龙头企业，着重选择实力雄厚、有较高知名度和市场影响力的企业。

按此标准，农业银行拟定了战略配售投资者初步备选名单。其中，大型国有企业 22 家，保险公司及其他金融企业 6 家，农业产业化龙头企业 6 家。经过认真筛选，农业银行最终确定的战略配售投资者有中国航空工业集团公司、中油资产管理有限公司、东风汽车公司、中国长江三峡集团公司、清华大学教育基金会等 27 家单位。

2010 年 2 月 11 日，国务院召开了关于农业银行改革发展专题会议。根据国务院的要求，农业银行迅速组织实施了有关工作，积极开展发行上市报批文件准备等工作，并通过多种方式与境内外一些重要的投资者进行了预沟通，尽最大努力向其宣传推介农业银行的投资亮点和价值。

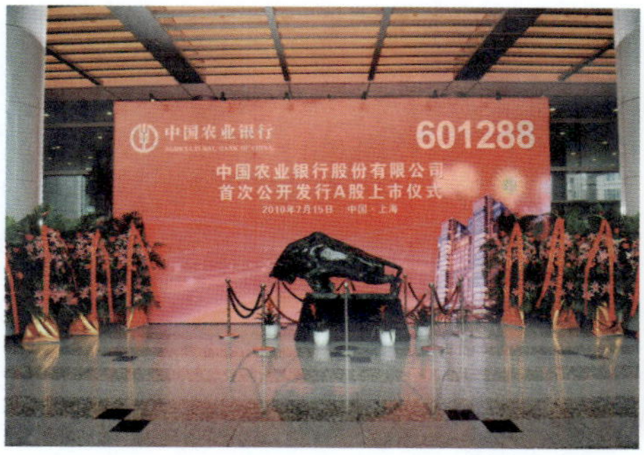

图 1-23　2010 年 7 月，中国农业银行 A+H 股于 15 日、16 日分别在上海、香港挂牌上市，实现当时全球最大规模 IPO

2010 年 4 月 14 日，农业银行 IPO 承销商筛选水落石出。A 股最终花落中金公司、中信证券、银河证券和国泰君安，而 H 股则由高盛、摩根士丹利、摩根大通、中金公司、德意志银行、麦格理以及农业银行全资附属投行农银国际分担。

2010 年 5 月 4 日，农业银行分别向中国证监会、香港联合交易所正式递交发行申请文件，2010 年 6 月 9 日通过了证监会发审会，6 月 10 日通过了联交所聆讯。

根据农业银行股份制改革方案，农业银行 IPO 的发行比例为 12%~18%。在实际操作中，根据市场情况和监管要求，农业银行将上述比例确定为 15%。在 A 股、H 股比例分配上，综合考虑两地市场状况、市场容量、银行股估值水平等因素，确定 A 股发行 7%，H 股发行 8%。

2010 年 7 月 15 日和 7 月 16 日，农业银行正式登陆 A 股和 H 股。A 股每股发行价格为 2.68 元人民币，H 股每股发行价格为 3.2 港元。至此，农业银行的上市发行工作顺利完成。

大行蝶变，前程可期。农业银行的成功上市，在世界范围内引起了广泛的关注，其影响力大大提升。自此，农业银行以全新的形象，踏上了新的历史征程。

第二章

聚力“三农”：一家以服务“三农”为使命的银行

一、综述：耕耘“三农”热土

农为社稷之本，农业安则天下安。

多年来，农业银行始终坚守面向“三农”总体定位，高举服务“三农”、做强县域旗帜不动摇，用心、用力、用情做好“三农”金融服务工作，取得了积极的成效。截至2021年末，农业银行县域贷款余额6.22万亿元，涉农贷款余额4.76万亿元；全国832个脱贫县贷款余额1.47万亿元；县域网点1.26万个，“惠农e贷”余额5446.66亿元，服务农户368.11万户。

坚守服务“三农”定位，发挥农村金融骨干作用

1978年11月的一个冬夜，安徽凤阳小岗村的一间茅屋中，18户村民在一纸秘密契约上摁下了手印。分田到户，包产到户，实行农业“大包干”，拉开了中国农村改革的序幕。自此，农村经济步入了快速发展轨道。农业银行紧跟中国农村经济改革步伐，与时俱进，勇于担当，积极提供信贷支持，不断提升服务水平，努力发挥农村金融骨干作用。

支持粮棉产业发展。成立之初，农业银行按照专业银行业务分工，遵循“以粮为纲、农林牧副渔并举，提高经济效益，活跃农村经济”指导方针，支持国家商品粮棉生产基地建设、粮棉转化转产、“星火计划”、“丰收计划”等，夯实了农村经济发展基础，增强了农村经济发展后劲。1994年起，农业银行推出了扶持粮棉大县发展经济贷款和高产优质高效农业示范区贷款等。连续5年，每年安排65亿元贷款支持全国685个粮棉大县发展生产；每年安排10亿元贷款重点支持外向型农业、集中连片的“两高一优”农业示范区建设等，较好地发挥了示范、辐射、带动作用。这一时期，农业银行还大力支持了黑龙江农垦、新疆生产建设兵团、海南农垦等重点区域的粮棉生产，取得了良好的效果。近年来，我国粮棉生产呈现新的发展态势，农业银行聚焦粮食安全领域，围绕国家“藏粮于地、藏粮于技”战略，支持粮食生产功能区和重要农产品生产保护区等“两区”范围内重点建设项目，积极服务粮食产业转型升级、粮食现代流通体系以及仓储设施建设，助力国有大型粮食骨干核心企业以及农民专业合作社、家庭农场等新型农业经营主体发展，取得了明显成效。

支持农田水利建设。农田水利建设是农业基础建设重要环节。一直以来，农业银行倾力为农田水利建设提供信贷支持，以大型水利项目、江河治理和新型节水高效农业等领域为重点，支持高标准农田、大型灌区、高效节水灌溉和小型农田水利设施建设等，为我国农业丰产稳产奠定了良好的基础。“十三五”期间，农业银行累计投放水利建设贷款4523.89亿元。截至2021年末，农业银行水利贷款余额达4104.74亿元。

支持乡镇企业等经济实体发展。在农村改革的进程中，以乡镇企业、个体工商户为代表的经济实体进一步解放了农村生产力。农业银行因地制宜，加强服务，使一大批乡镇企业等经济实体迅速成长起来。许多昔日的“家庭作坊”，一步步转变为大型企业。波司登、万向集团、海尔集团、义乌小商品城等一批闻名海内外的企业，在其成长之初，第一笔贷款都是农业银行发放的。波司登品牌创始人高德康曾表示：“在波司登的发展过程中，农业银行始终是我们最亲密的伙伴。”1984年，农业银行在金融机构中率先对义乌小商品市场建设发放了第一笔贷款，共计25万元，帮助义乌市场快速发展壮大。

支持农村养殖和特色产业发展。发展养殖业、特色产业是广大农民增收的重要渠道。长期以来，农业银行紧密对接农村养殖业和特色产业个性化资金需求，采取灵活的贷款方式，支持农民发展猪、牛、羊及各种特色养殖，支持水果、食用菌、水产、花卉等特色产业，形成规模和优势，使农村涌现

图2–1 黑龙江省农垦建三江管理局二道河农场的农户在稻田里用两种不同品种水稻呈现的农业银行行徽

了一大批养殖大户、养殖能手和许多知名特色产业品牌，有效地活跃了农村经济，改变了农村的发展面貌。

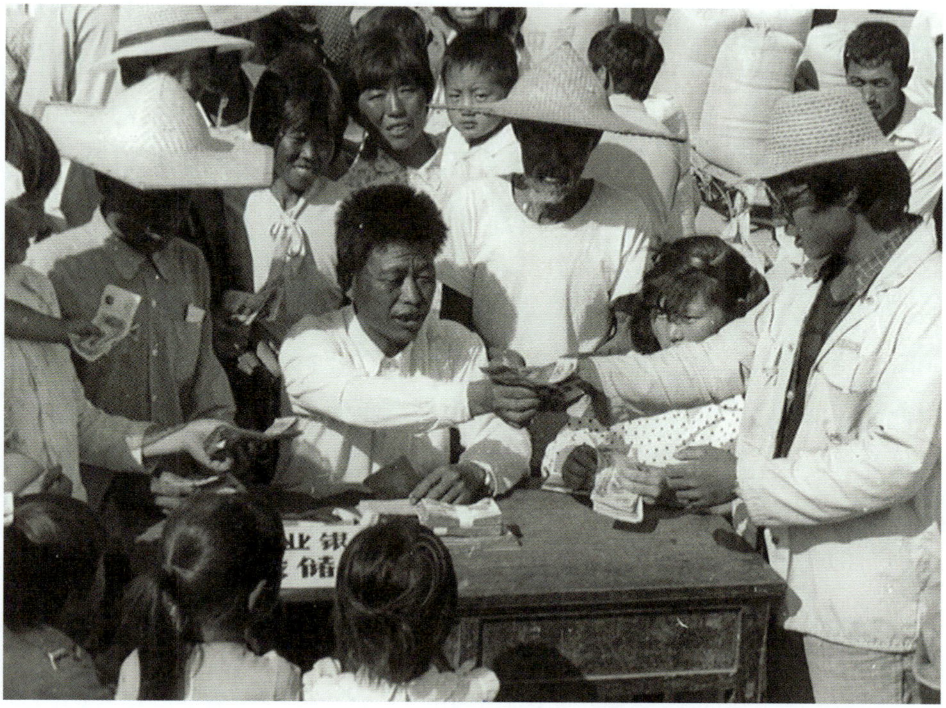

图 2-2　20 世纪 80 年代，农业银行山东胶南支行支持夏粮收购

支持农村流通体系建设。20 世纪 80 年代开始，农业银行依据国家经济政策，支持农村供销社、粮库、棉花收购站等开展经营。每年夏季和秋季，积极支持农副产品收购，推动了农村经济的健康发展。近年来，农业银行适应农村流通体系发展趋势，支持县域商品交易市场建设与运营，支持仓储、运输、配送等农村物流体系建设，支持农业生产资料、农村消费品等商品流通领域发展。截至 2021 年末，农村流通领域法人贷款余额达 1676.29 亿元，对商务部 71 家全国骨干农产品批发市场的服务覆盖面达 71.83%。

支持农业产业化发展。农业银行紧密对接农业产业化龙头企业金融需求，不断增加信贷投放，提升金融服务水平，帮助一大批农业产业化龙头企业成长壮大。截至 2021 年末，农业产业化龙头企业贷款余额达 1864 亿元，累计支持新希望、伊利、蒙牛等农业产业化龙头企业达 1 万余家。

现代农业是在现代工业和现代科学技术基础上发展起来的农业。农业银行以支持农业科技创新和进步为重点，源源不断地为现代农业注入“金融活水”。农业银行为与科学技术部合作的首批90个重点农业科技项目（企业）授信额度超过100亿元，发放贷款近20亿元。农业银行重点支持隆平高科、北大荒、垦丰种业等一批农业科技企业的发展，与138家农作物育种企业建立了信贷关系，为杨凌种子产业园、海南南繁基地等多家种业科技重点园区和基地提供全方位金融服务，与270个国家级农业科技园区和4个国家级农业高新技术示范区建立了合作关系，为超过5000家入园企业提供了金融服务。

支持新型城镇化建设。农业银行出台了《关于深入推进新型城镇化金融服务工作的指导意见》，积极参与国家发展改革委主导的“信贷支持县域城镇化补短板、强弱项”工作，提供综合金融服务，提升新型城镇化金融服务工作质效。围绕国家“三个1亿人”的城镇化战略，着眼于满足人口市民化过程中的金融需求，2016年2月，农业银行与住房和城乡建设部合作推出“农民安家贷”，帮助农民进城安家。

聚焦精准扶贫，助力“小康路上一个也不能少”

回顾几十年来我国波澜壮阔的扶贫历程，农业银行作为金融扶贫的国家队，始终坚定不移贯彻党中央、国务院关于脱贫攻坚决策部署，把服务扶贫开发作为重大政治责任扛在肩上，投入大量扶贫资金，推出多种适合贫困地区增收脱贫的服务模式，勇当金融扶贫的排头兵。

农业银行贯彻党中央、国务院对改变贫困地区面貌的政策和部署，规划重点扶贫地区，真正做到有的放矢。农业银行在1984年底发出的扶贫工作通知中明确提出，要解决十几个连片贫困地区的问题。这些地区主要集中在甘肃中部、秦岭大巴山区、大别山地区、滇东南地区、横断山地区、沂蒙山地区、武陵山地区、桂西北地区、努鲁儿虎山地区等，涉及甘肃、宁夏、青海、陕西、四川、河北、河南、山西、云南、贵州、广西、湖南、湖北、安徽、辽宁、内蒙古16个省、自治区的200多个县6000多个乡，采取多项措施，推动连片贫困地区农民脱贫致富。

1985年，国务院成立贫困地区经济开发领导小组，各级农行主要负责同志作为成员，参加了各级政府成立的扶贫专门机构。为了加强对扶贫工作的组织和管理，大部分分支行成立了由行长挂帅、职能部门参加的扶贫领导小组，一些地方还成立了扶贫办公室。总行选择了山西临县支行、湖北原为县支行等 10 个具有代表性的县支行作为联系行，不少分支机构也相应建立了联系行，加强了对扶贫工作组织推动，收到了良好的工作效果。

1986 年，党中央、国务院赋予农业银行一项重大政治任务——开办扶持贫困地区专项贴息贷款业务，支持贫困地区经济发展和解决群众温饱问题。农业银行勇挑重担，认真履职，从 1986 年起到 1993 年，一直承担扶贫贴息贷款发放和管理任务，累计发放各类扶贫专项贷款 248.5 亿元。

从 1994 年开始，扶贫贴息贷款业务划转至农业发展银行，农业银行进入了商业银行扶贫的新时期。为了贯彻落实全国扶贫开发工作会议精神，农业银行于 1995 年 8 月初在河北张家口市召开了扶贫工作座谈会，时任国务委员兼国务院扶贫开发领导小组组长陈俊生，国务院研究室副主任兼国务院扶贫开发领导小组常务副组长杨雍哲参加了会议并做了重要讲话，对农业银行在扶贫工作中的贡献做了充分肯定。

这一时期，按照国家“八七”扶贫攻坚计划要求，农业银行坚持转轨不丢扶贫任务，政策性扶贫和商业性扶贫两项任务一肩挑，在资金上予以倾斜，在政策上实施优惠，在工作上加强帮扶，取得了明显的成效。仅 1992—1996 年，农业银行累计发放扶贫贷款 185.8 亿元。到 1996 年底，全国成功解决了 220 万农村贫困人口温饱问题，农业银行为此作出了重要贡献，涌现出一批扶贫先进单位，总行被中央国家机关评为扶贫先进单位，许多分支行也被评为当地扶贫工作先进单位。

1998 年，按照国务院的要求，扶贫贴息贷款业务重新划回农业银行。农业银行积极做好扶贫贴息贷款业务的衔接和推动工作，取得了良好的成效。进入 21 世纪，农业银行发挥国有大行系统优势，最大限度地投入政策、资源，确保扶贫工作落到实处。从 2004 年开始，国务院扶贫办、财政部等部门研究深化扶贫贴息贷款管理体制改革。2006 年 7 月，国务院扶贫办、财政部和农业银行联合印发了《关于深化扶贫贴息贷款管理体制改革的通知》，将原由农业银行统一下达指导性计划并组织发放的扶贫贴息贷款分为“到户贷款”和“产业化扶贫龙头企业和基础设施等项目贷款”两部分进行操作，提高了扶贫贴息贷款的针对性，更好地发挥了扶贫贴息贷款的作用。2008年，农业银行印发了《中国农业银行贫困县“三农”金融服务方案》。2009年7月，国务院扶贫办和农业银行联合印发了《关于积极应对金融危机加大对扶贫龙头企业扶持力度的意见》。各项金融扶贫政策措施的实施和落地，有效地推动了农行扶贫工作的有序进行。

近年来，农业银行多措并举，认真贯彻落实党中央、国务院有关深度贫困地区脱贫攻坚的决策部署。从2015年开始，农业银行根据国务院相关要求，定点帮扶河北饶阳、武强以及重庆秀山、贵州黄平四个县。2017年10月，农业银行在四川召开了深度贫困地区金融扶贫工作推进会，印发《关于金融支持深度贫困地区脱贫攻坚的意见》。2018年4月，农业银行将贵州雷山、台江，甘肃渭源、舟曲，江西石城纳入了总行帮扶范围。2019年4月，农业银行印发了《中国农业银行助力深度贫困地区脱贫攻坚二十条倾斜政策》《中国农业银行东西部扶贫协作金融服务行动方案》。2020年3月，农业银行出台了《关于做好国务院扶贫开发领导小组挂牌督战的52个贫困县、1113个贫困村脱贫攻坚金融服务工作的意见》。伴随着各项扶贫政策措施的相继出台，农业银行的扶贫工作扎实推进，取得了可喜的成果。

选派优秀干部到贫困地区挂职、开展帮扶工作，是贯彻中央决策部署，全力支持脱贫攻坚的一项重要举措。2015—2020年，农业银行累计派出6批4231名干部脱产参与扶贫，为打好精准脱贫攻坚战贡献农行力量，对于加强扶贫一线力量、推动扶贫政策和资金在基层落地、促进当地发展等方面发挥了积极作用。

在扶贫工作实践中，农业银行培养出了一支作风顽强、能打硬仗的金融扶贫队伍，涌现出了一大批先进个人和典型事迹。截至2020年末，农业银行扶贫干部获得省（部）级表彰的有165人，获得国家级表彰的有15人。2021年2月，在全国脱贫攻坚总结表彰大会上，龙俊、付志强、耿建国3人荣获“全国脱贫攻坚先进个人”称号，总行扶贫开发金融部扶贫金融处、江西分行扶贫开发金融部、重庆秀山支行、贵州安顺分行、西藏分行5个单位获“全国脱贫攻坚先进集体”称号。农业银行是获奖数量最多

图 2-3　湖南省保靖县毛沟镇阳坪村驻村原第一书记兼工作队队长、农行湖南保靖支行综合管理部助理经济师龙俊（左二），生前走访、看望贫困户

的金融机构。

坚持与时俱进，推动管理改革和产品创新

在服务“三农”的实践中，农业银行审时度势，锐意进取，积极推进管理体制改革和金融产品创新，有效提升了服务“三农”的能力和水平。

2007 年 9 月，农业银行开展了服务“三农”试点工作。2008 年 3 月，农业银行启动实施“三农”金融事业部试点。2014 年 2 月，经国务院批准，农业银行“三农”金融事业部改革试点范围进一步扩大至全国 19 个省 20 家一级分行。2015 年 5 月，经国务院批准同意，农业银行全面推开了“三农”金融事业部改革。2016 年，农业银行认真落实中央一号文件“深化农业银行‘三农’金融事业部改革”要求，印发了《关于进一步深化“三农”金融事业部改革的意见》，提出把搞活做强县域支行作为深化改革的主要出发点，着力完善体制、做实机制、下沉重心、松绑减负，使县支行真正有活力、有动力、有能力服务“三农”。

多年来，农业银行以“县域＋涉农”确定事业部职能边界，以“部门＋中心”搭建事业部组织架构，以“双委员会制＋双线报告考核制”建立事业部治理机制，以“六单管理”强化事业部运行机制，“三农”金融事业部改革日趋成熟，让中央赋予的面向“三农”的总体定位在农业银行落地生根。

在深化管理体制改革的同时，针对不同客户群体的需求特点，农业银行积极推动金融产品创新，取得了可喜的成果。

推进信贷产品创新，形成了“小额+大额+特色产品”的服务体系。近年来，农业银行累计推出“乡村振兴园区贷”“乡村振兴工业贷”等金融产品230个，基本实现了乡村振兴重点领域全覆盖；顺应数字乡村建设趋势，全面开展农户信息建档，推动“惠农e贷”全流程线上化，深入推进“惠农e商”综合服务平台建设，打造“三农”领域最佳数字生态银行；紧跟农村产权改革步伐，大力推广农村集体“三资”（资金、资产、资源）管理平台，截至2021年末，该平台已与1275个县签约，在908个县上线，覆盖12.3万个行政村。推动惠农金融服务与乡村治理实现深度融合。

图2-4　2021年6月，农业银行推出掌上银行乡村版和大字版，加快手机银行功能优化，提升智能掌上银行服务能力

扩大手机银行服务覆盖面。农业银行多措并举，在广大农村推广手机银行服务。截至2021年末，县域个人掌银注册客户达1.86亿户，掌银月活客户达6354万户，真正做到依托线上服务让农民少跑腿、数据多跑路，农民足不出户在手机上即可完成贷款和还款。

农业银行把缓解农户贷款难作为提升服务“三农”水准的重要内容，在稳步推广农户小额贷款等传统拳头产品的同时，推出了林权、土地承包经营权、集体经营性建设用地使用权、农民住房财产权、海域使用权抵押，大型农机具、农业订单、动物活体抵押，以及果库经营权、仓单等新型抵质押贷款产品，实施了农户联保、自然人担保、保险公司履约保证、财政直补资金担保等多种新型的担保和抵押方式，积极支持农民扩大生产、多种经营以及生活消费等资金需求，助力农民增收致富，深受广大百姓的欢迎。

二、纪实

“三农”金融事业部制的改革与探索

过去是难关，现在是蓝海，未来是金矿。

与“三农”始终有不解之缘的农业银行，在其历时多年的改革实践中，最大的难点也在“三农”。

然而，一条以县域为维度，以事业部制为模式的“三农”改革路径被正式确立后，人们发现，“三农”蕴含机遇，县域也是蓝海，农业银行潜在的优势正在逐渐转化为蓬勃的生产力。

改革背景：面向“三农”

20世纪80年代，农业银行几乎在每个农村乡镇驻地都设立了营业机构，为农业生产资料购置，农副产品购销，村办、社办、乡镇企业发展，农民生产、生活等领域提供必要的信贷支持；90年代，农业银行经历了农业发展银行分设和农村信用社脱钩的改革，形成了新的服务格局。

2008年10月21日，国务院常务会议审议通过的《农业银行股份制改革实施总体方案》，进一步明确了农业银行“面向‘三农’、商业运作”的市场定位和原则。

国有控股大型商业银行如何做好服务“三农”工作，是一个世界性的难题。国际上，无论是美国、德国、法国、日本等发达国家，还是印度、巴西、泰国、孟加拉国等发展中国家，“三农”金融服务商都以中小金融机构、政策性金融机构、合作性金融机构为主，罕有大型商业银行服务“三农”的成功案例。

如果简单复制一般事业部管理模式，势必面临一些困难和问题：

其一，“三农”业务既涉及农村也涉及城市，既有小微客户也有大客户，既有零售业务也有对公业务。如何确保“三农”金融事业部与其他业务条线分得开、算得准、说得清，是改革的一大难题。

其二，“三农”业务遍布全国所有县域，机构人员占到农业银行半壁江山。如何确保“三农”金融事业部在一级法人体制下转得动、有成效，也是改革的一大难题。

其三，“三农”属于弱势产业、弱势区域、弱势对象，“三农”业务属于弱势业务。如果按照一般事业部的管理要求对“三农”金融事业部实行管理，有可能面临经营难以持续的问题。

面对这些困难和问题，在论证和实施“三农”金融事业部改革过程中，也出现了一些不同的观点。经过认真调查研究，农业银行深刻认识到，围绕社会主义新农村建设和县域经济发展中的金融需求，进行事业部制改革，才能更好地适应我国国情和农行行情。

改革方向：打造服务“三农”主阵地

为落实面向“三农”的市场定位，从体制机制上促进“三农”服务，2008 年 3 月，农业银行按照股改方案要求，选择甘肃、四川、广西、福建、山东、重庆、吉林、湖北 8 家一级分行开展事业部改革试点。

2009 年 5 月 31 日，银监会发布了针对农业银行改革的专门监管办法——《中国农业银行“三农”金融事业部制改革与监管指引》，对事业部的组织架构和治理机制做出规定，并对“三农”金融事业部的单独核算和激励约束经营机制提出规范要求。

2010 年，农业银行选择甘肃、重庆、福建、广西、山东、四川、湖北、吉林 8 家分行下辖的 561 个县域支行开展深化改革试点，确保有专门机构、专门人员、专门制度、专门资源，专注“三农”金融服务工作。

2015 年 5 月，为进一步巩固在县域金融市场的领导地位，农业银行以位于县域地区的 2048 个县级支行为基础组建“三农”金融事业部，全面推开了“三农”金融业务的事业部制改革的各项举措。

改革特色：以区域和服务为维度

近年来，事业部制转型已是国内商业银行改革的重要模式，多家银行选择了一些业务板块引入事业部制进行组织架构和业务流程的改造。

例如，工商银行早在2000年就组建了国内银行业第一个事业部——票据营业部；民生银行于2008年初成立了工商企业金融事业部；招商银行2008年6月成立的小企业信贷中心也是按照事业部制模式设立的。

而农业银行组建的“三农”金融事业部事关农业银行战略定位、改革成败，无疑是我国银行业事业部制改革中最有影响力的事件。对于当时公司治理、经营管理、运行机制都还比较落后的农业银行而言，挑战巨大。

农业银行以地域为界，对全国2003个建制县（市）内的2048个县（市）支行，实行了事业部制管理。各县域支行成为“三农”金融事业部的基本经营单元。

组织架构上，农业银行设立了“三农”核算与考评、风险管理、产品研发、人力资源管理、资本和资金管理等中后台管理中心，为“三农”金融事业部提供支持保障。

改革核心是单独核算，从国内外银行业机构改革实践来看，商业银行实行事业部制，主要以业务或服务为维度设立事业部，而农业银行主要以区域为维度设立事业部制。那么，如何厘清“三农”金融事业部的业务边界与区域边界，成为首要问题。

在业务边界划分上，原则上以地域为界，注册地或居住地在县域的客户由“三农”金融事业部管理。县域大型客户由城市板块提出直管客户名录，城市大中型涉农客户由“三农”金融事业部提出直管客户名录，发挥各自专业优势，分别牵头营销管理。

跨越城乡的集团性大型客户、垂直管理的系统性客户实行名单制管理，由城市板块公司、机构、房地产等部门牵头营销开发和统一管理，“三农”金融事业部负责上述各类客户的县域端功能落地和客户关系维护。

单独核算是事业部制改革的难点。事业部单独核算体系建设，不仅关系到农业银行服务“三农”和事业部的管理绩效如何评价，而且关系到农业银行股份制改革深入推进和管理的精细化程度。

经过认真研究论证，农业银行对“三农”金融事业部实行了“六个单独”管理，即在资本管理、信贷管理、会计核算、资金平衡与运营、风险拨备与核销、考评激励与约束六个方面，建立一套有别于城市业务的体制机制和制度安排。通过完善“三农”金融事业部管理体系和运营机制，改革得以有条不紊地推进。

图 2-5　2008 年 7 月 7 日，农业银行在京召开面向“三农”改革与发展座谈会，进一步研究部署“三农”金融事业部改革相关事项

“异军突起”的时代见证

在中国改革开放 40 余年的华章中，乡镇企业无疑是其中浓墨重彩的一笔。不仅因为它继“包产到户”之后进一步解放了农村生产力，推动农村经济进入高速增长通道，更为重要的是，在整个国民经济由计划向市场转向的过程中，乡镇企业充分发挥了“马前卒”和“探路者”的作用。

长期以来，农业银行紧跟中国经济发展步伐，以服务农村经济为己任，积极支持乡镇企业发展，既是乡镇企业发展的坚强支撑，又是时代经济发展的有力见证者。

因势利导，助推企业健康发展

乡镇企业最初发轫于20世纪50年代的社队企业。早在1958年人民公社时期，就有省份提出“县县发展工业，乡乡举办工厂，社社积极参加”的口号，发展社队工业。

1978年以后，我国经济体制改革率先在农村展开。联产承包责任制的全面推行，使农民生产积极性和劳动热情空前高涨，农业生产迅速增长，粮棉油肉等主要农产品生产接连迈了上新台阶。在此背景下，社队企业首先得到了迅速发展。

1984年3月，中共中央、国务院转发了农牧渔业部《关于开创社队企业新局面的报告》，同意将社队企业改称为乡镇企业。同时指出，乡镇企业是农业生产的重要支柱，是广大农民走向共同富裕的重要途径。至此，乡镇企业进入了全面迅速发展的新时期。

服务农村经济发展是农业银行义不容辞的责任。改革开放初期，农业银行贯彻中央“积极发展多种经营”的要求，筹措资金，提高金融服务能力，为乡镇企业发展提供了大量持续的资金支持。

早在1980年8月，农业银行分行行长会议就提出：“农贷资金的使用要重点支持商品生产……重点支持社队企业发展商品经济。”一年后，农业银行将社队企业贷款指标从社队农业贷款指标中单列出来，实行专项管理，从此社队企业贷款有了专项资金保证。

农业银行还采取了一系列服务和管理措施，确保社队企业贷款投放得准，且及时发放到位。1980—1982年，短短两年多的时间里，农业银行、信用社累计发放社队企业贷款412.9亿元。

这一时期，在农业银行的支持下，一大批社队企业迅速成长壮大，成为乡村经济发展中的新生力量。华西村、万向集团等在创业初期，都曾得到了农业银行的资金支持，步入了快速发展的轨道，至今依然与农业银行保持着密切良好的合作关系。

华西村被誉为“天下第一村”。华西村在改革开放初期就开始发展社队企业。20世纪80年代初，华西村的小五金厂为了扩大生产规模，向农业银

图 2-6　1992 年，农业银行在华西村设立当时全国唯一一家村级营业所

行申请贷款。农业银行热诚地上门服务，为企业排忧解难，很快便为华西村发放了第一笔 5 万元企业流动资金贷款，从而开启了双方携手合作的征程。如今 40 多年过去了，双方的合作一直在延续，合作的范围也越来越广泛。

万向集团的前身是浙江萧山宁围公社农机厂。企业于 1969 年由鲁冠球和其他 6 人拼凑 4000 元启动资金创立。1980 年初，农业银行萧山支行辖属宁围乡信用社向鲁冠球的工厂发放了 100 万元贷款，这是当时萧山历史上最大金额的一笔乡镇企业贷款。此后的 40 多年时间里，农业银行与万向集团一直保持着紧密合作。1991 年，农业银行萧山支行委派信贷员入驻当年的杭州万向节总厂，成为当时全省首家尝试委派信贷员入驻重点乡镇企业的金融机构。截至目前，农业银行累计向万向集团提供各类信贷资金超过 500 亿元。

加强管理，提升资金使用效率

1984—1986 年，全国乡镇企业进入高速发展的阶段。据统计，1986 年乡镇企业产值达到 3540.9 亿元，比 1984 年增加了 1 倍多。同期，农业银行 1986 年末贷款余额为 535.3 亿元，比 1984 年增长了 91.7%。

乡镇企业的发展并不是一帆风顺的。在此期间，有些地方出现了乡镇企业发展速度过快、发展质量不佳等问题。为及时抑制这一态势，促进乡镇企业健康发展，1985 年 8 月，国务院发出了严格控制乡镇企业贷款的指示。

为了有效支持乡镇企业发展，同时保证信贷资金安全和效率，1985 年 12 月，农业银行印发了《乡村工业贷款暂行办法》，加强了乡镇企业贷款的发放和管理。对拥有规定自有资金、产销正常、经营管理好和信用好的企业，尽可能提供合理的资金支持；对自有资金不足规定比例的企业、边生产边积压的企业、不合理资金占用多又不采取措施的企业，以及亏损和关停企业，停止发放新贷款。

1987 年 11 月，全国计划会议和经济体制改革会议提出了“稳定经济，深化改革”的方针，要求严格控制货币发行量和信贷总规模。根据这一要求，1988 年 1 月，农业银行在江苏省南京市召集了各省、自治区、直辖市分行主管工业信贷的负责同志，并召开会议，印发了《1988 年农村工业信贷工作意见》，提出“坚持通过控制贷款增长总量和强化信贷管理，支持乡镇企业以适度速度逐步地、有计划地发展”等六条指导思想，并提出了对乡镇企业实行“区别对待，扶优限劣”的信贷政策。

通过采取上述一系列措施，农业银行贷款投放速度转缓，针对性增强，有效性提升，资金使用效率提高，有力地支持了乡镇企业的健康稳步发展。1988 年和 1989 年，农业银行乡镇企业贷款增幅分别比上年减少 4.8 个和 13.3 个百分点。而同一时期，我国乡镇企业总产值分别比上年增长 41.2% 和 19.7%。

1988 年以后，农业银行坚持“积极扶持，合理规划，正确引导，加强管理”的原则，引导乡镇企业把注意力从单纯追求产值、速度转移到加强经营管理、提高经济效益上来。与此同时，根据国家深化企业改革精神，支持和促进企业完善承包责任制，优化组织结构和提高管理素质，走内涵扩大再生产为主的路子，大力发展名、优、特、新产品，特别是出口创汇产品。

截至 1991 年末，在农业银行、信用社贷款的乡镇企业达 70 多万户，约占乡镇企业总户数的 60%，10 年时间里累计发放乡镇企业贷款 2500 多亿元，为乡镇企业的发展提供了强有力的金融支持。

正确引导，增强企业发展后劲

1992 年初，邓小平视察南方并发表重要谈话。全国乡镇企业犹如雨后春笋般迅猛发展，1992 年至 1994 年，乡镇企业发展迎来了第二个高峰期。

为了推动乡镇企业发展，国务院连续下发文件，充分肯定乡镇企业的重要作用，并提出大力发展乡镇企业的政策和措施。1993 年 8 月，国务院审议通过了《九十年代中国农业发展纲要》，要求在“九十年代，在巩固农业基础的同时，要把乡镇企业放在重要的战略地位”。

农业银行认真贯彻国务院的决策部署，印发了《中国农业银行“八五”期间支持乡镇企业发展设想》等一批文件，采取积极措施，因地制宜地支持乡镇企业发展。1993 年 10 月，农业银行召开乡镇企业信贷工作会议，提出贯彻落实全国乡镇企业工作会议的工作意见和政策措施，不断增加信贷投放，有力地推动了乡镇企业发展壮大。

1995 年以后，乡镇企业进入稳步发展的时期。农业银行依据企业的服务需求，积极为企业发展提供金融服务。截至 1996 年末，农业银行乡镇企业贷款余额达 1291 亿元，比 1992 年增长了 1.35 倍。仅 1992—1996 年，农业银行累计发放乡镇企业贷款 5674 亿元，有效促进了乡镇企业经济效益的提升和自身实力的增强。

1997 年，我国历史上首部保护和规范乡镇企业行为的法律——《中华人民共和国乡镇企业法》正式实施，标志着我国乡镇企业的规划和管理走上了法制化的轨道。

我国经济发展日新月异，企业管理机制和模式也在不断地创新和突破。随着时间的推移，农村企业呈现了多元化发展的趋势。相比民营企业、股份制企业的迅速崛起及其经营、管理机制优势，许多乡镇企业开始思考自身的转变——产权制度改革。此项改革一经“破题”，便迅速在全国铺开。到 2006 年末，全国 168 万家乡镇企业中，95% 的企业实行了各种形式的产权制度改革，其中 20 万家企业转成了股份制和股份合作制企业，139 万家企业转成了民营企业。

在此期间，农业银行积极为乡镇企业转制提供金融服务，促进企业产权制度改革；对改制后的股份制企业、民营企业等，继续给予大力支持。

党的十八大以来，国家实施创新驱动战略，并不断向农村延伸拓展，诸多乡镇企业发展成为新型乡镇企业，开始走出一条以创新带创业、以创业带就业、以就业带增收的良性道路。

初心不改，一路相伴。面对企业发展的新形势，农业银行紧密对接企业金融服务新需求，不断提升金融服务能力和水平，倾力助推新型乡镇企业健康发展，努力推动农村产业发展不断迈上新的台阶。

不忘初心聚焦精准扶贫

幸福是什么？

幸福是远山如黛、近水含烟的赣南“红土地”上移民新村郑地秀一家其乐融融的温馨画面；幸福是绿海茫茫、万木葱茏的秦岭腹地贫困户方明月种下的天麻悄悄生长；幸福是地处陕甘宁革命老区的甘肃镇原县农民杨小兵过上的“牛”日子；幸福是大山深处、青山绿水之间，紫云县贫困农户丰帮崇的妻子大病初愈的欣喜，和鱼塘里一群群鱼儿来回游弋……

小康不小康，关键看老乡。在祖国的大地上，越来越多的贫困群众不仅吃穿不愁，摆脱了贫穷，而且生活正在走向全面小康，日子红红火火，心情更加舒畅。

这一切，都与农业银行的倾力相助息息相关。

“红土地”上的红火日子

江西省于都县——中央红军长征集结出发地，如今显现出一派满目芳菲、生机勃发的景象。

从罗坳镇出发，沿着平整宽敞的水泥公路，车行不过20分钟，便来到了大桥移民新村。青山绿水之间，一幢幢整齐排列的崭新二层小楼，住着从大桥古嶂片区整体搬迁过来的133户村民，郑地秀的家就在新村入口处。

图 2–7　农业银行甘肃分行支持的甘肃古浪县古丰乡改善人居环境项目工程

说起过去在山上过的苦日子，郑地秀说："吃不饱、穿不暖、睡不好。"以前生活的古嶂村在高山上，那里不是石头就是沙土，辛辛苦苦开辟的梯田地块小、难耕作。"人均不到 4 分地，拼命一年也就收获三四百斤谷子，吃不饱只能煮红薯当饭，要不然粮食不够吃就得饿肚子。"郑地秀回忆说，20 世纪 70 年代兴建的两间土坯房，墙角都裂开了缝，只能用木头勉强支撑着。因为房子紧挨着山，每当下雨她就提心吊胆，怕山洪暴发冲垮房子。

"做好革命老区、中央苏区脱贫奔小康工作""确保老区苏区在全面建成小康社会进程中一个都不掉队"……习近平总书记的谆谆嘱托、党中央的殷切关怀，化作于都城乡翻天覆地的变化。

"这种日子真的做梦都没想到！"坐在宽敞明亮的新家里，郑地秀坦言今天的幸福生活以前想都不敢想。源于脱贫攻坚战役的打响和革命老区振兴政策的出台，古嶂村被当地政府确定整村易地搬迁安置。政府补助 3 万多元，在农业银行借贴息贷款 5 万元，再加上自己借来的 4 万多元钱，就这样，年过六旬的郑地秀 2014 年像做梦一样搬进了装修好的两层小洋房。

图 2-8　农业银行江西分行推出"金穗光伏贷"，助力老区贫困户精准脱贫

幸福不止于此。为解决搬迁移民的生计问题，当地政府在移民新村实施了光伏扶贫工程，农业银行专门推出了"金穗光伏贷"。郑地秀家贷了款、

装了光伏设备，每月售电收入400多元。作为第一批精准识别的贫困户，郑地秀夫妻各种补助、保障收入每月有近千元。

黄土地上的“金”色生活

一场细雨之后，温暖的阳光洒满了黄土高原。

望着随风摇曳的50亩金色万寿菊花海，再加上儿子大学毕业后找到一份不错的工作，杨小兵心情格外舒畅。这片金黄的万寿菊就像他的日子一样，生机盎然。黄土地不再是贫瘠的颜色，而是黄金的颜色。

今年54岁的杨小兵曾是甘肃省镇原县临泾镇席沟圈村一名贫困村民。镇原县地处陕甘宁革命老区，是当时52个未摘帽贫困县之一。时下，当地人民全力打赢了脱贫攻坚战。杨小兵感觉现在的日子里弥漫着幸福的气息。“能有今天的好日子，多亏党的政策好啊。农业银行还给我发放惠农贷款，让我扩大养牛规模，能挣钱呢。”谈到生活的变化，他眼神里充满了喜悦。

杨小兵说，席沟圈村地处黄土高原，长久以来靠天吃饭。他和妻子以前仅靠耕种十余亩土地谋生，加上供两个娃娃读书，全家人节衣缩食过生活。脱贫攻坚战打响以来，他感到日子有了转机。这几年他通过土地流转承包了70亩地，种植玉米和万寿菊，种1亩万寿菊能纯收入1000元。

生活的另一个转机是，金融扶贫好政策送到了家门口。甘肃镇原支行为杨小兵发放了执行优惠利率的富民产业贷。他利用贷款扩建了牛栏，购进了一批肉牛，经营越来越红火。

秦岭腹地的致富“神器”

在地处秦岭腹地的陕南，流传着一句俗语：“丹凤无凤，马家坪不平。”这既是当地人对曾经的深度贫困县——丹凤县的形象比喻，也是对陕西商洛分行包扶的贫困村——陕西丹凤县马家坪村地貌特征的真实描述。

“以前我家里相当穷，吃不上、穿不上，没有一点钱。”回首往事，贫困如同一座大山，曾一度让马家坪村村民方明月感到无法逾越。

方明月说，马家坪村人均不到1亩地，他以前靠种土豆、玉米、小麦等谋生，但山地农作物产量太低，填不饱肚子，富不起日子。为养家糊口，他曾外出务工，几年后因病回到家乡。家里有三个孩子要抚养，自己又患了肺病，就在他觉得生活不能承受之重时，党和国家的政策改变了他的命运。

为帮助马家坪村脱贫出列，商洛分行将马家坪村作为定点帮扶村，倾斜资源，并选派第一书记开展驻村帮扶。农业银行及时发放“惠农e贷”，支持像方明月这样的贫困户购买天麻菌种等所需材料，把村民以前用来烧柴的桦梨木变为培植天麻种植的菌棒，由此改变了这个贫困山村的发展轨迹，也改变了方明月的命运。

如今的日子，对方明月而言，有希望有喜悦。仰头可以看到无垠的天空，俯身是天麻悄悄生长。方明月家的房屋是砖瓦结构，里边整洁明亮，电冰箱、电视机、电脑一应俱全，而且还新安装了抽油烟机。

在农业银行支持下，马家坪村几乎家家都种上了天麻，全村共种植天麻568亩，户均实现年收入超过7万元。他们的日子一天比一天好。

石漠化区的“紫”气东来

连绵起伏的山峦，在晴朗的天底下，显示着黛绿宜人的喜人景色。

吃过早饭，贵州紫云苗族布依族自治县格凸河镇沙戈村建档立卡贫困户丰帮崇，来到鱼塘边察看鱼苗的长势。这两亩的鱼塘里1万多尾鱼苗正在生长。

紫云县属滇、桂、黔石漠化集中连片特困地区，是全国唯一的苗族布依族自治县，也是当时全国52个未摘帽贫困县之一。这里奇峰林立，绿树浓荫，但也曾一方水土养不起一方人。面对阡陌田园，丰帮崇感觉现在的家乡模样变了，犹如紫云县的名字，“紫”气东来，青山绿水间蕴藏着致富的希望。

“感谢紫云农行在扶贫路上尽心尽力，发放贷款支持我养鱼，现在塘里的鱼长势良好。”满面红光的丰帮崇对前来走访的农行扶贫工作队队员说。

丰帮崇是一名退役军人，复员后回到家乡。为过好生活，他也曾去深圳闯荡。因妻子患了重病，他就回来照顾妻子。由于医疗费用较高，再加上供儿子读大学，丰帮崇一家靠务农维持生活，步履维艰。

扶贫路上，不让一个人掉队。2019年12月，贵州紫云支行在了解到丰帮崇的家庭情况后，为他发放了10万元优惠利率的小额农户贷款，支持他承包鱼塘养鱼，让他看到改善生活的希望。

当地政府给丰帮崇安排了村里宣传员公益岗，每月有400多元收入。同时，国家还不断提高退役军人抚恤和生活补助标准。更令人高兴的是，妻子已经大病初愈。丰帮崇说：“因为有党和政府的一系列好政策，才让贫困户生活条件有了较大提高。现在村里硬化路通了，路灯有了，自来水也有了。”

仓廪实而知礼节，衣食足而知荣辱。小康路上，人人都要丰衣足食。不难看到，越来越多的贫困群众在党的政策扶持下，在金融精准扶贫支持下，发展起了产业，摆脱了贫困，吃穿已不成问题，日子过得越来越有滋味，生活中增加了越来越多的希望与喜悦。

图 2–9 农业银行贵州分行发放水果产业贷款，支持果农脱贫致富

定点扶贫的农行答卷

中央单位定点扶贫是中国特色扶贫开发事业的重要组成部分，也是我国政治优势和制度优势的重要体现。

2015 年，国务院扶贫办进一步完善了中央单位定点扶贫工作。根据部署，农业银行定点帮扶河北武强、饶阳，重庆秀山，贵州黄平四县。

喜看稻菽千重浪，遍地英雄下夕烟。多年来，农业银行坚决贯彻中央精神，紧紧围绕国务院扶贫办和人民银行对金融单位定点扶贫工作的要求，全面参与、全力支持四个定点扶贫县脱贫攻坚。

在总行层面，农业银行成立了定点扶贫工作领导小组，建立了领导干部挂点指导、结对帮扶机制。定点扶贫工作领导小组成员单位按各自职能，负责制订定点扶贫工作相关的计划、政策和制度。定点扶贫县所在省市县三级行均相应成立了定点扶贫工作小组，加强了工作的组织和协调。

截至2021年末，农业银行在4个定点帮扶县的贷款余额为135亿元，较年初增加16亿元，投入无偿帮扶资金5997万元，帮助定点帮扶县引进无偿帮扶资金1829万元，支持乡村产业、培训等项目44个。

经过农业银行的积极支持和各地各界的共同努力，4个定点扶贫县的百姓正阔步迈向脱贫致富的康庄大道，丰收、热烈、喜悦的生动画卷正徐徐展开……

黔山深处蕴生机

黄平县有悠久的太子参种植历史。2014年，野洞河镇万丈村贫困村民周杰在政府引导下学种太子参。第二年，有了农业银行农户贷款的支持，他一口气种了50多亩，净利润超过50万元，一举摘掉了“穷帽子”。2019年，农业银行在黄平县创新推出了“太子参e贷”，符合条件的农户最高可获得10万元线上信用贷款。在该产品的支持下，周杰继续扩大种植面积，种了上百亩太子参。

这条“参”生不息的扶贫产业链，在“太子参e贷”落地的那一刻，便悄然运转起来。

每到太子参采挖季，连片的种植田里采挖人连成行、排成队，场面十分壮观。许多贫困户到地里采挖太子参，按照每人每天60斤的采挖量计算，贫困户每天可收入120元。挖出的太子参很多被立即送到金草海药材公司的加工车间。

在车间处理药材的郭菘是黄平县翁岩村的一名在读大学生，为了减轻家庭经济负担，小伙子利用暑假来打工。“我家以种地为生，我在车间工作一个假期，就能解决大半个学期的生活费。”郭菘说。

“各业务部门的创新产品，适合县域和‘三农’领域的，要在黄平县先行先试！”在定点扶贫县黄平县，贵州分行负责人多次这样强调。为黄平县产业壮大、经济发展和社会进步注入动力，已成为新时期农业银行定点扶贫工作的重要内容，而科技手段正是这股动力的不竭源泉。

图 2–10　农业银行黄平支行支持农民发展太子参产业。图为太子参分拣现场

电商平台拓新路。2020 年 10 月 21 日，黄平支行与中国移动黔东南州分公司签订了 5G+ 智慧场景合作协议。根据协议，移动公司将帮助农业银行掌上银行、“惠农 e 村”金融场景模块嵌入黄平县医疗保障局等单位的信息管理系统，为城乡居民提供线上预约挂号、门诊及住院线上缴费等多项优质服务。

让黄平县百姓受益的“惠农 e 村”就是贵州分行采取“公众号 + 小程序”方式建立的数字乡村金融场景平台。在黄平县新州镇学坝村，农行驻村第一书记吴剑正忙着带领贫困户发展特色产业。“惠农 e 村”的上线，拓宽了村里扶贫产品销售渠道。在多种扶贫模式带动下，学坝村 158 户贫困户全部脱贫。

脱贫攻坚与乡村振兴紧密关联。如何推动脱贫攻坚与乡村振兴有效衔接呢？从翁坪乡或许可以看出一二。

翁坪乡是远近闻名的养猪大乡。“以前由于养殖‘散小弱’，虽然肉质一流，但品牌效应不明显，市场竞争力弱。”乡长简永杰说，“不过，浙江龙头企业的到来，让我们看到了养殖业美好的未来。”

2019 年 12 月 15 日，浙江青莲食品股份有限公司在黄平县举行了“5G 智慧云上牧场”项目奠基仪式。该项目由浙江分行引进，旨在打造翁坪黑毛猪品牌及现代农业产业链。

2019 年初，浙江分行刚刚被确定为黄平县东西部扶贫协作金融服务结对行，就立即带领一批浙商企业走进黄平。其中，深耕生猪产业 10 余年的青莲食品团队敏锐地发现了翁坪黑毛猪的市场潜力。“我们希望对接贫困户，通过科学养殖、技术输出，结合信息化技术，让翁坪黑毛猪走向国内最具消费力的市场。”青莲食品公司负责人许明曙说。

脱贫攻坚，既要强内功，也要借外力。正是源于浙江分行的牵线搭桥，这个现代农业项目成功落户黄平。2019 年以来，浙江分行已组织 14 家优质浙商企业到黄平县考察投资，目前已落地签约项目 2 个，金额达 4.15 亿元。

衡水湖畔气象新

滹沱河畔，衡水湖边。在农业银行的大力支持下，饶阳、武强两县的百姓生活发生了巨大的变化。

自开展定点帮扶工作以来，农业银行增加信贷投放、延伸服务网络，依托特色产业创新产品、探索模式，在两县走出了金融扶贫的成功路径。

饶阳县是京津冀地区重要的蔬果产区，“设施蔬菜”播种面积达 34 万亩，“设施葡萄”种植面积达 12 万亩，被国家林业局冠名为“中国设施葡萄之乡”。为助力农户发展生产，农业银行发挥政府增信的作用，推出了“蔬菜贷”“葡萄贷”等，解决了农民发展特色种植业缺少生产资金的问题。

在服务农户发展特色产业的同时，农业银行加大对涉农龙头企业的支持，舞动龙头带贫益贫。在农业银行的大力支持下，河北冠志农业科技有限公司的智能大棚种植了五颜六色的盆栽蔬菜，公司通过流转土地、安置就业、返租温室等方式，带动大批农户脱贫增收。

近年来，奶牛养殖业成为武强县的支柱产业。为促进产业发展，农行衡水分行与武强县政府、富源牧业公司三方联合签署了政银企战略合作协议，发放贷款支持富源牧业公司扩建万头奶牛养殖项目，公司每年拿出固定收益分配给建档立卡贫困户，4000 余人因此稳定脱贫。

图 2-11　河北饶阳邹村的葡萄种植大户赵师傅查看丰收的葡萄，脸上露出笑容

因地制宜才能精准发力。农业银行找准了饶阳、武强两县的特色优势产业，将“大水漫灌”改为“精准滴灌”，依托产业带动，将小农户融入大产业，支持农户脱贫增收。为了提升金融扶贫的覆盖面和精准性，农业银行为两县绘制了金融扶贫图谱，将村镇建档立卡户分布、周边特色产业、重点企业和项目及帮扶责任主体、脱贫措施等基本情况，直观地反映在平面图上。根据建档立卡户贫困程度、致贫原因及分布情况，明确了每个贫困村、贫困户的帮扶措施、帮扶目标、帮扶责任，建立了帮扶台账，解决了扶持谁、谁来扶的问题。紧接着，农业银行创新多种金融扶贫模式，对有项目、有能力的贫困户，直接发放贷款予以支持，并实行基准利率优惠；对有致富意愿和劳动能力的贫困农户，创新推出“金融 + 龙头企业 + 农户”模式，支持特色产业和龙头企业发展，带动贫困户围绕产业链上下游生产增收。

农业银行还引入政府增信、推出银政共管、实施联合控险，发放的建档立卡贫困户贷款无不良，实现了金融扶贫的可持续发展。结合当地资源禀赋特性和农户特点，发挥两县“三农”产品创新基地优势，农业银行先后推出了25款扶贫产品（服务方案），有效满足扶贫金融需求。“村民只要踏实勤奋讲信用，家庭和睦口碑好，现在就有机会得到信用贷款，农行给了我们信任，我们就要努力致富！”全省首个挂牌的信用村——东合村村支书对农行的举措感激不已。截至2021年末，河北分行在饶阳、武强两县贷款余额为20.5亿元，其中精准扶贫贷款余额5.4亿元，带动2735人脱贫和增收。

秀美山川展新姿

农业银行自2015年起充分发挥系统联动优势对秀山县进行定点帮扶，逐项落实定点扶贫六项规定动作，建立“两不愁三保障”基金巩固扶贫成效，创建支教学堂激发内生动力，有力地推动了秀山决战决胜脱贫攻坚。家住秀山县洪安镇的翁红珍，丈夫病故后仅靠经营一家小卖部供3个孩子读书，生活走了下坡路。2017年，翁红珍了解到来洪安镇旅游的人越来越多，萌生了到镇上开餐馆的想法。她拿出了多年来的积蓄，又在农业银行贷了5万元扶贫小额贷款，在镇上开了一家名为“边城小厨”的餐馆。“餐馆的生意很好，每年收入有七八万元。2020年上半年受疫情影响，客人显得少了一些，但情况很快就又好起来了。今年‘十一’期间营业额最多的一天，已经

图2–12　农业银行重庆分行支持的秀山县川河盖景区

超过了3000元。”说罢，翁红珍爽朗地笑了起来。

扶产业就是扶根本。农业银行将产业扶贫作为金融服务秀山脱贫攻坚的着力点，针对秀山茶叶、油茶、中药材、果蔬、畜禽五大特色农业产业和旅游、电商、物流三大重点产业，创新推出了“惠农e贷”“电商e贷”等特色金融扶贫产品，以及旅游扶贫等特色金融扶贫模式，助推秀山产业发展。

为了更广泛地巩固脱贫攻坚成果，2020年初，农业银行为秀山县捐赠了2000万元扶贫资金，创建了“乡村振兴产业发展基金”“农村‘三变’改革基金”“电商产业发展基金”“大病救助基金”等专项基金，为防止群众返贫进一步增强造血功能。

基本医保、大病保险、医疗救助是防止老百姓因病返贫的重要保障。秀山县清溪场镇的黄臣广8年前得了肺癌，为治病掏空了家里积蓄，每个月的医药费压得他喘不过气来。为了防止像黄臣广一样的村民因病返贫、因病致贫，农业银行在秀山设立了大病救助基金，对全县贫困户、脱贫监测户等四类主体进行了大病救助，减少这些家庭的医药费负担。

2020年下半年，秀山县兑现首批大病医疗救助基金94万元，帮助了100多户农户。黄臣广也获得了1.02万元救助基金，加上其他医疗补助，他的医药费负担减少了三分之二，让因病致贫的黄臣广重新拾起了生活希望。

推进东西协作是扶贫的重要手段。2020年7月，在秀山县梅江镇兴隆坳村，重庆分行和广东分行在实地考察后，携手助力该村发展旅游产业。广东分行帮助引进捐赠资金200万元，支持兴隆坳打造4A级景区。

广东分行发挥沿海地区在客户、资金、平台和资源等方面优势，通过产业扶贫、消费扶贫、智力扶贫和爱心扶贫四大行动，挖掘秀山发展潜力。2019年以来，该行共为秀山引进无偿帮扶资金850万元，帮扶了1个建设项目。

“农行广东分行的帮助，不仅有资金帮扶，还有人才交流和产业合作。”秀山县相关负责人表示。随着东部地区的人才、资金、技术向秀山流动聚集，当地巩固脱贫攻坚成果的工作正在高效推进。

2017—2021年，农业银行在秀山县累计投放各项贷款127.14亿元，发放扶贫小额贷款2.68亿元，捐赠资金7565.8万元，带动服务贫困人口1.8万人。

金融活水浇灌乡村振兴

凝心聚力绘蓝图，妙笔如椽绘新村。

坚守主责主业，倾力服务乡村振兴。农业银行紧密对接乡村振兴战略部署，聚焦现代农业、特色产业、新型城镇化、美丽乡村建设等领域，持续强化金融支持，让源源不断的金融活水灌溉广袤农村。

服务农村产业融合发展

产业兴旺是乡村振兴的基础。随着农业与第二、第三产业联系日益紧密，农业银行紧扣农村产业融合发展趋势，以服务农业供给侧结构性改革为主线，实施服务农村产业融合发展行动。

差异化金融服务是农业银行服务乡村振兴的重要思路。在广东，广东分行将服务现代农业产业园作为落实乡村振兴战略的重要着力点，将翁源兰花、清远英德红茶、江门新会陈皮、茂名化州橘红4个现代产业园定为首批试点，集结算、融资、电商于一体的线上线下综合金融服务正如火如荼地开展。在河北，河北分行围绕今麦郎现代农业联合体，以核心企业今麦郎为切入点，结合客户不同阶段需求提供差异化融资支持。2017—2021年，农业银行累计向该企业发放贷款18.78亿元。

位于山东沂南县西部山区的朱家林田园综合体项目，是全省首个也是唯一的国家级田园综合体建设试点项目。村内生态环境良好，自然条件适宜，为其以农为本、多产融合的绿色发展模式奠定了良好的基础。山东分行将做好朱家林田园综合体金融服务作为服务乡村振兴的重要平台和抓手，及时沟通对接，提早介入开发建设，拟定园区整体服务方案。

田园综合体内企业、农户众多，需求不一、条件各异，现有产品难以充分满足各类经营主体融资需求。山东分行创新推出“田园综合体兴农贷”，截至2021年末，山东分行向入园企业、家庭农场等经营主体发放“田园综合体兴农贷”12650万元。“田园综合体兴农贷”的最大特点是创新了集约化、批量化、标准化服务“三农”新模式，受到了客户的一致好评。

图 2-13　农业银行苏州分行支持特色小镇——吴江震泽镇健康发展

支持新型农业经营主体发展。农业银行制定加强新型农业经营主体金融服务 15 条支持政策，从调整贷款准入门槛、优化信用贷款条件、扩大农业企业授信额度、拓宽农村抵质押物范围等方面，加大对农业产业化龙头企业、家庭农场和农民专业合作社等新型经营主体的支持力度。截至 2021 年末，农业银行支持农业产业化龙头企业贷款余额 1864 亿元，较年初增加 139 亿元。

新型城镇化建设也是推动乡村振兴的重要抓手。多年来，农业银行创新城镇化金融产品和业务模式，加快县域金融场景建设，促进美丽资源逐步向美丽经济有效转化，助力打造生态宜居、人人向往的美好家园。

截至 2021 年末，农业银行乡村建设相关领域贷款余额 12803 亿元，较年初增加 1652 亿元；县域医院、学校、旅游等幸福产业贷款余额 1571 亿元，较年初增加 282 亿元。

紧盯特色产业和优势项目

资金是乡村振兴的加速器。多年来，农业银行紧盯乡村特色产业和优势项目，增加信贷投入，提升服务水准，为乡村振兴增加亮色。

温氏集团位于广东云浮新兴县，创立于20世纪80年代，起初只是一个农民集资8000元创办的养鸡场。1999年，云浮新兴支行利用县域金融有利政策，为温氏集团发放了第一笔贷款，金额150万元。

当时，这笔资金主要帮助温氏集团购买鸡苗、饲料等，对促进温氏集团业务发展产生了重要作用。随后，农业银行和温氏集团在现金结算、现金管理、投资银行等领域开展全方位合作，一步步助力温氏集团走出广东、走向全国。2009年，广东分行与温氏集团签订战略协议，向企业提供19亿元意向性信用，开启了银企合作新篇章。截至2021年末，温氏集团资产总额为967.88亿元，已在全国20多个省（自治区、直辖市）拥有402家控股公司，4.54万户合作农户或家庭农场，2021年上市肉鸡规模居全国第一，上市肉猪规模居全国第三。农业银行累计为温氏集团提供超过140亿元信贷支持。

20世纪90年代以来，江苏宜兴市西望村越来越多的人涉足紫砂行业。为了拓宽销路，2009年10月，西望村挂出了宜兴市第一块“紫砂陶瓷专业合作社”的牌子，这是全国首家以农民手工业为基础的农民专业合作社。这种模式有效地提高了村民制壶水平，建立起良好的市场秩序，引导村民走产业化发展之路。

产业越做越大，资金需求也日益旺盛。日渐稀缺的紫砂泥料价格水涨船高，作为村里的领头雁，西望村村书记范泽锋带领村民与农业银行展开了合作。

宜兴分行积极为紫砂工艺项目打造“紫玉金砂贷”，并纳入了“一项目一方案一授权”，一户一策高效支持紫砂工艺师开展艺术创作。筑牢资金补给线的紫砂工艺师纷纷扩大投产规模，紫砂产业蓬勃发展。谈起农行，范泽锋说：“远亲不如近邻、近邻不如老友，农行是西望村最靠谱的老朋友。”

山东寿光是我国著名的“蔬菜之乡”。1989年6月2日，当地农业银行辖属的农村信用社向三元朱村党支部书记王乐义发放了寿光历史上第一笔大棚设施贷款，支持以王乐义书记为首的17名党员干部发展第一批17个冬暖式蔬菜大棚，解决了资金短缺的燃眉之急，从此拉开了支持寿光蔬菜产业发展的序幕，掀起了全国蔬菜史上的“绿色革命”浪潮。

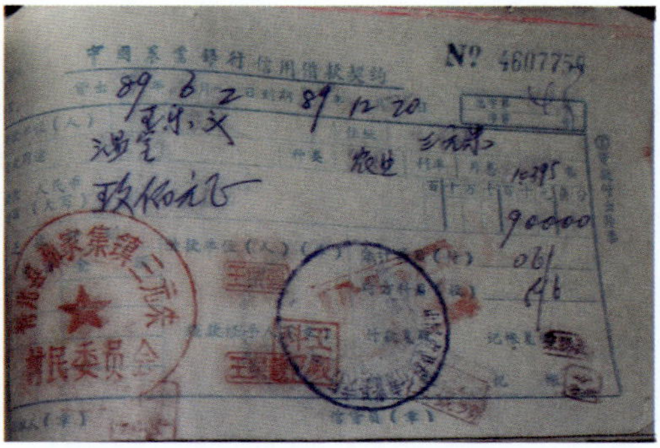

图 2–14　1989 年 6 月 2 日，农业银行为王乐义发放的 900 元大棚设施贷款凭证

时下，引领全国蔬菜产业发展 30 余年的山东寿光，把蔬菜产业转型升级作为实施乡村振兴战略的一号工程，瞄准标准化、组织化、品牌化、智慧化、融合化发展方向，促进蔬菜产业升级发展。为更好地服务当地蔬菜产业，山东分行结合寿光当地蔬菜产业特色，组建专业服务团队、创新信贷产品，给蔬菜产业链条注入金融活水。截至 2021 年末，山东分行用于支持寿光蔬菜发展的贷款余额达 9.1 亿元，及时为客户解决了资金需求的难题。

创新金融服务方式

为进一步提升服务“三农”水平，农业银行积极推进“互联网 +”行动，将互联网新思维、新技术与服务“三农”有机结合，通过构建涵盖农村电商、移动金融、电子机具的“三农”互联网金融服务体系，不断创新金融服务方式，积极服务于乡村振兴。

“自从我们县中心医院上线了‘智慧医疗’支付项目，我们到医院看病更方便了。”在辽宁省铁岭市中心医院，前来就医的刘芳琼很是满意。

该项目是辽宁分行上线的第一家智慧医疗支付项目，也是铁岭首家智慧医疗支付项目。作为一项民心工程，智慧医疗支付项目是辽宁分行在“互联网 + 金融 + 医疗”新型服务方面的积极尝试。项目主要载体包括在门诊部和住院部放置的 15 台自助挂号机，以及包括微信公众号、农业银行综合服务方案等在内的智慧服务方式。

上线“智慧医疗”支付平台从根本上改变了该院原有的单一线下收款模式，实现线上线下一体化挂号和支付，有效解决了患者就医过程烦琐、缴费难、反复排队等问题，受到了患者的一致好评。

在川渝大地，四川井研支行运用线上支付服务为很多人带来了便利。井研县地处四川省乐山市东南部，辖内有 27 个乡镇 199 个行政村 32 个社区，总人口 42 万人，其中农业人口 32 万人。

为解决银行物理网点有限、用户等候时间长等问题，井研支行努力加快“惠农 e 付”的推广应用，以现有 275 个助农取款服务点为抓手，发挥助农点辐射带动作用，引导农户使用线上支付与交易手段，让金融服务触角从乡、镇延伸到村、组，打通了农村金融服务的“最后一公里”。

在河北承德，农业银行与当地相关部门携手上线了“智慧医院”，极大地方便了广大患者，实现了挂号、缴费、诊断、打印、线上门诊等多项便捷服务，门诊和住院缴费分流率在 40% 以上，受到了患者和医院的肯定和好评。

“惠农 e 贷”走进百姓生活

2020 年 3 月初，湖南省衡阳县檀桥村的种粮大户刘新良，通过掌上银行向农业银行申请了一笔“惠农 e 贷”。没过多久，130 万元贷款就到账了。刘新良为此高兴不已。

同年春天，内蒙古锡林郭勒盟正蓝旗五一牧场牧民郭凤云养殖了 200 多只羊，急需大量饲草料开支。正当一筹莫展之际，10 万元“惠农 e 贷”及时到账，为她解了燃眉之急。

近年来，越来越多的农民感受到了农业银行“惠农 e 贷”的便利和好处。“惠农 e 贷”就像一粒粒种子，正在华夏大地生根发芽，为广大农民带来丰收和富裕的希望。

服务“三农”新名片

“惠农 e 贷”是农业银行依托互联网大数据技术，专门为广大农民设计的一款线上化、批量化、便捷化、普惠化的金融产品。

2016 年 8 月，“惠农 e 贷”在福建安溪试点推出，2017 年下半年开始逐步全面推广，目前已覆盖了农业银行全部县域支行。

2019 年 7 月，农业银行提出全力打好互联网金融服务“三农”全面升级阵地战，把“惠农 e 贷 +”打造成中国品牌、世界品牌。

“惠农 e 贷 +”中的“+”指的是以发放“惠农 e 贷”为契机，向农户提供资产、负债、中间业务等一揽子金融服务，满足农户存款、贷款、汇款、理财等多种金融需求。

以往农民通过线下模式申请贷款，费时又费力。为此，农业银行自主研发的移动数据采集系统、农户信息档案系统和白名单管理系统陆续上线，走出了一条前端移动数据采集、中端授信自动核定、后端掌银便捷送达、支持“7×24”小时服务的农户贷款数字化之路，大大提升了工作效率和客户体验。

“快农贷的最大特点就是快，从发起申请到贷款发放，一般只需要几分钟。以往通过线下模式申请贷款，往往需要十多天。”一位客户高兴地说。作为“惠农 e 贷”子品牌，“快农贷”定位准、办理快、服务广，一经推出便受到了广大农户的欢迎。

截至 2021 年末，农业银行“惠农 e 贷”余额为 5446.66 亿元，惠及 368.11 万农户，有力地支持了农民创业增收。

图 2–15　农业银行甘肃平凉静宁支行发放“惠农 e 贷 · 果农贷”，支持农民发展水果产业

金融服务新模式

受制于信息不对称等多种因素影响，商业银行一直未能很好地破解农户融资难这一难题。农业银行依托“惠农 e 贷”，借助信息技术进步，实现了贷款发放和管理质的飞跃，开辟了“三农”金融服务的新模式。

广东分行针对广东南药、岭南水果、茶叶、烟叶、花卉、水产等主要涉农特色产业，制订了22个“惠农e贷”服务方案模板，根据不同产业特点和经营主体资金周转规律，构建起经销商、产业链养殖户、种植户等授信模型。截至2020年末，全辖67个县域支行“惠农e贷”实现了全覆盖。

安徽分行将乡村振兴带头人作为农户信息建档的切入点，首批面向乡村干部、医生教师、表彰人员、专业大户（家庭农场）四类客户群体，有序推进农户信息建档工作，取得了明显的成效。

河北分行创新特色产业、信用村信用户、行内客户数据、政府增信、产业链、电商平台等业务模式，推动了“惠农e贷”在全行复制推广。截至2021年末，河北分行共评定信用村2077个、信用户27236户，2016—2021年累计发放贷款65.1亿元。

品牌建设新路径

“我用金融科技助力服务‘三农’，急人所急，简捷易行，灵活随心。我是‘惠农e贷’，让梦想总有回应。”伴随着《中国诗词大会》的热播，农业银行“惠农e贷”广告隆重推出，给众多客户留下了深刻印象。

在推广“惠农e贷”过程中，农业银行各分支机构想方设法，让老百姓会用、爱用农行产品。“惠农e贷”在农户间口口相传，百姓观念也有了很大变化——办贷款不用找人托关系，只要信用好，通过手机就能办理。

“手机里唯一一个不能删的APP就是农行掌银，它是我随身携带的银行。”宁夏海原县贾塘乡王塘村村民李有忠尝到了“惠农e贷”的甜头，成为农业银行的忠实客户。

四川凉山州是“三区三州”地区之一。越西支行针对当地核桃、烟叶等特色产业积极投放“惠农e贷”，支持百姓致富，取得了良好的效果；同时，通过“惠农e商”帮助涉农龙头企业销售商品，带动百姓增收。

值得一提的是，受新型冠状病毒感染的肺炎疫情影响，线上办贷成为农户的最优选择。农业银行开通了惠农通机具、手机银行等渠道便利农户线上申贷办贷，允许分支机构通过语音、视频、图片等形式获取农户信息，形成简要的信息档案，待疫情结束后再补充。这一做法得到了广大农户的认可，

“惠农 e 贷”品牌成为更多农户的贴心金融产品。

家门口的“银行”

一天上午，70 多岁的张升和老伴儿周玉荣来到辽宁北镇市闾阳镇红旗村的宝君副食商店，高高兴兴地领取新农保，在店主的讲解指导下，他们通过农业银行在此布放的机具，仅十几分钟就完成了领取流程，既简单，又方便。

农业银行在县域农村地区实施“惠农通”工程，以惠农卡为载体、服务点为依托、电子渠道为平台、流动服务为补充，通过布放转账电话、POS 机等电子机具，为农民提供转账、消费和小额取现等服务，有效地缓解了人工网点辐射不到的瓶颈，提高了农村基础金融服务覆盖面。

截至 2021 年末，农业银行“惠农通”服务点达 19.34 万个，逐步形成了大型商业银行服务“三农”的新模式，深受农民欢迎，被大家称为家门口的银行。

图 2–16　农业银行金穗惠农通将普惠金融服务送到老百姓家门口

足不出村的服务

近年来，辽宁分行结合农业农村部信息进村入户工程，大力推进“惠农通”工程建设，在农家店、小超市、供销社、村卫生室等地搭建服务点，为全省1300多万农民提供基础金融服务。

服务点设立后，农民足不出村就能办理小额取现、转账汇款等业务，与原来去网点办理业务相比，既节省了往返时间，又节省了交通费用。

结合新时期农户金融需求，辽宁分行推进“惠农通”服务点功能扩容和提升，打破原有简单提供代理和支付服务的局限，致力于将服务点打造成客户融资桥梁、资产增值保值、聚合扫码结算、金融产品宣传的综合性便民服务平台。辽宁分行每年专门配置费用资源1000多万元，重点保障“惠农通”服务点运转。

辽宁分行组建了集中和分散两种模式的200个流动服务组，加强“惠农通”服务点管理；2020年疫情期间，安排了188名客户经理维护“惠农通”服务点，覆盖1.2万个服务点，保障农村地区服务点正常运行；建立服务点微信群175个，加大业务线上指导力度，解决服务点业务问题848次，实地排除故障、补充耗材等60次，确保了金融服务村村畅通。

辽宁分行还与省农业农村厅开展“信息进村入户”合作，融合互联网金融，在“惠农通”服务点为村民提供金融、电商、信息和生活等服务。

铺就惠农“高速路”

百姓的金融需求就是银行服务的努力方向。长期以来，河北分行加快推进农村基础金融服务体系建设，使更多农村百姓享受到现代金融服务的便利。

自2010年起，河北分行率先在同业中开办银行卡助农取款服务，逐县逐村设立“惠农通”服务点。截至2021年末，河北分行已设立“惠农通”服务点2.74万个。

“农行在村小卖部设立了服务点后，买菜的工夫就能取钱、缴话费。”“给孩子转学费，再也不用往镇里跑了。现在，在家门口几分钟就能办完。”宁晋县王家场村村民们深切地感受到了村里设立“惠农通”服务点后的可喜变化。

河北农村面积广阔，而且高原、山区和丘陵地区面积占比大，增加了推进“惠农通”工程难度。燕山—太行山集中连片特困地区包括22个县，这片区域大多是山路崎岖之地，当地农行员工依靠步行才能进村摸清情况，确定设立服务点的方法；很多村子没有固定电话线路，就研发布放无线电子机具；村民在思想上有顾虑的，就挨家挨户介绍助农取款服务的便利，争取支持。经过努力，不到1年时间，22个县的电子机具行政村覆盖率由最初的27%提升到了91.7%。

在“惠农通”网络搭建过程中，河北分行对接城乡居民养老保险、医疗保险、涉农财政补贴资金等农村民生项目，使农民的“养老钱”“看病钱”“补贴钱”直接发放到自己的银行卡里，并可在“惠农通”服务点领取，真正实现便农、惠农。

在定州市农村地区，以前由各村会计每月到县城取回新农保资金，再分发到投保老人手中；每年年初还要挨家挨户收取养老保险费，再存到银行。如今，通过惠农卡，村里投保老人不仅可以在“惠农通”服务点取到养老金，60岁以下村民还可以在家门口缴纳养老保险费。邢邑镇北王宿村村支书说：“农行帮助我们解决了很大的麻烦，既方便又安全。遇到老人挂失、改密码等事情，农业银行还会上门服务。”

河北分行还先后在“惠农通”服务点开通了信用卡还款、存款定活互转、现金汇款、转账汇款、代缴话费、代缴电费等功能，率先在同业中开通了服务点跨行业务功能。

随着移动互联网技术在农村地区不断普及，河北分行于2017年开始推进“惠农通”工程互联网化升级工作，在服务点增加电商、扫码支付等现代化网络支付结算功能，为农民提供更加丰富便捷的线上金融服务。

河北阜平县夏庄村交通不便，村民日常生活供应主要依靠村口的巧芳超市，这家超市也是一个“惠农通”服务点。2017年初，阜平县支行为这个超市上线了“惠农e商”平台。“我现在都是通过这个平台直接在网上订货。之前很多村民们想买但在县城里也没有卖的商品，现在都可以在这个平台下单购进了。”

巧芳超市老板高兴地说：“年轻人买东西都喜欢用手机扫码结账。现在有了农行聚合扫码服务，支付宝、微信等几乎所有的支付码我这里都能扫，结算款直接就打到我的惠农卡上了。”

截至2021年底，河北分行共在1.66万个“惠农通”服务点上线了“惠农e商”平台。仅2021年“惠农e商”累计交易1.63万笔，金额达2.32亿元。

“惠农e商”、聚合扫码等移动金融服务在“惠农通”服务点上线后，真正将服务点从线下基础金融服务代理点升级为线上线下一体化的综合金融服务站。

第三章

服务实体：一家拥有家国情怀和担当精神的银行

一、综述：金融活水润实体

经济兴，金融兴；经济强，金融强。回眸农业银行走过的几十个春秋，一条主线十分醒目，那就是与我国经济的发展同命运、共成长。

金融是实体经济的血脉，为实体经济服务是金融企业的天职。多年来，农业银行金融服务不断提档升级，与时俱进；从服务农业生产到支持乡村振兴，从流动资金贷款、固定资产贷款到贸易融资、并购贷款和产业链融资，从支持传统产业到战略性新兴产业、先进制造业、现代服务业，从控制“两高一剩”到全面实施“绿色信贷”……

凝心聚力，服务国家重大战略

服务国家重大战略是金融机构的责任和使命。一直以来，农业银行勇于担当，不辱使命，积极对接客户金融需求，创新金融产品，提高服务水平，倾力支持国家重大发展战略落地实施。

上海浦东开发、东北振兴、京津冀协同发展、“一带一路”、长江经济

图 3–1　农业银行云南分行积极支持铁路建设，助力云南高铁畅通

带、粤港澳大湾区、雄安新区建设和“制造强国”等一系列重大项目实施中，无一不活跃着农业银行的身影。

1990 年 4 月 18 日，国务院宣布实施上海浦东开发战略。8 月 24 日，浦东新区第一家分行级的金融机构农行上海浦东分行宣布落户当时浦东的最高建筑物——仅有 10 层楼的由由饭店。在浦东建设的浪潮中，银行等金融机构功不可没，而农行上海浦东分行与浦东新区相伴相生。南浦大桥、东方明珠广播电视塔、地铁二号线、新国际博览中心、世纪公园……哪里有贷款需求，哪里就有农业银行人的身影。

农村电网是农村重要的基础设施，对促进农业农村发展、改善农民生产生活条件具有不可替代的作用。“十二五”时期，国家实施了农村电网改造升级工程。自 1998 年 2 月起至 2001 年 8 月末，仅 3 年多时间，农业银行发放农村电网项目贷款 943 亿元，支持 1500 个县完成电网改造，产生了巨大的经济效益和社会效益。近年来，农业银行加大信贷投放和业务创新力度，特别是加大对国家电网、南方电网这两大电网企业的支持力度，有效满足了其在新基建领域的多元化、个性化资金需求；加强投贷联动，打通境内外市场，全方位满足电力新基建融资需求，重点为“榆横—潍坊”“酒泉—湘潭”“上海庙—临沂”“扎鲁特—青州”“乌东德—广东广西”等特高压输电项目提供贷款支持。

2003 年 10 月，国家实施东北老工业基地振兴战略。多年来，农业银行紧密结合当地实际，出台专门信贷政策，选准重点建设项目，优化金融服务方案，不断增加对东北三省的信贷投入，助力东北老工业基地重新焕发生机。

作为国民经济的基础产业，交通运输业是经济和社会各项事业发展的重要保障，其发展水平的高低对国民经济起到关键作用。2008 年 7 月，农业银行与交通运输部签订了“十一五”期间全面合作框架协议。根据协议，农行在“十一五”期间，向公路建设项目提供总额不低于 1000 亿元的信贷额度。此次合作涵盖了高速公路、国省干线公路、公路运输枢纽、沿海港口、内河水运等交通基础设施建设的多个领域。2008 年 8 月，农业银行支持的我国首条设计时速 350 公里的高速铁路——京津城际铁路开通。

近年来，农业银行紧紧围绕公路、铁路、航空并行的立体交通建设规划，持续加大信贷投入，“贷”动“大交通”建设提速。截至2021年末，农业银行在公路和铁路领域贷款余额达1.52万亿元。在陆空纵横、四通八达的“大交通”壮美画卷里，凝聚着农业银行服务地方经济发展的责任与担当。

对接长江经济带发展金融需求，农业银行发挥集团联动优势，对涉及黄金水道、立体走廊、新型城镇化以及产业转型的沿线重大工程、重大项目加大支持力度，为沿线省市提供优质金融服务。重庆果园港、长江流域环洞湖水系穿紫河治理项目、贵州鸭池河特大桥等多个建设项目，都得到了农业银行的大力扶持。截至2021年底，农业银行在长江经济带11个省本外币法人贷款余额达4.72万亿元。

图3-2　农业银行贵州分行大力支持黔西县鸭池河大桥建设

为促进京津冀协同发展，农业银行成立了京津冀协同发展金融服务领导小组，出台了支持京津冀协同发展的指导意见，在京津冀三地牵头北京新机场、新航城等重点项目银团贷款，重点支持了京张铁路、兴延高速、张承高速等基础设施项目。

为更好地服务“制造强国”战略，农业银行明确了首批制造业重点企业和项目名单，确定了金融服务重点，专门出台了《关于进一步优化信贷政策—加快制造业中长期贷款投放的意见》，配套提出了差异化政策，支持制造业高质量发展。

雄安新区建设是培育经济的新引擎。农业银行制订《雄安新区全面金融服务方案》，形成了“1+3+X”服务雄安新区总体方案。2018 年 3 月 19 日，农行河北雄安分行揭牌，这是四大国有银行在新区第一家挂牌营业的金融机构。

普惠金融是国家的重要战略规划，关系国计民生，意义重大。近年来，农业银行大力推进普惠金融工作，勇当普惠金融“领头雁”。通过不懈努力，农业银行打造了 1000 家总行级和 1000 家分行级普惠金融专营机构，赋予专项政策支持，驱动更高质量普惠金融服务能力；围绕小微企业融资难问题，加大普惠性金融产品供给，构建企业全生命周期金融服务体系，优化流程，减费让利；丰富线上产品体系，优化“小微 e 贷”和“产业 e 贷”，推出“首户 e 贷”；将普惠金融服务输出至国家部委、地方政府各类数字政务平台，拓宽服务渠道，提升金融服务民营、小微企业质效，帮助企业发展壮大。

绿色是农业银行的鲜明底色，发展绿色金融是农业银行义不容辞的责任。农业银行始终坚持绿色发展理念，参与出资国家绿色发展基金，加快推动绿色金融创新，引导金融资源流向绿色产业，矢志不渝耕耘美丽中国；围绕服务打好污染防治攻坚战，通过实施行业限额管理、严格准入标准、加大潜在风险客户退出力度等多种手段，严控用信总量；深入贯彻国家绿色金融改革创新试验区建设部署，鼓励试验区所在分行先行先试，着力打造绿色金融服务样板；大力推广无纸化绿色办公，组织志愿者参与植树造林、光盘行动等各类环保公益活动，争做美丽家园建设的倡导者和践行者。

创新驱动，激发制造业活力

服务“制造强国”，农业银行制造业信贷投放按下了快进键。近年来，农业银行积极助力现代产业体系，多策并举，不断提升制造业金融服务水平。

农业银行大力支持制造业改造升级，制定支持制造业发展指导意见，修订了 16 份行业信贷政策，指导全行把握先进制造业发展方向，遴选了 500

多家智能制造、高端装备创新、工业强基等领域企业，建立了重点客户名单库。

与此同时，农业银行积极参与设立国家制造业转型升级基金，通过基金支持转型升级项目；加入技术改造三方联动合作并成为首批试点银行，与工信部签署了《技术改造重点项目三方联动试点工作备忘录》。

在机构设置和管理方面，农业银行选定宁波等 8 家分行作为服务制造业发展首批试点行，落实差异化政策；鼓励分行先行先试，探索有效服务模式；在 31 个市（区）已设立 62 家制造业普惠金融专营机构，实现试点示范城市普惠金融服务专营机构全覆盖。

服务创新驱动，开启金融赋能先进制造新征程。农业银行积极服务创新驱动发展战略，加大对先进制造业、战略性新兴产业支持力度，创新推出产业集群批量营销、平台合作、产业链金融、数字化金融和多元金融五大制造业金融服务模式；同时，重点拓展了产业集群批量营销服务模式。

南京熊猫电子作为一家老牌国企，可以说是中国电子工业的摇篮。从 2007 年濒临破产，到重组为中国电子熊猫集团，随着产品结构升级，如今的中电熊猫已是国内少数能建设全自动化高技术产品流水线的企业之一。

中电熊猫项目负责人说："公司的成功转型，离不开农行的支持。"当时，江苏分行为企业开辟了绿色通道，及时发放 5 亿元项目贷款，支持其生产高世代液晶面板线。目前，工业自动化装备、交通电子装备、通信装备成为中电熊猫新的三大支柱板块，完全取代了原来的电子产品。中电熊猫的发展是农业银行支持制造业转型升级的一个缩影。

广东分行先后与广东省工信厅、商务厅签订合作协议，为广东省战略性产业集群企业提供 5000 亿元融资支持，同时推出了面向新一代电子信息、绿色石化、智能家电、智能机器人等战略性制造业产业集群的专属融资服务。

浙江分行创新推出了"绿色金融制造贷"，用于支持先进制造业企业绿色工厂建设。根据绿色工厂星级不同实行差异化利率定价，确保企业享受最优惠的资金成本，引导企业提升绿色等级，真正让实施绿色发展的工厂得到实惠。目前，"绿色金融制造贷"客户数量和贷款投放显著增长，也带动了当地企业走上绿色高质量发展之路。

以上只是农业银行支持制造业发展的一个缩影。一直以来，农业银行贯彻落实党中央、国务院制造强国战略部署，不断创新产品服务，持续向制造业输血供氧。中国一汽、奇瑞汽车、美的集团、格力电器、新松机器人、望变电气等一大批企业的发展壮大，都离不开农业银行的鼎力支持。

突出重点，助力新经济前行

贵阳货车帮科技有限公司是“互联网＋物流”的独角兽企业。作为新经济产业发展的代表，企业因为成立时间短、资产抵押少等问题，存在融资难题。

贵州分行基于实际情况，为其授信10亿元，针对全国520万司机购车融资需求，设计了基于互联网、大数据的“货车贷”，对货车司机实现“在线申请、在线审批、在线放款”。强有力金融的支持，促进了企业的健康发展。

这是农业银行支持新经济发展的一个典型案例。

事实上，一直以来，农业银行主动把业务重点切换到新产业、新业态和新模式等，支持培育新的经济增长点，促进经济转型升级。农业银行全面拓展了新一代信息技术、生物、高端装备制造、节能环保、新能源、新材料、

图 3–3　农业银行广东分行支持格兰仕有限公司研发制造智能生活家电

新能源汽车等八大产业的金融服务，初步搭建了对战略性新兴产业的服务体系，支持了一大批战略性新兴产业重点项目、重点企业。

2017 年末，农业银行建立了新经济重点客户名单库，首批入库新经济重点客户 738 户。2018 年，农业银行修订新经济重点客户名单库准入标准，更新重点客户名单库，并对库内客户匹配了产品、信贷、资源、考评激励四大类 10 条支持政策，更好地满足新产业新模式的金融需求。截至 2021 年底，农业银行新经济重点客户名单库的客户达 1461 户，贷款余额为 2775.7 亿元。企业经营范围涵盖了显示面板、物联网、集成电路、生物医药、第三方物流、旅游、文化等战略性新兴产业和成长性现代服务业。

据统计，截至 2021 年末，农业银行战略性新兴产业贷款余额突破 8500 亿元，金融支持战略性新兴产业的规模和质量迈上新台阶。

在全面建设社会主义现代化国家的新征程中，民营经济只能壮大、不能弱化，要走向更加广阔的舞台。发展壮大民营企业，就要拓宽民营企业融资途径，解决民营企业融资难、融资贵的问题。

作为国家金融政策的重要实施主体之一，农业银行迅速响应，认真研究支持民营企业健康发展的真招实招，制定出台了《关于加大力度支持民营企业健康发展的意见》，围绕加大信贷投入、完善政策制度、创新产品与服务模式、推进减费让利、拓宽融资渠道、助力企业纾困、确保商业可持续、加强组织领导与正向激励八个方面，提出了 22 条针对性措施，聚焦“政策精细化、授权差异化、流程便捷化”，支持民营企业发展。

2016 年至 2020 年，农业银行累计投放民营企业贷款 6.9 万亿元。截至 2021 年末，民营企业贷款余额达 2.47 万亿元。

二、纪实

金融引擎助力“大国工程”

肩负重任，不辱使命。无论是在专业银行时期，还是现代股份制商业银行新时期，农业银行都以服务国民经济建设为己任，为国家重大项目、重要行业、重点企业提供优质金融服务。截至2021年底，农业银行境内公司存款余额达8.04万亿元，充分发挥了大型金融机构的职能作用。

金融服务瞄准“重点目标”

改革开放之初，中国铁路运营里程少、车速慢，绿皮车成为几代人的回忆。40余年过去了，如今中国铁路运营里程已达14.6万公里，其中高铁3.8万公里，并构成了“四纵四横”全球最大的高铁网。

提到“四纵四横”高速铁路项目，农业银行功不可没：世界著名的高铁——京沪高铁，世界单条运营里程最长的高铁——京广高铁，世界首条高寒高铁——哈大高铁等，上述大国工程从立项到施工投产，背后都有着农业银行金融服务的身影。

同时，农业银行各分支机构因地制宜，积极对接地方交通建设项目金融需求，主动投放贷款，有力地支持了一大批关系到国计民生的重点工程。

1991年，上海市区首座越江大桥——南浦大桥建成投入使用，这是当时世界第二大叠合梁斜拉桥。其成功建成的喜悦中，有一份农业银行的付出和贡献。

1998年，江苏分行为汾灌高速公路提供贷款20亿元，创造了当时农业银行单笔金额贷款最高记录。

2013年，农业银行支持沈阳桃仙机场T3航站楼新建工程，授信20亿元，使桃仙国际机场T3航站楼新建工程顺利完成。

2015年，农业银行成为混合所有制铁路项目蒙华铁路的业务主办行。

2017年，农业银行成功中标中国交通建设股份有限公司G0711乌鲁木齐至尉犁等高速公路PPP项目产业基金的优先级投资人。该项目是全国投资规模最大的PPP项目，总投资达708亿元，路线全长1000公里。

截至2021年末，农业银行铁路行业贷款余额达4903.1亿元，公路行业贷款余额达10338.6亿元。

除了服务上述交通基础设施项目，农业银行还积极联合石油化工、航空航天、电力、制造、冶金、海港、通信、汽车、水利、体育等与国计民生关联紧密的大型企业，参与支持南水北调、西气东输、西电东送、农网改造、三峡工程等国家重大项目。

中国第一汽车集团公司是国内最大的汽车制造商，其主要产品有轿车、卡车等，微型车、客车遍及全国各地。早在2002年，农业银行与中国第一汽车集团公司签订了银企合作协议。多年来，农业银行积极在本外币、资金融通、代收代付、代理保险、客户理财服务等领域为企业提供金融服务，为企业的新产品生产、技术改造项目、高精尖技术领域产品创新提供信用支持，并不断扩大合作范围，为中国第一汽车集团参与全球化竞争提供了重要的金融支撑。

宝武集团是中国最具竞争力的钢铁联合企业。企业生产以钢铁为主业，生产高技术含量、高附加值钢铁精品，已形成普碳钢、不锈钢、特钢三大产品系列。2009年7月，农业银行与当时的宝钢集团签署了《银企全面合作协议》，为该集团提供500亿元意向性信用额度，同时为其提供结算、代理、现金管理、财务顾问、资产管理等各类金融服务。

中国航天科技集团公司是我国十大军工企业之一，拥有“神舟”“长征”“嫦娥”等著名品牌和自主知识产权。2010年12月，农业银行与中国航天科技集团公司在京举行战略合作框架协议签约仪式。根据协议，农业银行将向中国航天科技及其所属单位提供300亿元人民币意向性信用额度，为航天科技及所属单位提供优质、高效、个性化的金融服务，有力推动了航天科技的健康发展。

中国广核集团有限公司是国资委监管的大型清洁能源企业，是我国两大核电生产企业之一。公司主营业务涉及核电、风电、太阳能、节能技术、公共服务事业等领域。2011年3月，农业银行与该企业签订了《战略合作协议》和《风电业务合作框架协议》，双方合作范围涵盖清洁能源项目融资、现金管理、结算业务、企业理财服务等方面。

三峡水利枢纽工程是当今世界上最大的水利枢纽工程。2012年6月，农业银行和重庆市政府在渝签署了《共同推进重庆市三峡后续工作规划项目实施战略合作协议》，向三峡后续工程重庆库区提供总额1000亿元的意向性信用额度。2019年4月，中国农业银行与中国长江三峡集团有限公司在北京签署全面战略合作协议，确定农业银行牵头四大国有银行、国开行、农发行、中国人寿等大型金融单位联合为该企业提供金融支持，以及1000亿元长江绿色基金的相关合作。

2015年，农业银行作为银行同业中最大投资者，参与了中石油西气东输管道重组股权投资项目50亿元，支持我国首单油气管网设施的重组改革。在项目运作过程中，农业银行通过资管、投行、基金、托管等多元化综合金融产品和服务，主导成立产业基金，成功投资我国规模最大的天然气管网项目。

北京大兴国际机场项目是我国民航史上最大的机场建设项目。农业银行独家牵头、代理北京新机场项目银团组建，银团总额400亿元，其中农业银行银团份额为35%，占比最高。农业银行在2015年7月成为大兴国际机场银团项目的独家牵头行和代理行后，立刻投身到一系列融资服务当中，同年12月牵头组织8家银行组成了融资银团，第一笔银团贷款于2016年6月成功发放。

近年来，河北分行在冰雪产业基础设施建设、旅游业等方面，为冬奥会筹办提供全方位信贷支持和综合性金融服务。截至2021年末，河北分行对涉奥项目累计发放贷款56.6亿元。

图3-4　农业银行北京分行支持北京大兴国际机场建设

农业银行抓住“新基建”发展机遇，全力为中国移动、中国电信、中国联通、中国铁塔等新基建龙头企业提供金融服务；为大型电信运营商成功推出了现金管理大银企直联新体系，协助提高企业现金管理效率；利用科技手段，为金融公司和5G电信运营商核心子公司开设银企直联平台。

点睛之笔添彩“超级设施”

亘古的伶仃洋上，崭新而雄伟的港珠澳大桥一桥飞架，横跨三地，气势磅礴，勾勒出粤港澳大湾区加速融合发展的新时代画卷，承载着珠江东西两岸人们对新生活新发展的期冀。港珠澳大桥全长55公里，创多项世界之最，它的建成是我国综合国力的具体体现。

港珠澳大桥被外媒誉为“新的世界七大奇迹”之一，港珠澳大桥建设之难，资金需求、建成运营后支付结算量之大不言而喻。作为主要金融服务提供商之一，广东分行始终倾力支持，为项目建设注入资金，提供服务。多年来，该行先后支持了港珠澳大桥珠澳口岸人工岛填海工程、交通中心和交通连廊等多个项目，以强有力的资金支持推进工程建设。截至2021年末，累计发放贷款12亿元，贷款余额11.67亿元。农业银行在该项目中与同业相比，贷款份额最大、放款效率最高，得到项目建设者和社会各界的高度认可。

港珠澳大桥的建设涉及众多行业、领域和部门，需要配套建设的公司更是数不胜数。

建造之初，江苏分行就敏锐意识到这一工程的重大意义，提早对建桥过程中涉及分布全省各地、各行业的公司进行专门摸排和研究，有针对性地在资金上给予大力支持，助推各相关项目稳步实施，为大桥的顺利开通贡献农行力量。

吊装工程画龙点睛。作为世界上最长的跨海大桥，港珠澳大桥施工过程中120个钢圆筒快速筑岛的创新施工法、6000吨级最终接头的海上吊装等工程，均有振华重工南通基地的身影。尤其是振华重工自主研制的大国重器12000吨起重船“振华30号”完成了最终接头的吊装作业，毫米级的精度误差实现了画龙点睛的一吊。

在振华重工的工程师们为港珠澳大桥的建设挥洒汗水的时候，农行南通分行针对企业提出的商业承兑汇票贴现业务需求，与上级行和经办行多级联动，成功为振华重工办理了2亿元商业承兑汇票贴现。

在振华重工完成“振华30号”齿轮箱生产的过程中，该行累计为其提供了3931万元的履约保函和质保函，保证了公司近10亿元工程合同的成功履约。

“斜拉索”是决定桥梁安全的主要命脉之一。港珠澳大桥主桥为三座大跨度钢结构斜拉桥，而让桥塔显得纤巧灵动、精致优雅的关键来自无锡法尔胜泓昇集团的2400多吨“斜拉索”。

法尔胜泓昇集团能够深度参与港珠澳大桥建设，离不开无锡分行的大力支持。在该行的扶助下，公司不断夯实发展基础，加快智能转型步伐，成为苏南地区首批国家级创新型企业。

早在2013年，公司中标港珠澳大桥缆索、钢绞线等项目后，无锡分行迅速开具3份共557万元的履约保函，保证了1亿多元合同顺利履约。另外，无锡分行还对中标的钢绞线项目提供贷款支持，贷款最高达9500万元。

图3–5 建设中的港珠澳大桥人工岛

人工岛集结多重功能。位于港珠澳大桥东西两侧的人工岛，犹如守护珠江门户的巨轮，吸引了无数目光。它不仅是桥、隧的连接点，还是集交通、管理、服务、救援和观光等多重功能的综合体。作为港珠澳大桥人工岛的EPC

总承包商，江苏上上电缆集团收获了“耀目时刻”。“除了供应电缆之外，人工岛相关电缆的设计、安装和检测全部由我们承担。”江苏上上电缆集团负责人自豪地说。

上上电缆收获骄傲时刻的背后，有着江苏分行10多年的鼎力扶助——累计发放16亿元贷款支持企业开展技术研发，不断扩大产能。由于在港珠澳大桥中的突出表现，该公司受到同行业高度关注，为进一步开拓海外市场打下了雄厚基础。

电缆产品流光溢彩。夜晚的灯光使雄伟壮观的港珠澳大桥显得更加流光溢彩，这些照明设备所必需的电缆产品来自江苏远东智慧能源旗下的远东电缆有限公司。该公司的智能交通电缆产品全面应用于港珠澳大桥主体工程交通工程的照明、供配电以及收费通信综合中心的相关设施。

从1990年成立之初从事普通电线电缆制造销售的小企业，到为世纪工程港珠澳大桥建设提供高端智能电缆产品的行业翘楚，这一切，都离不开农业银行的支持和帮助。截至2021年末，远东集团累计获得江苏分行3.28亿元贷款，用于电缆产品技术创新、智能化升级和扩大产能等。远东集团负责人曾多次表示：“集团发展至今，多亏有农行的一路相伴。”

金融之笔绘丝路

志合者，不以山海为远。2013年秋天，习近平主席在哈萨克斯坦纳扎尔巴耶夫大学发表演讲时，首次提出建设“丝绸之路经济带”。随后，在访问印度尼西亚期间，习近平主席又提出了建设“21世纪海上丝绸之路”的倡议。

“一带一路”南北呼应、东西互济、内外联动，一个面向全球开放合作的新格局以崭新的面貌呈现在世人面前。

千里之行，始于足下。一直以来，农业银行积极响应国家倡议，践行国有大行的责任和担当，用扎实的作风、创新的方式、完善的布局，为“一带一路”建设贡献智慧和力量。

数据显示，2016—2021年，农业银行累计为“走出去”客户办理贷款、保函、境外发债等业务2738.66亿美元，其中涉及“一带一路”沿线国家的有50余个，业务总额逾143亿美元。

顶层设计，促进战略沟通

跨越万里海域，穿越千年时光。“一带一路”沿线国家风土人情各不相同，要想做好金融服务，必须在顶层设计、政策制度等方面提早谋划、积极布局。

2015年，农业银行根据国家“一带一路”建设规划，制定了《中国农业银行落实“一带一路”建设的实施意见》（以下简称《意见》），成立了专项工作领导小组，画好“规划图”“施工图”“作战图”“火线图”，努力推动“一带一路”倡议落地。根据《意见》，农业银行统筹做好产品创新、制度流程等政策安排，不断提升客户响应度和服务效能，同时着力将财务、信贷、资本、人力等经营资源向“一带一路”倾斜。

作为第一批发起单位，农业银行参加了亚洲金融合作协会筹备工作，利用交流平台扩大“一带一路”同业合作，实现多个首笔首批业务，如成为人民币兑越南盾、蒙古图格里克等7个沿边货币的首批区域挂牌银行，首批获得中蒙、中越人民币现钞以及越南盾、图格里克、坚戈等5个沿边货币现钞跨境调运资格等。

在机构布局方面，农业银行着力延伸服务触角。截至2021年末，农业银行有7家机构布局在“一带一路”沿线国家初步形成了涵盖主要国际金融中心及周边合作密切国家和地区的境外金融服务网络，为推进“一带一路”建设贡献金融力量。

深化服务，助力设施联通

使者相望于道，商旅不绝于途。距离摩洛哥第一大城市卡萨布兰卡约35公里处，坐落着中国山东电力建设第三工程公司承建的杰拉达350兆瓦燃机电站项目。截至2018年7月28日，项目实现了连续安全稳定运行200天的新目标。

这个摩洛哥国内首台350兆瓦超临界空冷燃煤机组，极大地缓解了摩洛哥东部地区电力供应紧张局面，而这背后离不开农业银行的大力支持。

回忆当时的情景，时任山东潍坊分行副行长张文刚记忆犹新：“山东电建三公司在‘一带一路’沿线19个国家和地区承揽了47个大型电站项目，

图 3-6 农业银行浙江分行支持开通跨国列车。
2014 年 11 月 18 日，义新欧（义乌—马德里）中欧班列首发（王建明 摄）

是电力基础设施建设的领跑者。我们仅用了 3 个工作日就为其开立了 3500 万美元质量保函。”

一直以来，中国与众多国家一道，在港口、铁路、公路、电力、通信等领域开展大量合作，有效改善了当地基础设施状况。

多年的耕耘陪伴，农业银行服务的项目名单不断加长：中船重工船舶出口、中粮集团境外收购、哈电国际迪拜哈斯彦清洁燃煤电站、华能如意巴基斯坦燃煤电站、广西北部湾港务中马关丹产业园联合钢铁项目、振华石油油气并购、中信建设哈萨克斯坦公路改造等。

发挥优势，推进农业相通

古丝绸之路沿线地区是“流淌着牛奶与蜂蜜的地方”。农业是“一带一路”沿线国家的重要产业，也是吃饭工程，涉及国计民生。一直以来，我国涉农企业不仅对外输出产品，也为所在国带去先进的生产理念和加工技术。

作为唯一一家参与国家农业对外合作部际联席会议的商业银行，农业银行依托服务“三农”特色优势和成熟的技术模式，把支持“一带一路”沿线国家农业综合开发项目视为服务“一带一路”的重点领域。

8月，在高山之国的塔吉克斯坦，正值棉花收获季节，当地棉农与哈特隆农业公司职工聚在一起，感受收获的喜悦。

当地棉农百伽利说：“几年前，水利设施年久失修、漏水严重，居民连饮用水都不能保证，更别说种植棉花了。感谢中国企业，让弃耕区成了适合种植棉花的土地。”

据哈特隆农业公司董事长介绍，该公司投资建设的农业纺织产业园项目，是塔吉克斯坦独立25年来最大的农业纺织投资项目，解决了当地35万人次的就业。

项目的推进离不开农业银行的鼎力支持。为推动人民币海外共同基金业务落地，解决这些项目缺资金的难题，农业银行多次组织专家团队赴塔吉克斯坦考察，为客户设计了境内母公司担保、境外经营主体融资，通过境外融资主体在境内分行开立的NRA账户，实施了境内人民币贷款融资方案。2017年9月，农业银行成功为其办理了2亿元人民币项目贷款。

对哈特隆农业公司的金融服务是农业银行支持涉农“走出去”的一个

图 3–7　农业银行支持塔吉克斯坦金谷农业合作项目

缩影。

多年来，农业银行充分发挥自身优势，重点支持周边国家农业综合开发项目，农产品国际贸易，以及境外农产品生产、加工和运输基地建设，促进国际农业合作。

一直以来，农业银行为中粮集团、新希望集团、隆平高科、上海梅林、正广和等国家级大型农业产业化龙头企业收购国际农业项目，建立海外生产、加工和运输基地，推动全球产业链和贸易网络布局等提供广泛的金融支持；为新疆利华棉业股份有限公司在塔吉克斯坦设立的金谷农业公司提供人民币贷款，支持其在塔吉克斯坦的现代农业种植推广与产业园区二期项目建设。

一花独放不是春。农业银行还积极和国内金融机构优势互补、共同“出海”。2016 年 12 月，农业银行与中国出口信用保险公司签署了《服务“一带一路”倡议支持农业对外合作专项合作协议》。双方不仅联合举办专题金融推介会，还持续开展“总对总”联合授课和客户营销工作，共赴上海、江苏、安徽等“走出去”业务较集中的地区，对接当地“走出去”重点客户，取得了良好的效果。

呵护我们的家园

地球是我们唯一赖以生存的共同家园。2017 年 1 月 18 日，习近平主席在联合国日内瓦总部，向世界发出了构建人类命运共同体的中国声音：“绿水青山就是金山银山。我们应该遵循天人合一、道法自然的理念，寻求永续发展之路。”这一铿锵的声音，再次昭告世人：珍爱和呵护地球是人类唯一的选择。

多年来，农业银行沿着绿色金融之路笃定前行，从未懈怠。截至 2021 年末，农业银行绿色信贷余额达 1.98 万亿元，比上年末增长 30.6%，绿色债券投资余额 883 亿元，比上年末增长 35%，支持轨道交通、污水处理以及水电、风电等新能源项目银团合同总规模超过 600 亿元，为呵护我们的家园做出了不懈努力。2021 年，农业银行获评《亚洲货币》年度最佳绿色金融银行。

潮升钱塘起狂澜

保护脚下这片神奇土地的生态环境，时不我待、刻不容缓。

长期以来，农业银行深入贯彻绿色发展理念，认真落实国家产业、行业政策、环保政策和金融监管要求，持续将绿色信贷作为履行社会责任、服务实体经济的重要着力点，高能耗、高污染行业的贷款投放逐年减少，为保护国家环境安全尽到了一家国有大行应尽的社会责任。

“我们要为当代人着想，还要为子孙后代负责。让发展的动力源源不断，让文明的光芒熠熠生辉；构建人类命运共同体，关键在行动。”农业银行时刻牢记习近平总书记的嘱托，用实际行动，成为国内绿色金融领域的主要倡议者、实践者和重要的推动者。

多年来，农业银行大力发展绿色信贷业务，重点支持了一批新能源、水污染防治以及再生能源开发利用项目，并在国内率先推出碳交易保函、碳交易预付账款融资、低碳项目融资租赁等一系列服务。

中国是全球首个由政府推动并发布政策明确支持绿色金融体系建设的国家，浙江省又是第一个向国务院申报绿色金融改革创新试验区的省份。2017年6月14日，国务院常务会议决定在浙江、新疆等5个省区选择部分地方建设绿色金融改革创新试验区，浙江省湖州市、衢州市被列为试点城市。

在浙江，农业银行首创美丽乡村贷，确保信贷资金投向符合技术升级要求、碳排放约束和绿色标准的领域；2017年至2021年，支持工业节能减排、清洁能源发电、环保设备制造、废弃资源综合利用等绿色企业2024家。

浙江分行在国内金融界率先设立了绿色金融部，在湖州、衢州等分行成立了绿色支行，在机构、人员、产品、政策等多方面倾斜，切实推动绿色金融发展。实际工作中，浙江分行安排专项意向性信用额度，支持浙江绿色产业发展壮大。

2017年至2021年，浙江分行已累计投放绿色信贷3480.31亿元。截至2021年末，绿色信贷余额2683.3亿元；近3年带动项目1001个、投资2155.19亿元。

在安徽，农业银行主动融入当地绿色发展大潮，引导金融资源向绿色产业倾斜，打造美好安徽生态宜居环境；对位于长江、淮河、新安江、巢湖沿岸附近15公里以内的高污染企业开展摸底排查，逐户制定贷款压降目标；把支持风电、抽水蓄能、光伏发电等绿色能源行业作为绿色信贷主攻方向。2017—2021年，农业银行累计为光大、皖能等企业发放绿色贷款559亿元，所支持的节能环保项目每年可节约标准煤154万吨，减排二氧化碳量244万吨。

农业银行6000万元授信，让江西远达环保有限公司5个脱硫项目有了资金保障；发放贷款5000万元，让江西松湖光伏项目进度进一步加快；30万元"油茶贷"半天获批，让江西省兴国县社富乡金龙村村民彭福星的油茶种植面积扩大到了100多亩……在江西，从清洁能源到绿色农业，当地农行紧密对接企业需求，创新服务模式，拓展服务路径，做大绿色金融客户朋友圈，持续推进绿色农业类、经济环保类绿色贷款投放，取得了经济发展和社会效益双丰收。

山河溢彩桃园新，岁月流金看今朝。多年来，农业银行一诺千金，植根中华沃土，耕耘美丽中国，誓让绿色成为新时代的底色，一条江山如画的绿色之路，正蔚然铺展。

吃水不忘挖井人

小智治事，大智治制。绿色金融是全球经济结构性改革的强力引擎，是全球绿色经济发展的破局关键。

经过几十年的高速发展，我国环境污染问题较为突出，成为亿万人民的心头之痛。作为一家负责任的国有大行，农业银行坚持把环境保护作为业务经营的重中之重，兼顾经济效益与生态效益的双丰收。

黄河是中华民族的母亲河。青海省是黄河的发源地，在维护国家生态安全中具有不可替代的重要地位。青海分行重点支持新能源、新材料、生物医药、电子信息等战略性新兴产业以及节能环保、信息技术应用等领域，引导金融资源流向绿色环保领域。截至2021年末，该行绿色信贷余额达203亿元，有力地推动了青海省国家级太阳能发电示范基地等项目建设。

青海海南州太阳能生态光伏发电园区是国内最大光伏发电项目。青海分行以内部银团贷款方式发放贷款1.07亿元，支持该企业"20MW并网光伏发电项目"建设。"农行发放给我们的贷款主要用于安装光伏电板。光伏电板不仅能用来发电，还有利于降低风速和蒸发量，增加草地含水量，有利于当地植被的恢复和生长，我们借助农行贷款为生态保护作贡献了。”该公司副总经理刘军表示。

作为长江生态环保产业联盟副理事长单位、金融专业委员会牵头单位，农业银行提供专业金融服务，对接长江大保护项目，协助筹建产业基金，为长江经济带绿色发展提供金融支持。截至2020年底，农业银行支持14个长江保护项目，完成授信超百亿元，惠及长江流域6省10余个县市。2020年，农业银行荣获“长江生态环保产业联盟优秀成员单位”称号，是唯一一家获此荣誉的金融机构。

初夏的黄昏，站在湖南省桑植县城清澈的澧水河边，美丽景色让人心旷神怡，这些都得益于河边生活、工业用水经过了净化处理。此举也有效地保护了长江的生态环境。

“早在2010年，农行就支持我们上马澧水源头污水处理工程。”湖南桑植鑫源水处理有限公司负责人说，“湖南农行发放1700万元期限达11年的项目贷款支持该工程建设。当年5月，项目运转并通过验收，日处理污水2万吨，经过处理的污水，全部达到景观水和再生水的标准。”

长期以来，缺水一直是天津这座“渤海明珠”最大的痛。2015年，天津分行与天津市水务局签订全面战略合作协议。该行及辖属11家支行分别与市水务局、市水务投资集团、滨海新区水务局以及北辰等9个区县签订了合作项目对接协议，涉及项目66个。根据协议，农业银行提供200亿元意向性信用额度，支持南水北调配套工程、大沽排水河项目、永定新河治理等多个全市重点水利项目，推动了天津水利建设快速发展。

八百里湖山，知是何年图画；十万家烟火，尽归此处楼台。在以农业银行为代表的金融机构大力支持下，如今的中华大地正在演绎着一场绿色蜕变。

敢教日月换新天

建设一个美丽的新世界需要一代又一代人接力奔跑才能实现。习近平总书记在党的十九大报告中强调：“坚定走生产发展、生活富裕、生态良好的文明发展道路；生态文明建设功在当代、利在千秋。”

善学者尽其理，善行者究其难。农业银行紧密围绕国家战略部署，深入贯彻绿色发展理念，努力打造绿色金融领先银行。2015 年 10 月，在中英两国政府支持下，农业银行在伦敦证券交易所上市等值 10 亿美元绿色债券，这是中资金融机构发行的首单绿色债券，也是亚洲发行的首单人民币绿色债券。

近年来，农业银行重视绿色金融发展的初心始终不改，与国内外领先的绿色金融组织及环保机构开展深度合作，为支持绿色发展提供一揽子综合金融服务；与东方汇理资产管理公司共同设立“中法国际绿色发展基金”，成为第一家设立跨国绿色发展基金的国内银行。

在山东，海利丰清洁能源股份有限公司是东营市一家集地源热泵系统研发、生产、设计、施工于一体的综合型高新技术企业。农业银行为企业办理的 900 万元短期流动资金贷款，仅用一周时间就完成了贷款提报审批流程，为企业节省了办理时间与财务成本，满足了企业快速融资需求。

在安徽，农业银行积极践行绿色金融理念，不断创新绿色金融服务产品，独家信贷支持全球最大的水面漂浮光伏电站——三峡新能源淮南光伏有限公司 150MW 水面漂浮光伏项目。安徽分行已为该项目提供 7.24 亿元项目融资帮助，通过提供项目贷款、银赁通保理、资金结算等金融服务，并配套“三农”金融服务，给予其综合金融支持，促进经济效益和社会效益双提升。

图 3–8　农业银行安徽淮南分行支持的水面漂浮光伏项目

在新疆，国内首单绿色资产证券化产品“农银穗盈·金风科技”成功上市。2016年至2021年，农业银行积极探索资产证券化模式，为企业累计融资12.75亿元，对该企业开发风电资源、设备出口及风电场绿色能源发展提供倾力支持，为企业绿色发展开辟了一条低成本融资的新途径。

普惠金融暖民心

根据2016年国务院《推进普惠金融发展规划（2016—2020年）》，普惠金融是指立足机会平等要求和商业可持续原则，以可负担的成本为有金融服务需求的社会各阶层和群体提供适当、有效的金融服务。小微企业、农民、贫困人群等是中国普惠金融的重点服务对象，覆盖面、可得性、满意度是普惠金融服务的主要衡量指标。

农业银行恢复成立以来，一代代农行人用脚步缩短银企之间距离，用心满足企业差异化金融需求，用实力支持一批批企业发展壮大，探索出了一条国有大行服务民营和小微企业的普惠金融之路。

近年来，农业银行超额完成银保监会“两增两控”监管要求，连续多年实现监管达标，普惠金融贷款增长大幅高于全行各项贷款增速，小微企业融资成本进一步下降，达到央行普惠金融定向降准第二档考核要求。

截至2021年末，农业银行普惠型小微企业贷款余额达1.32万亿元，较年初增长38.8%；有贷客户达191.55万户，较年初增加34.83万户。农业银行成为唯一一家连续12年小微金融领域监管指标全面达标的商业银行。

携手同行闯市场

改革开放的春风吹暖华夏大地。20世纪七八十年代，城市个体工商户应运而生，小微企业、民营企业开始萌芽。发轫于“三农”，施展在城乡，农业银行与众多民营和小微企业的成长同向而行。

1976年，江苏常熟白茆镇山泾村村民高德康创建村办缝纫组，靠8台缝纫机白手起家；1979年，浙江萧山宁围镇农民鲁冠球和其他6人拼凑4000元，创立萧山宁围公社农机厂；1982年，四川新津的刘永好四兄弟开办育新良种场，养鹌鹑、做饲料，开始了农业创业之路……

恰在同时，农业银行第四次恢复成立。农业银行认真贯彻中央积极发展多种经营要求，向农业企业、乡镇企业、个体工商户等提供资金支持。从首次几万元的贷款到累计上百亿元资金的投入，在农业银行一路相伴下，“缝纫组”织就了“波司登”，“农机厂”打造成“万向”，“养殖场”孕育出“新希望”，TCL、雅戈尔、奥克斯、鲁花等一大批优秀民营企业脱颖而出，成为各自领域的翘楚。

成长起来的民营和小微企业对于金融服务的需求也日益多元。农业银行凭借自身在资金、科技、网络、产品等方面的优势，为客户提供综合化金融服务，覆盖存贷汇、结算账户、投资银行、个人理财、国际业务等多个领域，满足民营和小微企业的各种金融需求。

图 3–9　1999 年 1 月 8 日，农业银行浙江省分行营业部与万向集团签订银企合作协议

美的集团总部位于广东顺德，农业银行与美的集团的合作始于 20 世纪 90 年代。农业银行始终坚持以客户为中心，组建专业服务团队，量身定制综合金融服务方案，支持美的从一家乡镇企业起步，一步步发展成为本土龙头企业、千亿企业。农业银行还成功参与了美的集团收购库卡集团项目，帮助企业“走出去”。

“美的集团从单一产品制造商向系统集成服务方案商的转型，还有我们的国际化进程，都离不开农行的支持。相信在农行的支持下，美的集团的发展前景将更为广阔。”美的集团财务公司融资经理储旭曾感慨地说。

2018 年，农业银行制定出台《关于加大力度支持民营企业健康发展的意见》，提出了 22 条针对性措施，着力破解民营和小微企业融资难、融资贵的问题。

岁月无声，农行相伴。在改革开放的时代洪流中，农业银行携手民营和小微企业砥砺前行，助力一棵棵小苗长成参天大树。尤其是党的十八大以来，农业银行不断加大普惠金融领域的信贷投放，创新产品和服务，满足企业多样化的金融需求。

因时而动探新路

近年来，农业银行在组织架构、体制机制、营销服务等方面不断探索，着力破解小微企业融资难、融资贵的问题。

2017 年，农业银行成立普惠金融事业部，同时在 37 家一级分行和重点二级分行成立了普惠金融事业部，在二级分行及以下设立 800 家专营机构，在“双创”示范基地、各类园区、专业市场、特色商圈等小微企业聚集区域设立 100 家小微金融服务示范行。

图 3–10　农业银行北京分行小微企业金融服务示范支行揭牌

为了激发各级行做好小微金融业务积极性，农业银行对小微金融业务进行专项考核，综合绩效权重大大增加，对小微信贷实施资本配置和考核优惠，设立专项激励战略费用和固定资产投资计划，出台小额信贷业务尽职免责实施细则，消除信贷人员“惧贷”心理。

为了扩大小微企业服务覆盖面，农业银行加大工商、税务、海关、征信、第三方平台等外部数据获取力度，通过数据挖掘生成客户营销“白名单”，实现主动营销和精准服务。

农业银行重点打造了线上“便捷贷”模式、供应链金融模式、政府增信模式、电商平台模式、区域集群模式、产业集群模式等六种批量运作模式，进一步提升了小微金融服务可得性，扩大了小微金融服务范围。

与时俱进增活力

受国际经济形势变化影响，一些小微企业出现不同程度的经营困难。作为国有大行，农业银行勇担社会责任，通过金融创新解决企业痛点，为小微企业营造良好的发展环境。

加强小微金融服务，产品创新非常重要。农业银行已逐步建立起了包括120余项产品、线上线下相结合、多层次广覆盖的小微特色产品体系。2018年8月，农业银行首款全线上、纯信用、可循环的互联网小微信贷产品“微捷贷”正式上线。

广东佛山南海区小微企业忠新义货运是“微捷贷”上线的首批受益者。经过简单几步操作，其申请的100万元贷款瞬间到账，企业负责人感慨不可思议。秒申、秒审、秒贷，该产品上线仅5个月，小微企业签约客户达3.7万户，累计发放贷款153亿元。

农业银行积极创新供应链融资服务模式，研发了“链捷贷”系列产品，向核心企业上下游融资客户提供全线上化的供应链融资服务。2018年以来，农业银行累计为蒙牛、比亚迪、新希望等众多核心企业的上下游客户融资超769亿元。

农业银行各分支机构因地制宜，努力探索普惠金融发展的有效路径：上海分行推行预授信、平行作业、优先办结等方式，提升办贷效率；山东分行对于收回再贷业务，可在贷款偿还前，提前发起受理、调查，审查审批效率大幅提升；福建晋江分行推行“信贷工厂”运作模式，在后台安排专职审查人员，对民营和小微企业贷款推行制度化、标准化、流水化操作，限时办结。

当前，受国内外经济形势变化影响，部分小微企业发展受到影响。对此，农业银行不搞“一刀切”，而是以事实为依据，分类对症施治，从存量风险化解和增量资源注入两方面入手，积极支持企业纾困解困，使企业重新振作起来。

迈向国际金融舞台

审时度势，紧跟时代步伐。一直以来，农业银行稳步实施融入国际发展战略，有序推进境外机构布局和发展，不断丰富跨境金融产品和服务，国际业务发展取得了显著成效。截至 2021 年末，农业银行境外分行和控股机构资产总额达 1526.7 亿美元。

拓布局，推动海外机构网络完善

在非洲刚果河畔的布拉柴维尔，中刚非洲银行办公大楼是当地首屈一指

图 3–11　位于刚果首都布拉柴维尔的中刚非洲银行大楼

的标志性建筑，于2018年4月正式启用，象征着中国和刚果（布）金融合作的蓬勃发展和中非金融合作的广阔前景。

在中刚非洲银行成立之前，刚果（布）的银行约有10家，除了两家本土小银行之外，其他都是外资银行，这些外资银行一直垄断着该国金融市场。即便如此，刚果（布）银行系统也仅能满足每年该国国内投资需求的1/5，迫切需要加大金融供给，为当地经济发展提供支持。近年来，随着共建“一带一路”倡议的深入实施，越来越多的中资企业走进刚果（布），在当地开展基础设施建设等惠民工程，获得了刚果（布）人民的高度好评。

在这一背景下，农业银行与刚方各出资50%，成立中刚非洲银行，注册资本1亿美元，成为当地注册资本第一大的商业银行。这一合资形式，既为刚果（布）金融发展提供了先进经验，又能满足中资“走出去”和当地优质企业不断增长的金融需求。按照刚果（布）经济、工业和国库国务时任部长吉尔贝·翁东戈的话说，这是刚中数十年传统友谊自然而然的事情。2015年7月，农业银行与刚果（布）方筹建的中刚非洲银行正式对外营业。

如今，中刚非洲银行业务开展得红红火火。

一天上午，中刚非洲银行自助网点前，银行当地员工正热情地向过往市民介绍银行卡业务。经营工程公司的商人恩丁加掏出身份证，很快便填完了申请银行卡的表格。“这是我们刚果人的骄傲，我们有了自己的商业银行。”

恩丁加表示，中刚非洲银行是刚果（布）的银行，也是中国与刚果（布）合作的成果，非常让人信赖。

中刚非洲银行成立以来，业务稳健发展，为当地工业化和现代化提供了有力的金融支持。截至2021年末，该行总资产为6.41亿美元，存款、贷款余额分别为4.86亿美元、3.8亿美元，实现净利润2036万美元。

这是农业银行推动海外机构发展的一个缩影。

机构是国际金融业务发展的基础和支撑。截至2021年末，农业银行已在18个国家和地区设立了22家境外分行、境外代表处、境外控股公司，以及1家合资银行，初步形成了覆盖主要国际性、区域性金融中心和双边往来密切国家（地区）的跨境金融服务网络。

促合作，增强跨境金融服务能力

人民币国际化是扩大金融对外开放的重要一环，为中资银行参与国际市场竞争提供了独特的差异化优势。农业银行积极参与人民币国际化进程，打造了涵盖多种产品的“人民币跨境通”品牌。

农业银行先后成立中国—东盟跨境人民币业务中心、泛亚业务中心、对蒙跨境人民币业务中心、跨境人民币业务深圳中心，有效提升边境地区跨境人民币业务影响力。积极参与离岸人民币市场建设，农行迪拜分行获任阿联酋人民币清算行。

农业银行大力拓展和优化代理行网络。截至 2021 年末，农业银行与 139 个国家和地区的 1256 家银行建立了代理行关系，为全球同业开立了 174 个人民币账户，成为人民币跨境支付系统（CIPS）首批直接参与行，构建了覆盖全球的人民币清算网络；同时，加强与国际货币基金组织、新开发银行、亚洲基础设施投资银行等国际金融组织合作，在国际金融界的知名度和影响力不断提高。

推转型，为企业“走出去”保驾护航

支持企业“走出去”是农业银行实施融入国际发展战略的重要抓手。

近年来，农业银行积极参与“走出去”机制建设，加入农业对外合作部际联席会议，与中信保等外部机构不断深化合作，构建了完整的国际业务产品体系，形成了八大类 81 种金融产品，打造了“农银跨境 e 汇通”“农银跨境 e 证通”“农银跨境 e 融通”等系列优势品牌。

农业银行通过开辟多种资金来源渠道、提供优惠资金支持、优化信贷政策等方式，加大对“走出去”企业支持力度，重点服务了一批央企、地方重点国企以及大型民企“走出去”。

国际产能和装备制造合作是我国企业“走出去”的重点方向，涉及钢铁、有色金属、建材、铁路、电力等多个重点行业。农业银行 2015 年出台了实施意见，指导分行做好国际产能和装备制造金融服务。

作为一家面向“三农”的国有大型商业银行，农业银行全力助推我国农业“走出去”，让农业项目在海外生根发芽：为中粮集团收购来宝农业和荷兰尼德拉公司提供逾 1 亿美元并购贷款，保障中粮集团跨境收购交易按时完成。

支持周边国家农业综合开发项目，向金谷农业联合体有限责任公司发放项目贷款 2 亿元，支持塔吉克斯坦现代农业发展，该贷款是农业银行对境外主体直接发放的首笔人民币项目贷款。

农业银行与塔吉克斯坦签署《支持农业领域合作协议》，成功举办中塔金融研修班和高管研修班，加强中塔金融合作，积极服务“一带一路”倡议，在业界引起强烈反响。

企业要“走出去”，实现资金有效调配是当务之急。对此，农业银行依托现金管理业务平台、银企直联、银行间直联和 SWIFT 等服务渠道，集合跨境账户管理（支持实时查询）、跨境支付控制、本外币资金集中运营等产品和服务，以遍布全球的网络为支撑，为“走出去”企业提供全球现金管理服务。

第四章

温暖民生：
一家富有拳拳爱心和温暖情怀的银行

一、综述：将民生福祉扛在肩上

不以一己之利为利，而使天下受其利。多年来，农业银行始终将金融服务与国计民生紧密相连，倾心支持医疗、教育、安居、就业等民生项目，为有效解决民生难题提供坚强有力的金融支持。

截至 2021 年底，农业银行保障性安居工程贷款余额 2590.07 亿元，教育行业贷款余额 381.84 亿元，文化产业贷款余额 365.22 亿元；“智慧校园”合作学校 3 万余家，“智慧食堂“合作食堂近 7000 家，“智慧政务”累计开放网点近 9000 个，掌银政务专区合作接入 23 个省、市的政务平台；“智慧医疗”合作医院超 3000 家，医保电子凭证授权激活累计总量超 3600 万个。

同时，农业银行通过强化网点建设、实施金融创新、开展“服务升温工程”等措施，让广大百姓乐享现代金融服务。

这些举措为民生福祉改善提供了农行动力，交出了亮丽的农行答卷。

居有其屋——让百姓住得满意

住房是百姓心中头等大事。中央要求加大廉租房、保障房建设和供给，做好棚户区改造，努力解决好百姓住房问题。

长期以来，农业银行认真贯彻落实国务院相关要求，安排贷款专项增量投放计划，给予利率优惠，支持棚户区改造、廉租房建设、农牧民安居工程等，着力改善居民生活环境，让百姓在“住有所居”中创造新生活。

青海游牧民定居工程实施后，黄南藏族自治州泽库县宁秀乡秀恰村牧民卓玛杰部兄弟俩便结束了以前的游牧生活，利用从当地农行获得的 7 万元贴息贷款，搬到了县城沿街的游牧民定居房，开起了超市和旅馆。围绕青海游牧民定居工程，青海分行创新推出“农行 + 乡村经济发展协会 + 农牧户 / 会员”的融资模式，为像卓玛杰部兄弟俩一样的游牧民从事非牧产业提供金融支持，促进了农牧民向第二、第三产业转移，加快了牧区城镇化的步伐。

从流动帐篷到定居新房，从草原牧歌到城镇新曲，不仅是高原牧民，城

图 4–1　农业银行西藏分行支持的安居工程——林芝市金达乡格木村

市居民也同样得惠于农业银行的信贷支持，改善了居住条件。2013 年 7 月，国家启动新一轮棚改工作，提出 2013—2017 年改造各类棚户区 1000 万户目标。棚户区改造资金需求巨大，农业银行及时出台了《棚户区改造贷款管理办法》，对此给予支持。

在浙江宁海县棚户区改造配套安置房资产证券化项目中，农业银行担任项目安排人、推广机构、托管银行、监管银行等多个角色，有效盘活动迁安置房和县域改善房两个市场。

从工矿老区到贫瘠山区，从雪域高原到沿海渔村，农业银行综合运用产业基金、资产证券化等方式支持百姓安居。一处房、一个家，农业银行的资金支持改变了百姓曾经望房兴叹的生活状态。如今，在安徽、北京、黑龙江、广东、西藏等省市和自治区，一大批低收入家庭通过农业银行的信贷支持迁入新居。

劳有所得——让大众干得开心

就业是提高百姓收入、促进社会稳定的重要渠道。党的十八届三中全会提出，要健全促进就业创业体制机制，完善扶持自主创业的优惠政策。农业银行响应国家号召，通过创新服务载体、丰富支持举措，为大学生村官、失业人员和留守妇女等群体创业就业提供金融支持。

金银花种植，是湖北黄石市阳新县白沙镇的特色产业，也是大学生村官带领村集体致富的抓手。2011 年 10 月，毕业于武汉工业学院的杨以召怀揣着带领村民致富的梦想，扎根农村从事金银花种植，可是资金成了绊脚石。“大学生村官创业急需资金扶持，而且还需要提供与农作物生产经营相符合的信贷支持模式。”他的顾虑农业银行给解决了。

2012 年以来，湖北分行积极对全省大学生村官提供贷款。针对创业贷款期限和农作物生产经营周期存在一定程度不匹配的问题，阳新支行负责人表示：“创业贷款到期后，对生产经营状况良好的基地会继续提供支持。”

初夏时节，广西百色市那坡县城厢镇百灵村“田七回家·留住妈妈”妇女创业示范基地，一畦畦田七苗翠色欲滴，长势喜人。田七妈妈张彩荣没有杨以召带大家致富的大梦，却有一个守好小家、不让孩子留守的小梦。得益于农行百色分行携手当地妇联开办的“产业回家·留住妈妈”项目，张彩荣梦想成真，实现了家门口就业。

2014 年夏季达沃斯论坛上，国务院总理李克强提出“大众创业、万众创新”，中华大地迅速掀起“双创”浪潮。农业银行发布了《关于支持众创空间发展推进大众创新创业的意见》，通过与政府部门、金融同业合作，支持各类创客、高校毕业生、返乡人员创业。

不管是支持农村青年创业，还是助力大学生事业起航，不管是依托“产业回家·留住妈妈”项目撑起巾帼创业伞，还是拓宽融资渠道解决农民创业融资难题，在促进国民就业兴业的路上，农业银行一直不遗余力。

提升消费者风险防范意识和自我保护能力是农业银行服务民生的重要内容。一直以来，农业银行利用网点优势和线上渠道，采取集中宣传与日常提示相结合的办法，积极开展了金融知识宣传普及活动。

仅 2021 年，农业银行累计开展各类集中宣传活动 9.5 万余次，投入宣传人员 58 万人次，参与营业网点 2.2 万余个，活动触及消费者 1.9 亿人次。

同时，全行 2 万余家营业网点，超过 12 万块电子显示屏，22 万余台 ATM、超级柜台、多媒体等自助机具，滚动播放金融知识宣传海报和视频。

图 4–2　农业银行青岛分行开展“送金融知识进校园”活动，山东科技大学学生在抵制校园不良网贷倡议书上签名

农业银行被中国银保监会消费者权益保护局评为“联合宣教活动优秀组织单位”。

病有所医——让国民活得健康

“看病难、看病贵”“老有所依”是全社会关注的民生话题。党的十八大报告提出：“要坚持为人民健康服务的方向，完善国民健康政策，为群众提供安全、有效、方便、价廉的公共卫生和基本医疗服务。”

农业银行在信贷帮助贫困地区完善基础医疗设施建设的基础上，不断创新金融产品，拓展新农保、新农合代理服务范围，方便百姓领取养老金、解决百姓看病报销手续烦琐问题。

李伟，甘肃会宁县梁堡村村民，2011 年患上了直肠癌，凭借手中的农行“新农合联名卡”，享受了先看病、后付费的医疗服务模式。何正元，湖南邵阳大祥区紫霞村被征地农民，2016 年从邵阳分行办理了 5 万元“农民养老贷”，困扰她多年的养老金缴纳问题解决了。

图 4–3 农业银行江西分行员工为就诊儿童及其家长介绍“银医通”便民医疗服务

不管是“新农合联名卡”还是“银医通”工程，不管是“银社通”还是“农民养老贷”，都是农业银行与医疗机构信息资源共享基础上，同当地政府合作开发的便民惠民项目。

百姓怎么方便，农业银行就怎么服务。农业银行将各项金融服务做精做细，切实为降低百姓医疗成本出力，让被征地农民月月领上养老金……

这些细微之处的创新让百姓得到了看得见的实惠和温暖。

学有所教——让孩子乐享教育机会

教育，承载着一个家庭的希望，关系着一个民族的兴衰。

资金不足、教育资源稀缺，一直是制约教育发展的瓶颈。农业银行创新金融手段，全力协助国家教育实现从“学有所教”到“学有优教”的新跨越。

青海西宁市第十四中学的新校舍，灰顶瓦片、向上高挑的屋檐，典型的唐式风格建筑，使校园显得美观大气，这一切都得益于青海分行的用心扶持。

为了让贫困地区孩子接受更好的教育，阻断贫困代际传递，农业银行贵州分行推出黔西南州教育扶贫贷，以政府购买服务模式支持黔西南州教育扶贫开发。

每年都有一群风华正茂的年轻人，在高考后收获喜悦却又忐忑不安。他们试图用知识改变命运，但却被贫困的枷锁束缚了梦想的翅膀。2013 年 3 月，农业银行推出国家助学贷款创新产品“助学保捷贷”，让许多贫困优秀孩子的学费难题在农业银行找到了答案。

近年来，农业银行以网点覆盖面广、电子信息技术强为依托，向学校提供融资融信、信息网络建设等金融服务，助力高校智慧校园建设。

贫困地区面临教育基础设施落后，发达地区急需扩充教育资源，贫困学

图 4-4　2012 年 6 月 26 日，由农业银行福建南平分行募捐援建的武夷山市星村曹墩农行希望小学落成

子渴望实现大学梦……这些问题，农业银行看在眼里，记在心上，落实在有效解决的行动上。用金融力量支持教育现代化，农业银行一直在路上。

为解决贫困家庭大学生就业问题，农业银行于 2018 年实施了贫困家庭大学生招聘“千人计划”，面向深度贫困地区建档立卡贫困家庭大学生实行专项招聘。截至 2020 年末，农业银行共招聘深度贫困地区建档立卡贫困家庭大学生 1167 人。

持续发展，须以责任为本；基业长青，当以民生为念。作为一家负责任的国有大行，农业银行在祖国人民丰衣足食的成绩单上留下了深刻的笔迹，在强基础、惠民生的国家责任面前挺起了坚强的臂膀。

二、纪实

添彩百年大计

百年大计，教育为本。教育是民族振兴、社会进步的基石。优先发展教育、提高教育现代化水平，对建设社会主义现代化国家具有决定性意义。

一直以来，农业银行高度重视对教育事业的支持，积极对接各类院校的金融需求，创新金融产品，在校区基础设施建设、校园信息化服务、师生个人金融服务等方面做了大量的工作和积极的努力。

支持基础建设：为有源头活水来

多年来，农业银行通过支持教育领域基础设施建设、金融一揽子服务、学生资助等方式，不断推动教育改革发展迈上新台阶。

在云南，当地农行大力支持云南教育事业发展。截至 2021 年末，云南分行服务和支持教育行业客户 67 户，贷款余额 24.76 亿元。与 360 所学校合作开展银校通项目，累计发放贷款 93.52 亿元。

云南国土资源职业学院是云南省首批重点建设的两所省级示范性高等职业院校之一。云南分行与云南国土资源职业学院开展了对公融资、支付结算在内的全面业务合作，取得了良好的效果。

在青海，当地农行心系教育，以贷款拉动、产品介入、民生扶持为依托，为当地教育事业助上一臂之力。

走进青海省西宁市第二十一中学新校区，只见改扩建之后的校园内，一派粉墙黛瓦、小桥流水、错落有致的苏派风格，颇具匠心的设计者将秀美雅致的山水园林融入其中。身处在清新雅致的教学环境中，处处可闻莘莘学子的琅琅读书声。

说起学校这些年的变化，校长于大伟感慨地说："学校从原来的占地不足 1 万平方米，到现在占地面积 4 万平方米，拥有教学班 60 个，在校生 3200 人，教职工 180 人的规模。这些都离不开农业银行的鼎力支持。"

2012 年，青海分行与青海省教育厅签订了全面战略合作协议。几年来，累计投入 31.2 亿元固定资产项目贷款，对青海大学、青海民族大学、青海师范大学 3 所大学，1 所省级重点职业技术学院，12 所省属示范性普通中学的扩建项目提供资金支持。当地教育基础设施和办学条件不断改善和提升。

与此同时，农业银行积极为贫困地区出资建立学校。云南麻栗坡县老寨小学始建于 1930 年，坐落于麻栗坡县城东南部，距县城 20 公里，距天保镇政府所在地17公里，东与越南社会主义共和国相邻。2008年，农业银行捐资75万元，用于学校新校舍建设项目。新校舍项目于2009年10月竣工，建筑面积1355平方米，其中教学楼一幢729平方米，教师宿舍楼一幢411平方米，食堂127平方米。新校舍的建立，有效地提高了老寨小学的教育教学水平，有力地推进了素质教育。

提供暖心服务：万紫千红总是春

“不到一分钟，20万贷款就到账了。这个‘教师e贷’体验太好啦！”看到手机到账通知的某中心小学教师陈意由衷地感叹道。

老师点赞的“教师e贷”，是湖南分行面向湖南广大教育工作者推出的一款专属金融产品。纯信用、免担保，最高可贷30万元，最长可贷1年，贷款随借随还，均可通过农行掌银便捷操作，利息用一天算一天，十分划算。活动期间，利率十分优惠，最低可至4%。

在湖南，当地农行认真落实金融支持民生消费的部署，帮助湖南广大教育工作者实现对美好生活的追求。目前，已成功对接60所学校，批量导入教师客户5000余户。

图4–5　农业银行上海青浦支行进驻沈巷幼儿园，为学生家长宣讲一键缴费业务

在上海，农业银行积极致力于深耕“智慧校园”场景，采取由点及面、从面到域，逐一调研辖内中小学和幼儿园线上缴费需求情况，依托农业银行网点辐射优势，以片区或街道镇为单位，先行对接其中一所学校，以点带面，再拓展至该片区相关中小幼学校，实现多个片区相互连接，再向上拓展该区教育局党费缴费业务，深受各家学校和广大学生的欢迎。目前，该行已签约 631 家学校和幼儿园。

在深圳，当地农行开展“智慧教育”场景建设，在深圳市教育界赢得良好口碑。截至目前，已为全市 637 所基础教育学校提供集入学、报名、缴费及信息管理于一体的智慧金融服务。

2019 年 10 月 10 日，深圳分行与深圳市龙华区教育局和腾讯云举行了“龙华区智慧校园”项目签约仪式，就龙华区智慧校园建设展开深度合作，全面推进深圳地区教育行业数字化转型。

深圳市龙华区委常委马里表示：“未来，龙腾计划将在深圳农行的助力下，以新形式、新途径达到提速增效的新效果。龙华区‘教育·金融·智能’项目，将形成银校政企合作的新模式，成为深圳农行以及腾讯标杆示范的新案例，也将为龙华教育先行示范发展提供新动力。”

心系贫困学生：一枝一叶总关情

帮助贫困地区学子完成学业，成为有用之才，这是农业银行支持教育事业的重要举措。

为落实习近平总书记在深度贫困地区脱贫攻坚座谈会上的重要讲话精神，农业银行于 2018 年启动了“金穗圆梦”贫困大学生助学活动，资助“三区三州”深度贫困县、农业银行定点扶贫县、重点帮扶县建档立卡贫困家庭大一新生圆大学梦。当年 6 月 7 日高考的第一天，农业银行在“金穗圆梦”活动启动仪式上宣布捐赠 800 万元，并倡议全行员工凝聚爱心助力精准扶贫，仅一个月就募集爱心捐款 4373 万元。

三年来，农业银行已累计资助建档立卡贫困户家庭大一新生 10264 名，资助款合计 5132 万元。其中，在“三区三州”深度贫困县资助 5543 名，在农业银行定点扶贫县资助 1710 名，在重点帮扶县资助 2955 名。

在重庆，当地农行积极开展教育扶贫，通过带领贫困学生参加社会活动、为贫困学生捐款等方式，用实际行动履行社会责任，为困难学生提供实实在在的帮助。

2019 年，重庆石柱县中益乡盐井村的贫困学生小于高考取得了 533 分，考上了武汉的一所大学。这本该是一件高兴的事，可小于一家却高兴不起来。快开学了，一家人还在为凑不齐学费而发愁。重庆石柱县支行了解到他的家庭情况后，认为他符合农行“精准扶贫圆梦行动”公益助学资助要求。开学前，支行行长何桂强把上学钱送到了他家，一家人感动得不知说什么好。

近 10 年，石柱县支行提供的助学捐款超过了 100 万元。“逢年过节还会向一些留守儿童捐赠书包、学习用具、课外读物等学习生活用品。”何桂强说。

重庆秀山支行主动关心帮扶农村地区学龄儿童，帮助学龄儿童丰富兴趣爱好、提升美学涵养、强健体魄素质，建立了“农行支教学堂”，聘请专业团队或募集社会特长志愿者担任学生授课老师，成立了“农行支教助教团队”，助教老师每周跟进做好课程服务。支教学堂建立以来，已累计开课 17 期，丰富了农村学龄儿童课外生活，以实际行动助力乡村教育保障体系建设。

图 4-6　农业银行重庆秀山支行举办“农行支教学堂”美术班

“让孩子们记得住乡愁，品得出乡村的美丽，种下梦想的种子，长大后或走出去，或回来，都不忘支持家乡走向繁荣，这也启发我们从扶智的层面，去做好与乡村振兴的有效衔接”，重庆秀山支行行长黄晓艳如是说。

值得一提的是，自 2004 年开始，重庆分行就推出就学地高校助学贷款业务。仅 2017 年至 2021 年，重庆分行就向 15 所高校发放助学贷款 3184 万元，帮助 1665 名学生完成学业。

在江苏无锡，当地农行心系“希望工程”，开展形式多样的捐资助学活动。“金钥匙”奖学金是无锡分行捐资助学的一个创新模式。该项目由无锡分行与当地教育系统共同发起，专门资助在无锡参加高考，并被一本、二本正式录取的经济困难学生，每年资助 50 人，每人资助 3000 元。

目前，“金钥匙”奖学金项目已迈入了第 12 年。一份暖心的关爱、十多年不懈的坚守。这颗爱的种子已经生根发芽、开花结果，500 名大学生从中受益，闪光的“金钥匙”满载着爱心照亮了他们前行的道路。

百姓安居工程的守护者

梦想是什么？梦想是三江源放牧为生的周巴一家不再风餐露宿、逐草而居，住上温暖明亮能发电的阳光房；梦想是刘程芸从不适宜人类生存的西海固搬出，用一针一线绣出崭新生活……

全面建成小康社会，寄托着中华民族几千年来的希冀。实现安居梦，一直是人们最朴素最真切的美好愿望。在国家政策大力支持和金融机构鼎力相助下，千千万万城乡居民改善了住房条件。

三江源头藏族牧民的现代新居

盛夏时节，地处青藏高原腹地、三江源自然保护区的青海果洛州甘德县生机勃勃、美不胜收。甘德，藏语意为吉祥宁乐。这里的人们以藏族为主，祖祖辈辈放牧为生，逐水草而居，四处漂泊，生活贫困。

“一直住在帐篷里，下雨下雪的时候特别冷，没有水也没有电，经常担心野狼会伤害家人。”甘德县隆亚村牧民周巴今年 38 岁，世代过着游牧生活。村里 800 余人，贫困人口超过四分之一。三江源地区是长江、黄河、澜沧江发源地和我国淡水资源重要补给地，是青藏高原生态安全屏障的重要组成部分。由于过度放牧，草地逐渐退化、沙化，生态环境遭到破坏。为了三江源地区的生态保护和建设，更为了让牧民们过上幸福生活，当地积极开展生态移民搬迁。乘着政策东风，周巴的生活在2015年有了转机，一家人搬出帐篷，住进窗明几净的新房子，宽敞明亮的两室一厅。“新家里吃水容易，啥时候都有电，我真是赶上好时代、好政策了！”周巴从没想过。搬出来只是第一步，能致富才是目的。在果洛甘德县支行派驻隆亚村第一书记的帮助下，隆亚村成立了生态畜牧业专业合作社和饲草种植基地，周巴入了股，当年领到6000元分红。扶贫更要扶智，输血更需造血。当地农行为隆亚村农牧民发放1000万元扶贫产业贷款，给村子安装了风力发电机组，为移民贫困户的房子安装太阳能光伏板。“房上能发电，棚里种蔬菜和藏药材能卖钱，加上合作社分红和生态管护员每月1800元固定收入，一年能挣8万元。”谈起现在的幸福生活，周巴笑得像个孩子。

人不负青山，青山定不负人。从隆亚村上方俯瞰，一幢幢阳光房鳞次栉比，一排排风轮电力十足，绘成一幅生态保护和脱贫攻坚双赢的安居圆梦图。

图4–7　农业银行青海分行定点扶贫村果洛藏族自治州甘德县上贡麻乡隆亚村

塞上江南移民大姐向往的生活

裁剪、缝制、整烫、成衣……一道道工序有条不紊。在程芸缝纫店里，店主刘程芸眼明手快地忙碌着。“是农行的贷款支持，让我开了缝纫店，现在一年纯收入有 10 万元。”刘程芸腼腆的笑容里透出满足。

时间回到 20 年前，20 出头的刘程芸生活在宁夏固原市彭阳县孟塬村。回忆起过往艰辛，刘程芸叹了口气，泪水夺眶而出，“一家人挤在一间破土房里，一年到头吃不上一顿肉。”

刘程芸家所在的固原市属于黄土高原上的西海固地区，“一方水土养活不了一方人”，被联合国认定为不适宜人类生存的地方。为了让百姓过上安居乐业的好日子，党和政府倾注全力，探索将移民搬迁作为“拔穷根”举措大力推进。

2000 年，刘程芸一家在政策支持下，带着对美好生活的向往，从西海固大山深处搬迁到吴忠市红寺堡区买河村。“来到这儿，路好水好地也好，只要肯努力，日子就有盼头。”搬来后，刘程芸每天有使不完的劲儿，很快有了积蓄。

小学没毕业的她，一心想让孩子到城里上学，接受更好的教育。在城里买房，成为她的新目标。“2010 年，农行给我办理了 10 万元农民安家贷，我拿出 3 万元积蓄，加上向亲戚借的 4 万元交了首付，终于在城里安了家。”干净整洁的地板、时尚的水晶灯和新款沙发，刘程芸在红寺堡圣丰花园的三居室内充满都市气息。

房子有了，孩子都上学了，刘程芸追求美好生活的信心更足了。她年轻时学过缝纫，自己开店是她多年的梦想。2013 年，红寺堡支行为她发放了 13 万元生产经营贷款，让她梦想成真。

20 年间，通过易地扶贫搬迁移民，像刘程芸一样走出大山，安居乐业的群众，在宁夏累计已有百万人。移民群众生活改天换地的变化，成为小康路上的美丽图景。

太行山巅危房住户的幸福日子

巍巍太行，峰峦叠嶂。在太行山脉崇山峻岭之间，散落着千余个自然村庄。山西长治分行的对口帮扶村——长治市平顺县东寺头乡张家凹村就位于太行山大峡谷山巅，海拔1600多米。

年过半百的村民程林生世代居住在这样一个世外桃源。然而，他并非过着神仙般的日子，而是不堪回首的艰苦生活。“家里的房子是用石头建的，漏风漏雨还不安全。”住在石头房，吃水靠从井里打，照明靠点蜡烛。

脱贫攻坚战的打响，让程林生看到了希望。当地大力开展易地扶贫搬迁工作，帮助高山危房村民住上安全新居。2018年，张家凹村移民搬迁小区开始动工。“我每天都去工地，看着新房一点点建好，觉得好日子也一天天近了。”2019年10月17日，在第6个国家扶贫日当天，程林生和70余名村民全部搬进了集中安置点的崭新楼房。

站在张家凹移民小区楼下，一条硬化水泥路延伸到山下。程林生的新家在小区2楼。午后的阳光洒进来，房间里更显明亮。吊顶、白墙、水泥地、自来水、燃气灶……“做饭不用柴，吃水不用挑；夏天不漏雨，冬天能取暖。”说起现在的生活，程林生感慨不已，“活了半辈子，最数现在幸福”。

安居才能乐业。长治分行派驻扶贫工作队带来优质连翘苗，还请来技术人员教村民种植。凭借连翘种植，程林生每年可增收一万多元。温暖的阳光洒在广袤的山野上，漫山遍野的连翘苗向着天空伸展开绿油油的叶子。

对每一位中国人而言，或许没有什么比房子更能承载家的含义。一座房子讲述的是一个家庭安居的故事，千万家庭安定的故事便描绘出人民群众住有所居的幸福生活。

从太行山区到新疆腹地，“安得广厦千万间，大庇天下寒士俱欢颜，风雨不动安如山。”诗圣杜甫发出的喟叹，如今正在神州大地变为现实！

金融网点的华丽转身

横看成岭侧成峰，远近高低各不同。

在服务差异化进程加快的今天，提供有品质的服务正成为银行发展的灵魂。

一直以来，农业银行坚持以客户为中心，从细微之处入手，强化细节管理，提升网点服务水平和客户满意度，在服务中积淀一流品质，打造百姓可信赖的银行。

客户为先暖人心

甘肃分行在兰州地区打造了5家综合化经营标杆网点。自2018年4月被确定为标杆网点以来，5家网点积极作为，以高水准、高品质的服务，赢得了广大客户的青睐，干出了实实在在的业绩。

真诚对待客户、耐心服务客户，才能得到客户的信任。金城支行是兰州城区最东端的一家营业机构。甘肃省移动公司是该行的老客户，位于兰州市西端。为了方便公司财务人员核对账务、办理业务，该行每周都安排客户经理将业务凭据及时送达企业，一来一回，光路上就要花3个小时。

甘肃一家汽车销售公司是金城支行客户。当支行客户经理得知公司仍采取提现方式发放工资时，随即向公司财务人员推介农行代发工资业务。最终，公司近80位员工的代发工资业务落地支行。支行又为公司员工推介了电子银行、网捷贷、基金定投等个人金融产品，现在该公司60多位员工都使用或购买了农行产品。

广场西口支行员工轮值大堂期间，为了让家在外地的王姓夫妇不再跑冤枉路，配合柜员1小时内办理30笔业务，一次性解决了客户预留信息不全等一系列琐碎问题。

"'标杆网点'，一方面是荣誉，另一方面也是压力。"中央广场支行负责同志深有感触。在该行"职工小家"里挂有一幅客户服务图，对客户走访、流程管控等工作都有明确指引。类似的图同样出现在每个标杆网点。

早上不到8点，东方红广场支行大堂经理的身影就已经出现在支行。翻开工作日志，她将昨天的记录又仔细核对和回忆了一遍，哪位客户有大额取款预约，哪家公司财务人员要来核对印鉴……她已熟记于心。

锲而舍之，朽木不折；锲而不舍，金石可镂。如今，当你走进甘肃任何一家标杆网点，都能感受到真诚与专业的服务和实现标杆梦的执着与努力。

优化组合增活力

当前，市场环境日新月异，客户需求不断变化。江苏分行顺应客户金融消费行为线上化、移动化、商圈化、场景化趋势，构建网点金融生态圈，重塑网点金融场景，着力将自身点多、面广、人多的传统优势转化为网络时代强大的市场新优势。

优化组合增活力。2018 年初，江苏分行制订《2018—2020 年网点转型实施方案》，从存款规模、贷款规模和贵宾客户数量等多个方面确定网点分类标准，优化网点布局和劳动组合。2018 年，常熟分行网点在转型过程中，10 名柜员转岗营销团队。5 个月时间里，这些转岗员工走访了 3000 多位客户，取得了良好业绩。

智慧项目添动力。江苏分行深度挖掘网点生态圈内政府机构、企事业单位、商户、个人客户的潜在金融需求，打造了“智慧景区”“智慧超市”“智慧停车”“智慧社区”“智慧医院”“智慧校园”等智慧项目 4890 个，有效提升了金融服务的广度和深度。

无锡天鹏食品城是全国百强农产品批发市场。2018 年，无锡分行为其研发了“天鹏市场 E 服务”APP，拓宽市场电子化结算支付渠道，成功打造集商品交易、商户租金、水电费、物业管理费代理等功能于一体的交易平台。该 APP 还增设了“我要贷款”模块，商户录入联系方式、所在摊位、贷款金额、贷款品种等信息，由专业服务团队进行业务对接。

分类施策提能力。千点一面的网点经营模式早已不适应如今的市场环

图 4–8　农业银行江苏南京夫子庙支行内景

境。对此，江苏分行充分考虑各网点地域特点和客户结构，细分核心、骨干和轻型三类网点，精准分类施策，要求网点建立符合实际的新型业务发展模式。

夫子庙支行是南京首家文旅主题网点，定位是骨干网点。夫子庙灯会期间，该网点为游客提供快速购票优惠服务，举办猜灯谜活动，实现景区文化资源与银行优势资源共享融合。

金融场景提质效

网点转型是农业银行发展的一项基础工程，是实现农业银行高质量发展、行稳致远的必然选择。

多年来，天津分行围绕网点转型“三减两增一改”要求，统筹推进一体化转型，全面提升网点专业服务能力。

首批上线了新一代网点智能服务系统，全部营业网点均实现线上预约服务；布放超级柜台 1594 台，业务替代率达 90% 以上；推广对公开户一站通，对公开户信息采集时间从 20 分钟缩短至 2 分钟，信息录入准确性达 100%。

依托智慧大屏等金融科技支持，以互惠双赢为切入点，为商户提供营销展示平台，促使周边众多商户主动寻求合作，以“立减”“满减”“折扣券”等形式，方便了个人客户在网点领券、到周边商户消费。

同时，拓展知名品牌商户，建立长期合作关系，开展周四特惠活动，回馈个人客户。仅 4 家转型试点网点数月内，拓展商圈商户 160 户，带动个人客户 1500 余户，沉淀个人客户存款 7000 万元。

建立了外拓营销队伍，为网点提供营销支持与客户服务保障；建立外呼营销队伍，利用标准营销话术、人机交互集中作业、业务实时办理模式，提升外呼效能；建立远程支持队伍，利用远程视频接入，与客户一对一交互，后台专业人员为客户提供远程协助服务，全方位提升了网点员工服务能力。

请听农业银行好声音

电视综艺节目“中国好声音”火爆荧屏多年。中国银行业协会从中吸收灵感，2013 年、2015 年连续组织两场全国范围内的大型比赛，甄选银行界的“好声音”。于是，各商业银行客服代表这一职业群体从幕后走进了大众视野。

“无须想象我的容颜，只倾听我耐心地说解，再多困惑，有我情牵一线。”从来只闻其声、不见其人的银行客服究竟是什么样子？

在2015年最新一届的比赛中，全国37家银行61支客服中心参赛队伍通过听说、判断、理解、表达、应变和解决问题等环节的比拼，向人们展示了他们真实的工作状态。

比赛冠军来自农业银行客户服务中心。作为这个圈子里的杰出代表，这个冠军离百姓生活并不遥远。只要拿起电话按下数字“95599”，他们就在你身边。

每分每秒都奋战在一线

“您好，欢迎您致电中国农业银行95599客服热线，请问有什么可以帮您？”每一次，谢金芳和几千名农行客服小伙伴一样，面对客户随时打来的咨询电话，他们总是要先报以专业而亲切地问候。自2007年大学毕业至今，她在农行客服中心（天津）已经工作了9个年头儿。“客户不知道我们的名字，也看不到我们的长相，但每分每秒，都有我的兄弟姐妹们默默地奋战在一线，用最甜美的声音和最专业的知识为客户服务。”小谢这样描述自己的工作。

在农业银行，小谢最为熟悉的天津客服中心，与当时分设在上海、成都的另外两家客服中心“三位一体”，共同扛起农业银行95599客户服务的大旗。三家中心地理位置不同，各具特色。

图4–9　农业银行创新推出“空中柜台”远程便捷服务，使零接触金融服务体系建设迈上新台阶

客服中心（天津）成立于2007年，迄今员工规模已近1500人，接通率稳定在90%以上，日均人工服务客户12万余人次，客户满意度保

持在93%以上，支持着农业银行各项业务特别是零售业务的发展。

“三农”客服中心（成都）于2010年3月开始运营，作为国内首家面向“三农”的专业客服中心，除为客户提供金融咨询、产品营销和投资理财等服务外，还提供农户小额贷款贷后协查、到期提示、逾期催收等业务。

客服中心（上海）成立于2010年4月，现已改制为信用卡专属服务中心，以人工语音和电子渠道服务为平台，以分层服务、多元化服务和多渠道协同为手段，有效履行客户服务、协同交易、产品营销、金融理财以及信息采集等职能，是农业银行7×24小时综合性远程金融服务窗口。

主管95599客服中心工作的农业银行远程银行中心，对三大分中心有着共同的要求，即围绕“服务、安全、高效、创新”的工作理念，打造集服务、营销、管理、信息和风控五大职能于一体的综合性、一站式客户服务平台。

所有的汗水都值得

银行一线工作是公认的辛苦活儿，前台柜员忙的时候每天处理业务200多笔，但是很少有人知道，银行客服人员忙的时候日均接听电话也要200多通。

200通电话，如何理解？以每通电话平均耗时2分钟计算，这个数据意味着客服人员每天要开口讲话400分钟，也就是近7个小时。这无疑是对体力与精力的严苛挑战。

“我们这里很多同事第一年体检都没什么问题，但到了第二年，80%的人会患上咽炎。”客服中心（上海）的小唐道出了客服人员不为人知的辛苦。

每天长时间说话让客服们面临声带受损的风险，为此客服中心特意请来专业声音训练老师，教导客服座席正确的气息支持和发声技巧。“我们喝水其实蛮方便的，但就是常常忙得忘记了喝水。有时虽然很累，但只要接听了电话，就不能让客户察觉到你的疲劳。”小唐说。

为了保持客服热线7×24小时畅通，倒班加班也是客服人员必须接受的挑战。客服中心（上海）组长江萤莹对此体会尤深，“那年春节，我们这个小组被安排在除夕夜值晚班，组员们都坦然接受，少部分离家较远、回去次数很少的外地员工，也总能找到愿意与之换班的本地员工。”作为组长，江萤莹已经三年没有在家乡过除夕了。

然而对于客服人员来说，体力上的劳累并不算最难忍受的，客户的不理解才让他们觉得特别委屈。圈内知名的优秀客服谢金芳，和她的团队这些年处理了数十万起疑难事件，每天她都耐心地帮助客户解答疑问、化解投诉。但小谢也坦言：“每一天我都会遇到形形色色的客户，被客户嘲笑过、奚落过，也被客户骂过，甚至诅咒过，有的客户会跟我说上一两个小时，有的客户会因为暂时解决不了问题而投诉我。”

每次新员工培训时，老师们都会提醒不要把客户骂的话放在心上，新员工当时都会很淡定地答应，但当事情真的发生时，还是会有人被骂哭。

为了缓解员工心理压力，每家中心都设有布置温馨、播放舒缓音乐的心理调节室，员工受到委屈时，为避免影响下一通电话接听，组长会把他们带去心理调节室，进行心理疏导。有的中心还设置了“委屈奖”“弥补奖”，给受委屈的员工一些安慰。

来自同业的认可与赞许

“决赛环节，我们精心编排的情景剧《农行客服人》以独特的视角和极强的感染力，博得全场好评，再加上知识竞答环节，最终以 337.5 分的全场最高分获得本届比赛团队综合一等奖。为农行争了光，我们感到由衷的高兴！”

回忆起参加中国银行业协会第二届“寻找好声音”决赛的经历，客服代表杨芳至今仍兴奋不已。

兴奋的不仅仅是参赛选手，全体农行人都为这项全国性荣誉感到骄傲。成绩来之不易，也实至名归。对于农业银行 95599 客户服务中心而言，经过一系列的改革创新，各项业务运营指标均达到行业较高水平，服务管理水平不断获得同业的认可和赞许。

不仅如此，客服中心（上海）自成立以来，在全力打造“95599”客服业务基础之上，先后推出“4008895599”私人银行客服专线、“互动 e 站”在线网络咨询服务平台。提供一对一专属服务的同时，专线为私行客户提供关怀提醒、出行预定、健康管家、休闲品鉴和专业咨询等 7×24 小时专享礼遇；同私人银行部密切合作，推出私行产品预约管理、家族信托回访等服务。

如今，电话银行协同理财交易功能的应用，让客户通过一通电话便能轻松实现远程理财交易服务。

客服中心（天津）以智能机器人上线为目标，不断创造新技术、新组合，为客户提供更加便捷化、人性化的接入渠道，让客户体验更加亲切真实。此外，通过交叉营销和主动营销，逐步开展理财咨询、销售理财产品、国债、基金等增值服务。

“三农”客服中心（成都）为适应新时期的发展要求，陆续开展贷记卡激活、网银不动户唤醒、掌银激活业务等创新项目。在服务全国乡镇居民，提供农业咨询、农业贷款等“三农”服务的基础上，优化农贷外呼流程、话术，研发外呼辅助系统，有效提升了农贷外呼管理水平。

四十年的牵手

徐林仁或许没有想到，20 世纪 80 年代初他与吴仁宝的那次短暂会面，会促成农业银行和华西村村主任达近 40 年的牵手与合作。

2015 年春，已近耄耋之年的徐林仁再返华西村，村党委书记吴协恩热情地接待了他。农业银行和华西人抚今思昔，感慨万千。谈话间，过去一幕幕景象浮现在眼前。栉风沐雨 40 年，在华西村发展的每个关键时点，总有农业银行携手相伴，渐成习惯，化作信任，结为情谊。

20 世纪 80 年代初的一天，时任江苏江阴县支行副行长徐林仁的办公室来了一位客人——华西村党支部书记吴仁宝。两位干事业的朋友简单寒暄后，对话直奔主题。“村里小五金厂生产螺丝攻和板牙，产品销路倒蛮好，可是缺钱买原材料合金钢，生产规模一直上不去。”吴仁宝说道。

徐林仁听了此话，当机立断，“你放心，华西人讲信誉是出了名的，华西村的需求就是我们服务的方向。”徐林仁随即打电话给农行华士镇营业所主任叶明秋，叫他尽快到华西村上门服务。没过多久，农业银行就为华西村发放了第一笔 5 万元企业流动资金贷款。

贷款虽少，改变的却是华西人的观念。华西村老书记吴仁宝有着中国农民最朴素的债务观——不借债，完全依靠自身积累和自有资金发展。正是基于这样的想法，在创业最初的 10 多年，华西村都不曾有过一笔银行贷款。江阴县支行领导得知此事后，多次找到老书记吴仁宝，耐心地列举了周边一些乡镇企业通过使用贷款发展壮大的例子。

这些例子有理有据，活灵活现，吴仁宝渐渐心动，最终选择与农业银行合作。借力发力的甜头让老书记吴仁宝不借债的观念彻底转变，农行与华西的合作开始变得越来越频繁，贷款从最初的几万元到十几万元，再到上百万元，华西村经济发展有了新活力。

当时，由于国内工业产品紧缺，华西村的产品源源不断地销往全国各地。到 1988 年，华西村成为江阴市第一个产值突破亿元的村，一时间名声大噪，引得全国各地参观者争相前来学习。其他银行得知不借债的华西接受贷款时，惊讶之余纷纷登门寻求合作，但均被老书记吴仁宝婉言谢绝，他说：“我是农民，对农业银行有感情，农行在华西最需要的时候给了第一笔贷款，是首选的合作伙伴。”

图 4–10　时任农业银行江阴市支行行长徐林仁在营业所门口留影

因为老书记的这份感情，农行和华西唯一的合作关系一直保持了 15 年之久。

忆及当年情景，现任华西村党委书记吴协恩深有感慨：“农行与我们风雨同舟 40 年，过去老书记带领华西人大搞农业，解决了温饱问题；后来华西搞乡镇企业发展工业，解决了‘富口袋’问题，这都离不开农行的支持。现在华西要加快转型升级，发展三产服务业，这就更离不开农行的大力支持。”

将营业所开到村里

20 世纪 90 年代初，苏南地区“村村点火、处处冒烟”，乡镇企业如雨后春笋般涌现。因此，工业生产的利润空间越来越小，企业只有形成较大的规模，才会获得理想的经济效益。此时，农业银行也在考虑如何更好地服务华西发展，进村设立营业所被列入日程。

1992年10月6日，农业银行江阴市支行向人民银行江阴市支行递交了《关于申请成立华西营业所的报告》，当月22日得到同意批复。当年12月20日，经过紧锣密鼓地筹备，农业银行江阴华西营业所开业。第二天，《江阴报》（《江阴日报》前身）头版报道："华西村成立全国首家村级营业所"。没多久，华西营业所就为华西村投放贷款2000万元，这笔贷款对华西发展起到了重要的推动作用。

营业所率先开通了当时其他网点很少具备的大联行业务，使华西村企业和村民足不出村就可办理金融业务，特别是可以直接办理全国联行业务，再也不需要到几十公里外的江阴市区支行营业部转汇。营业所的设立拉近了农业银行与华西人的感情，而随着业务往来的日益紧密，也加深了双方的合作和信任。

李清平，华西营业所第一任主任，为华西村整整服务了13年。他介绍，那时候除了存贷款和结算服务，还要做票据贴现。因为贴现利率有区域性差异，为了帮华西尽可能降低融资成本，他经常要跑到一江之隔的扬州去办理贴现。年关将近，正是李清平最忙的时候。

一日恰逢迷雾锁江，渡轮停运，李清平在江边苦等几个小时，100多公里的路跑了一整天。最忙的一个月，李清平未曾在家吃过一顿饭。他开玩笑地说，当时回家就是"深巷闻犬吠，风雪夜归人"。虽然疲惫，收获的是华西人的信任，这让他十分欣慰。而留在营业所的农行员工也闲不下来，为了不耽误华西回笼的汇票当天入账，他们经常要等销售人员从外地赶回才能结束一天工作，有时候一直要到晚上八九点钟。但不论多晚，员工们心系华西，心甘情愿。

投桃报李。农行员工真诚服务，换来了华西人的真心。2003年，华西营业所升格为华西支行的时候，华西村专门给安排了新的办公楼，无偿供农行使用。老书记吴仁宝勉励支行员工："你们在这里安心工作，华西人不会忘记你们。希望你们在行业内争创先进，给大家树立榜样，也给我们华西村争光，让大家都知道华西村有个品牌响亮的农行江阴华西支行！”

还要合作100年

进入21世纪，华西村加快了转型升级的步伐，以“数量转质量、体力转脑力”为举措，主动转向第三产业。农业银行也与时俱进，总是将最新产品和服务引入华西村。

2005年8月，帮助华西村财务结算中心开通网上银行业务；2009年11月，农行“行云·现金管理”系统在华西集团正式上线；2013年10月，江阴支行与重庆江津支行组建内部银团，联手向华西集团出资组建的重庆双福农产品批发市场授信15亿元；2014年6月，又为华西集团注册发行了10亿元的私募债……截至2021年末，华西集团贷款余额达6.93亿元。

回首过往40年，从最初的5万元企业流动资金贷款，到现在的10多亿元授信规模，农行金融服务愈加全面，涵盖流动资金贷款、项目贷款、国贸融资、信托等业务。农业银行还给予华西集团利率、手续费等减免，仅2014年优惠就超过1000万元。

农业银行的付出，老书记吴仁宝看在眼里，记在心上。2003年，从领导岗位主动退下后，老书记将主要精力放在接待、演讲、开会和抓三产上，这样的工作状态持续了10年。然而岁月不饶人。从2012年开始，老书记身体大不如前，除了重要活动，他在公众面前鲜有露面。当年8月，听闻农行江苏、安徽两家分行有关负责人拜访华西村，老书记亲自出马接待，畅谈合作发展大事，并与农行客人合影留念。照片中，老书记面带微笑，农行、华西犹如一家。

半年后，老书记驾鹤西去。遵照老书记后事从简的遗嘱，他的葬礼十分低调。农业银行员工自发赶到，为老书记默默送行。老书记的离开并未影响农行与华西的情谊，这情谊就如美酒，随着时间的沉淀而越发醇厚。

正所谓近朱者赤，在华西工作久了，农业银行也被华西人实事求是、务实进取的精神所感染，他们一直保持了一流的工作干劲儿，获得了许许多多荣誉。从开业一直在华西工作的老员工、大堂经理夏晓平被农总行评为“劳动模范”，支行多次荣获江阴市支行“先进集体”、无锡分行“四好班子”等一系列荣誉。

近些年，华西村对外拓展的步伐不断加快，金融需求也发生了新变化。农业银行一如既往地尽职尽责，不遗余力地支持华西村发展。华西支行成立以来就有一个不成文的规定：早晨 7 点半就开门，中午不关门，双休日歇一天，取款机 24 小时服务……

春风得意马蹄疾，芳草天涯又一程。如今，华西人放眼全球，他们到非洲开采高端石材，到日本种植有机大米，到中东等地区开展基础设施及海洋运输项目建设……畅想未来，华西村党委书记吴协恩深情地说："为了华西百年昌盛，华西村还要与农业银行合作 100 年！"

第五章

金融戍边：一家不畏艰险和拼搏奉献的银行

一、综述：金融戍边勇担当

在雪域高原，在大漠戈壁，在南海渔村，在北极漠河……

当地群众总能看到农行员工的身影。作为全国网点最多，尤其是边疆地区网点最多的金融机构，一直以来，农业银行把金融戍边作为自己的神圣使命，坚守初心，恪尽职守。

坚守生命禁区

发达地区农行人充分利用地域优势、勇创佳绩，而在自然环境恶劣的艰苦地区，农行人则勇于发扬“艰苦不怕吃苦”的精神，以乐观心态面对工作和生活。

近 20 万名员工长期工作在县域、农村及边远地区。从黑河到腾冲，两点连成的一条直线被称为“人口地理分界线”，以此线为界，东南半壁占国土面积的 42.9%，人口占 94.4%，西北半壁面积占 57.1%，人口仅占 5.6%。农业银行在这条线的西北地区设置了大量机构，为我国绝大部分少数民族和边疆地区提供金融服务。

截至 2021 年末，农业银行有 1.26 万个机构在县域，在海拔 3500 米以上地区设立网点 500 余个，边境线 2 公里以内设立网点 70 余个。

在新疆，农业银行是唯一一家设有新疆和兵团两家省级分行的金融机构。

1992 年，联合国人类生存环境调查组到内蒙古额济纳旗考察。地处沙漠边缘的额济纳旗，气候条件恶劣，极端高温 42.5 摄氏度，极端低温零下 36.4 摄氏度，年均降水量 37 毫米，年均蒸发量 3841.51 毫米。

调查组一行看到的是“漫漫黄沙、茫茫戈壁，天上无飞鸟、地上不长草”，遂将当地确定为人类生存的禁区。就在这个不毛之地，恶劣的环境却没有能吓倒坚强的农业银行——内蒙古额济纳旗支行是唯一在此持续设立并不断开办新业务的银行。

同样被称为生命禁区的还有新疆塔什库尔干县。地处帕米尔高原，“氧气吃不饱，风吹石头跑，地上不长草，四季穿棉袄”是当地的真实写照。塔什库尔干支行是大型国有商业银行在此设立的唯一分支机构，也是新疆分行海拔最高、条件最艰苦的支行。

在恶劣的自然环境下，虽然员工换了一茬又一茬，但新疆塔什库尔干支行员工“缺氧不缺志，高原创高效”的信念从来没变。从2002年起，就扭转了自1979年恢复成立以来连续22年亏损的局面，实现在帕米尔高原上连年盈利、从未发生案件的佳绩。

图 5-1　地处西藏海拔 4700 米的“两人所”——农业银行西藏纳木错营业所，盛夏 8 月需要穿羽绒服才能工作

缺氧不缺精神

偏远、荒凉、孤寂是艰苦地区的代名词。翻开农业银行社会责任报告可以发现，农业银行在边疆、少数民族地区设立了大量机构，为百姓提供金融服务。

发黄的账本，破旧的麻袋，锈蚀的马灯……岁月流转中，时间可以让一切发黄变旧，同样也能让一些东西沉淀升华。艰苦边远地区农行人的奋斗精神，经过时间的历练显得更加厚重而有底蕴。在精神力量的感召和鼓舞下，艰苦地区农行人甘守清贫，用真心付出和优质服务，赢得百姓信赖，助推贫困地区改变面貌。

甘肃定西，十年九旱，有“苦甲天下”之称。农行员工常年顶风沙、冒严寒，奔走在贫瘠的土地上，为当地农民送去“信贷甘霖”，扶持土豆、药材、羊肉等特色产业逐步发展壮大。

四川凉山，高山、深谷、盆地、丘陵相互交错，地形复杂，交通不便。凉山分行员工跋山涉水，将“惠农通”服务点延伸到偏远的小山村，让老百姓足不出村便可享受便捷的金融服务。

云南怒江，沟壑纵横，山高谷深，怒江南北纵贯全境。为了让山林深处的百姓早点拿到惠农补贴，农行人需要溜索桥横跨滚滚怒江，翻越高山……

他们发扬优良的传统和作风，为边疆地区经济发展、社会进步、民族团结和人民安居乐业作出了重要贡献。

图 5–2　农业银行云南怒江分行职工溜索桥过江为客户办理业务

创新服务百姓

留，真诚地付出；守，坚定地担当。在环境极其艰苦的地区，农行人常年提供优质的金融服务，带给边疆农牧民的是“建边疆、守边境、固边防、促发展”的信心和鼓励。

透过历史镜头可以看到，新中国成立后，党和国家对边疆地区发展高度重视，持续强化边疆地区建设力度。一代代农行人常年坚守边疆，始终与党和国家保持高度一致。

“马背上的银行”“摩托车银行”“背包银行”“山崖上的银行”“铁索客户经理”等，这些听起来简易而生动的边疆金融服务方式，也是农业银行的一种服务创新，背后是一代又一代农行人艰辛而执着的付出。

在位于世界屋脊的西藏，西藏分行启动“三农”金融服务点工程。近5年来，累计对全区农牧户发放农户贷款659.40亿元，惠及40余万农牧户。

在云南最边远地区的14个重点县，农业银行“惠农通”服务点行政村覆盖率达92%，百姓有了家门口的银行。在内蒙古，农业银行是唯一在全区所有旗县市区都设有分支机构的大型银行，近5年累计为农牧民发放贷款600多亿元……

宛如苍劲的胡杨，农业银行扎根边疆热土，与那里的人民共生共荣，相伴成长。因此，农业银行被农牧民亲切地称为“身边的银行”。

社会各界同样给予这些可敬的金融戍边农行人高度的评价。自2012年起，中国银行业协会组织评选“最佳社会责任特殊贡献网点”，新疆阿勒泰185团分理处、新疆塔什库尔干支行、西藏墨脱支行、西藏措勤县江让营业所等基层单位因长期坚守边疆一线，在为数不多的获奖名单中总是留下闪光的名字。

图5-3　农业银行新疆塔什库尔干塔吉克自治县支行“马背银行”客户经理为偏远地区牧民服务

二、纪实

不能改变的庄严

“治国必治边，治边先稳藏”，这是习近平总书记对西藏治理和发展重要性的经典阐述。何以治边，何以稳藏？在《干在实处走在前列》一书中，习近平总书记曾引用《尚书》中的名句“民惟邦本，本固邦宁”来论述。

1995年7月1日，农业银行在西藏设立分行，掀开西藏金融发展崭新一页。26年来，农业银行将金融服务带到了世界之巅，金融暖阳普照雪域高原。

责任为先，服务一脉相承

时间回溯至1994年7月，中央召开第三次西藏工作座谈会，农业银行正是在这样的时代背景下酝酿设立西藏分行。成立之初，西藏分行面临的发展环境十分困难：西藏经济基础薄弱，能源严重匮乏，交通设施落后，占全区总人口20%的贫困群众还未解决温饱问题……农业银行方面，机构设置、人员配备、制度建设等尚未到位，如何开展业务成为摆在面前的首要任务。

筚路蓝缕，以启山林。刚刚成立的前几年，西藏分行进行了艰辛探索。在制度建设上，按照社会主义市场经济的要求，狠抓内部管理，强化风险防控，探寻政策性和商业性业务分别管理和经营，逐步建立起国有商业银行的经营机制。

在队伍建设上，依托西藏银行学校加大培训力度，培养懂经营、会业务的专业人才队伍。在业务开展上，西藏分行树立存款立行理念，改进服务态度，延长服务时间，除了支持国有企业和集体经济，还大力支持乡镇企业、个体工商户发展。

时间跨进21世纪。借助西部大开发东风，农业银行助力西藏经济迈上新征程。2000年全区农业银行工作会议强调：“要进一步加大支持西藏城乡经济建设和发展力度，对国有企业、效益好的股份制企业重点支持，同时调整信贷结构，支持有市场、有优势、有发展潜力的民营和私营经济发展，尤其要抓住中央实施西部大开发的契机，及时调整信贷结构，把信贷工作融入西部大开发的战略中。”在此期间，西藏分行信贷投放力度逐年加大。

股改上市以后，农业银行更是加大了对西藏的支持。2009 年，印发了《关于进一步支持西藏经济社会发展努力做好金融服务工作的意见》，提出 30 条意见，支持西藏分行在藏开展工作，明确配置宽松的信贷资源，为西藏重大基础设施建设、特色主导产业、中小企业、“三农”等领域提供资金支持。

2013 年初，农业银行以“一号文件”形式下发了《中国农业银行关于支持西藏分行加快改革发展进一步做好自治区金融服务工作的意见》，在信贷投入、服务“三农”、财务扶持、人才培养等方面赋予西藏分行 22 条优惠政策，在全国农行系统中实施了独一无二的政策倾斜。

二十余年来，农业银行继承和发扬责任担当精神，为西藏发展倾心尽力，取得了明显的成效。

图 5–4　在西藏，农业银行是最早建立省级分行的金融机构。1995 年 7 月 1 日，农业银行西藏分行召开成立大会

助推经济，举措紧接地气

西藏境内，绵延的雪山此起彼伏，大江大河肆意奔流，地势起伏不定，

而高海拔地区气候恶劣，交通基础设施落后，很多藏族同胞一辈子都没能走出雪山的阻隔。在西藏，交通建设对于经济振兴的作用尤为重要。

拉日铁路，这条连接拉萨和日喀则的交通大动脉，建设过程得到了农业银行的大力支持。拉日铁路于 2010 年 9 月 26 日正式开工，为方便建设资金使用，总指挥部在农行拉萨城西支行开立账户。拉萨城西支行为拉日铁路开设专柜，抽调业务骨干提供服务。除拉日铁路外，农业银行还支持了青藏铁路、拉林高速、乡村公路等重点交通项目。

西藏自治区农村公路网建设项目是自治区党委、政府为加快西藏公路交通基础设施跨越式发展提出的重大举措，对提升西藏农村公路通达率，加快农牧区经济社会发展具有重要意义。西藏分行主动与自治区相关部门沟通，最终达成了期限 8 年 115.6 亿元的贷款项目，尤其值得一提的是，该项目执行扶贫利率，切实减轻了借款主体的利息负担。

如今，无论是巍峨的雪山脚下，还是辽阔的羌塘草原，无论是险峻的峡谷地带，还是平缓的河谷缓滩，一条条农村公路正在延长，一张张农村公路网正在编织，将城市和乡村连接，将过去与现在连通，将农业银行和藏族百姓拉得更近。

目前，西藏县及县以下，除中国邮政储蓄银行承担部分金融业务外，主要由农业银行承担金融服务职能。农业银行是西藏名副其实的金融主体，更是金融服务的主力军。

金融戍边，初心始终未改

过去，出于安全考虑，在西藏很多地区，农业银行网点往往与乡政府建在一起，边民到政府办事就能看到农行网点。因此，很多边民将农行看成是政府的组成部分。

截至 2021 年末，农业银行在西藏地区沿漫长的边境线布设机构 114 个，其中部分网点和界碑仅隔数公里。农行网点不仅仅是一个银行机构，在边疆地区，尤其是在边境地区，农行网点的绿色，就像军队的绿色一样，让人感觉踏实和安心。“看到农业银行就像看到人民军队一样，让人放心，把资金放到农业银行，我心里就踏实了。”通过客户的这些话语，可以感受到农业银行在西藏的特殊地位。

边民的踏实和安心，源于农业银行20多年来的执着坚守和默默付出。2013年下发的《中国农业银行关于支持西藏分行加快改革发展进一步做好自治区金融服务工作的意见》特别提道：“西藏的安全和稳定，直接关系到国家的安全和稳定。农业银行金融服务工作的成效，事关国家边疆稳定和民族团结大局，事关贯彻落实好中央治藏安藏方略的政治要求。”

做好军队金融服务工作，对于西藏稳定意义重大。多年来，农业银行为西藏戍边部队提供优质高效的金融服务，在边境地区分支机构开设军人服务专门窗口等绿色通道，向部队客户提供存取款、结算、汇款等金融服务，通过推出个人“随薪贷”等金融产品，有效满足部队官兵的信贷需求。

在西藏工作，由于高原疾病的侵袭，不少农行员工倒在了工作岗位上。拉巴仓决是西藏分行办公室编译岗位上的一名老员工，2012年已经接近退休年龄。但是，拉巴仓决心里想着农牧民，主动放弃领导已批准的休假，一直坚守在翻译工作岗位上。

当年8月，距离退休不到两年的她，因过度劳累突发脑出血去世。这就是勇敢的农行员工，无所畏惧的金融勇士。据不完全统计，农业银行在藏25年来，因公牺牲18人，致残2人。由于高寒高海拔环境，西藏分行九成以上员工都或多或少患有高原疾病。

图5–5　位于海拔4450米的西藏阿里噶尔县扎西岗乡农业银行“三农”金融服务点

西藏是“世界屋脊”，西藏分行全辖95%的机构、72%的人员常年坚守在西藏县域和广大农牧区。在那曲、阿里、日喀则，海拔超过4800米的农行网点有15个，拥有员工48名。在这些离天最近的农行网点，农业银行员工以平凡为谱，奉献当歌，默默无闻，独自坚守。

中国“金融界碑”风采录

在中国“公鸡形”版图的尾巴尖上有一条阿拉克别克河。河的左岸是中亚国家哈萨克斯坦，右岸则是“西北边境第一团”新疆生产建设兵团第十师185团所在地。

185团实际控制着原中苏边境西段面积最大的一块争议区，团场的职工和居民大部分是肩负着屯垦戍边历史使命的军垦战士及其后代，常住居民最多时达到四五千人。

近几年随着年轻人外出上学、打工，团场的职工和居民减至不到3000人。185团所处地区自然条件比较恶劣，夏季蚊虫成灾，冬季异常寒冷，自然灾害也频繁发生，居民主要从事种植业和畜牧养殖业。“我家住在路尽头，界碑就在房后头，界河边上种庄稼，边境线上牧羊牛”，就是生活在这里的居民真实现状写照。

如此偏远的边境团场也有唯一家金融机构入驻——农行新疆阿勒泰兵团支行185团分理处。这是全国金融系统距离中哈边境线最近的银行营业网点，全程只有10公里。该分理处有5名员工，常年为团场2790名职工和居民提供金融服务。

开门，必保的任务

春季是生活在阿勒泰地区人们最爱的季节。那时，这里的阳光总是要比其他地方更明媚一些，天空也更蓝。所以在春季来到阿勒泰的人总是很难想象这个地方的冬季是多么漫长而寒冷。185兵团所在地冬天气温常常达到零下40多度，一夜暴风雪，就可能淹没整个团场。而在如此恶劣的环境下如何保障工作正常开展，就成了分理处主任徐彬带领大家必保完成的任务。

185兵团分理处主任徐彬已经在这里工作了将近20年时间，每年冬天都是他最发愁的时候。大雪有时堵得房门都无法打开，人们不得不挖雪洞进出。这一堵可能堵上十天半个月，更有甚者，会与外界交通隔绝近两个月时间，这时的185团场就像茫茫雪海中的孤岛，道路中断、通信中断、断水断电，外面的人进不去，里面的人出不来。

2010年1月10日，阿勒泰兵团支行运营管理部接到185团分理处紧急电话，重要空白凭证和保险单据都已用完，急需支行调运。当时连续多天的特大暴风雪，已经造成沿线多处积雪深达两三米，运送专车连送3天都没有成功。2010年1月13日，运送组到达离185团最近的哈巴河县城之后，由185团派出铲车开道，铲一段，运送车跟一段，而身后的路随即就会被暴风刮起的大雪封堵。

就这样一路堵，一路铲，一路走，短短的70多公里路整整走了三天三夜。

图 5-6　大雪过后农业银行新疆185团分理处员工在清除门前积雪

2012年2月，正逢农户贷款发放前期调查的高峰期，来自西伯利亚的寒流又一次疯狂地袭击了这片地区。为落实贷款人和担保人见面制度，确保签字的真实性，徐彬和分理处客户经理刘军，决定亲自到团场各个连队和贷款人见面。平时一公里的路开车不用10分钟，可是那天，积雪已经没过了大腿根，只能靠兵团挖掘机将路上的雪推开才能前进，于是一公里的路走了一个小时。晚上赶不回团部，就只能投宿在连队。

寂寞，最大的死敌

除了徐彬，185团分理处还有4名员工，平均年龄32岁。

刘永洁是分理处唯一一名女员工，出生在185团场，家就在离团部机关五公里的九连，她从没出过新疆，去过的最远地方是乌鲁木齐。平时最大的爱好就是偶尔去一趟离185团比较近的哈巴河县城里买点东西、逛逛街、走走亲戚。

有一年，刘永洁打算与在哈巴河县工作的男友结婚，想好好规划一下10天婚假时间，希望能去新疆以外的地方看一看。“我们这里太偏远，新疆地方又大，光到乌鲁木齐来回就要占去五六天的时间，可能也没什么机会到外面看看了。”

夏前源是185团分理处最年轻的员工，从小在江苏宿迁长大，20世纪90年代随父母迁到新疆生活。在185团分理处工作没多久，父母就因工作调动，搬到离团部200多公里远的北屯市去了。父母不在身边，这里也没有什么认识的朋友、同学，连上学时最爱打的篮球也没有人一起打，夏前源感觉自己孤零零的，好在上级行十分支持基层的“五小”建设，这才解决了这个单身汉的基本生活问题。

回族男孩儿问存星毕业于石河子大学电子商务专业。2011年在阿勒泰分行营业部工作两个月后，主动要求到最偏远的185团分理处工作，担任185团分理处运营主管。团场居民大多是汉族同胞，当地饮食也多是汉餐，刚来185团场的时候问存星有些不适应。于是开始自己下厨，从最简单的土豆丝到新疆当地流行的大盘鸡，现在都很擅长。

46岁的刘军是分理处中除主任徐彬外，入行时间最久的员工，他已经在185团分理处工作了18年。作为军垦战士的第二代，刘军就在185团出生、长大。当兵的时候腿受过伤，年纪大了，长时间坐在柜台前就会疼得受不了。为此，徐彬把刘军调到了大堂做客户经理。

刘军参加工作时间长，从小又在185团长大，所以人脉资源广泛，业务做得也不错。185团场的居民基本都以务农和畜牧业为生，理财观念淡薄，靠着刘军挨家挨户地宣传，185团分理处的保险业务比其他几个边境团场网点完成得都要好，个人理财客户数量达50户。

留下，伟大的公民

185团属于国家级重点扶贫的边境贫困团场，由于山高路远，物资都需要从外地长途运输过来，所以这里的物价比乌鲁木齐还高。一盘普通的新疆拌面，乌鲁木齐卖 12 元，这里大约要 18 元。如何留住人才，让员工安心工作是徐彬考虑得最多的事情。

每到员工生日那天，他就会到团场唯一的一家蛋糕坊，花 80 元为过生日的员工订一个双层奶油蛋糕。由于这里招聘新员工十分困难，所以无论是团场还是农行内部，都尽量为员工提供一个良好的生活环境，尽力解决员工的实际困难。

185 团场有种田户 1200 多户，分理处采用“五户联保贷款”方式每年向团场一半以上职工发放农户贷款，每年贷款额度都在 3000 万元左右，贷款归还率几乎达到百分之百。连续多年无不良贷款，贷款收回率达百分之百；多年连续无案件、无事故发生；连续多年荣获总行“精神文明先进单位”“青年文明号”等荣誉。

185 团人种地就是放哨站岗，放牧就是边防巡逻，他们是边境线上移动的生命界碑。全国政协原副主席陈俊生视察 185 团场时动情地说：“不要说为国家上缴多少粮食，创造多少利润，只要在这里生活着，就是共和国最伟大的公民！”

相伴北极光

李祥幔是第 6 个来到黑龙江漠河支行工作的外地人。那是 2013 年 9 月，李祥幔第一次来到漠河，接她的是漠河支行行长齐燚和信贷员李丽。

她的家在黑龙江尚志市，离漠河将近 1400 公里。作为黑龙江人，李祥幔对白山黑水并不陌生。可是，一下火车，她还是被这里的荒芜吓了一跳。

回行里的路上，罕有人车，广袤的林海，看不到尽头的公路，汽车后视镜里不断后退的白桦树，这一切让她陌生得有些无所适从。直到眼前出现了一块绿色的农行牌匾，李祥幔才长舒了一口气：“哦，到家了。”

创业者，白手起家

“家”是一栋三层小楼，实则是一楼商铺加上二楼、三楼两层民宅。一楼是漠河支行的营业室，二楼是后台办公区，三楼则是多功能区——食堂、后厨、阅览室，饭桌一收还能作健身房。同时，三楼也是男生宿舍。

图 5–7　农业银行黑龙江漠河支行在漠河市北极镇北红村设立的全国最北惠农服务站

齐燚和张继东来自齐齐哈尔分行，当初听说要筹建漠河支行，二人自愿报名支边，他们对于支边的艰苦是有心理准备的，而现实比想象更加残酷。齐燚和张继东虽说是“70 后”，可在漠河支行绝对算得上是高龄，全行员工平均年龄 25 岁，除了他俩都是新招聘的大学应届毕业生。一群外地人，两眼一抹黑，在极地漠河夜以继日地筹备建行工作。

创业艰难百战多。营业环境、业务测试、组织协调并取得各有关部门支持、办理营业执照……事无巨细都要亲力亲为，创业者们从早 7 点工作到晚 9 点，每天工作时间长达 12 小时以上，争分夺秒地使支行尽快具备对外营业能力。

2012 年 4 月 16 日，漠河支行终于开张了。黑龙江分行借此消除了县域金融服务盲区，将网点服务半径向北延伸了 600 公里。

异乡人，落地生根

漠河支行 12 个人，一半都是外地的，他们吃在行里，住在行里，农行就是家。

漠河有“三高”，高寒、高纬、高物价。大面积的林区吞噬了农业用地，当地自然条件也不适宜作物生长，所有食品都靠外地运来，菜价自然也贵。“行里跟家里一样，得精打细算地过日子。”李丽总是这样说。每年秋末冬初，支行员工都利用业余时间存储冬天食材，在大大的水缸里积酸菜、腌咸菜，以扛过物资紧缺的漫漫寒冬。

行里所有新员工都到了谈婚论嫁的年纪，他们家在外地、社会关系单一，婚姻大事成了齐燚和员工们的一块心病。齐燚每次营销客户的时候，都不忘捎带“营销”自己的同事，主动给姑娘、小伙子当起了红娘。在他的努力下，2013 年春天，最早一批来支行的杨阳和心上人携手步入婚姻殿堂，大兴安岭分行筹备组负责人王正军得知后，非常高兴，连夜赶了几百里路来证婚。次年春天，杨阳的宝宝出生了，所有同事都为她高兴，也对未来的美好生活充满了期待和想象。

李祥幔每每跟同学、朋友说起她工作的地方很远，都遭到不解地回应——能有多远？不还在黑龙江吗？又没有出省。是啊，能有多远呢？漠河距大兴安岭地区首府加格达奇 475 公里，坐火车要 11 个小时；距省会哈尔滨 1200 公里，坐火车要 20 多个小时；清明、端午、中秋这样的小长假，只够家在外地的员工回家路上往返时间。

为了改善伙食，李丽在京东网上商城上买了一台面条机，发货 20 多天了，还不见踪影，快递到了这里也变成了“慢递”；漠河一天只有 3 班外出火车，错过了就只能等第二天……

于是，网络成了漠河农行员工和外界沟通的最便捷的桥梁。每天下班后，是这些漠河异乡人最快乐的时光，纷纷打开手机，与家人、恋人和朋友进行视频，对于一年只能回家一两次的他们，从屏幕中一解乡愁成了最大的慰藉。

本地人，归乡反哺

2013 年 10 月，漠河支行的名单上多了 6 个名字——于汪洋、毕雪莹、王春娟、王雯佳、廉洪超、石蕊——清一水儿“90 后”大学毕业生、漠河本地人。

他们的归来有着或相同或不同的原因。王春娟是土生土长的漠河人，父母都是朴实的农民，为了供她上学，哥哥姐姐很早就辍学工作了。春娟不负期望，以优异成绩考上了重庆工商大学金融系。

毕业后，她很想留在重庆，毕竟那里的气候和待遇都比偏远的漠河更具优势。天遂人愿，重庆农村商业银行向她抛来了橄榄枝。入职体检前一天，父亲打来电话，表示自己年事已高，不适应南方生活，希望春娟能够回到漠河一起生活。王春娟陷入了沉思，几年前那件憾事浮现在她的脑海中。

原来，几乎是王春娟踏进大学校门的同一时间，她的母亲住进了医院。因害怕耽误春娟学业，家里人一直隐瞒母亲的病情，她甚至没能见上母亲最后一面，“我已经失去了赡养母亲的机会，我不想对父亲再抱有遗憾。”第二天，王春娟踏上了开往漠河的列车。

同样是从漠河走出的学子毕雪莹喜欢上了都市的灯火霓虹、车水马龙。毕业回到家乡工作，对于她来说也是一个艰难抉择。大城市里有她的伙伴、恋人和那些最美好的时光。在经历了很长一段时间的思想斗争后，家乡和家人的召唤让她选择了回归，加入了农业银行。

相比之下，学了四年会计的廉洪超对自己的职业规划显得非常明晰——不离金融、不离家乡。他在网上看到农业银行招聘信息，认为这是一次机会，第一时间报了名。经过努力，几轮考试下来，廉洪超表现优异被录取了。“这样既可以和家人团聚，免得家人挂念，又能从事自己喜欢的专业，为家乡做点事，没有比这更好的了。”

也有大学专业跟金融不搭边的，比如石蕊、王雯佳。她们在大学期间学的是英语专业。王雯佳称自己是菜鸟，刚开始经常犯错，“工作起来紧张得胸闷气短、手脚发麻，又着急，又生气，生自己的气。”如今，经过半年多的学习，她们早已适应了自己的岗位，成为漠河支行不可或缺的一员。

农行人，极地战斗

就这样，无论是外地人还是本地人，他们在北纬 53° 都成了农行人。

然而，教科书上神秘而浪漫的漠河并不总是极光笼罩，更多时候，这里的生活是一场又一场与大自然的较量。漠河的夏天和春天并无明显的界限，从气象学上讲，漠河长冬无夏，春秋相连，无霜期不到 100 天，因此漠河人最大的敌人就是大雪和极寒。漠河的雪来得特别早，通常中秋节前后便开始下第一场雪；漠河的雪又特别大，积在路上，阻碍交通。

漠河支行早上八点上班，齐燚不到 6 点就要起床，悄悄出门，趁着上班前把雪清理好，保证网点正常营业。凛冽的寒风像一把把刀子，生生地割在脸上，不要说劳作，就是在外面站一会儿都会瑟瑟发抖。

冰雾是鉴定极端气温的一个标志，一般气温在零下45摄氏度以下时才出现，当地人常称为“冒白烟”。漠河到目前还没有通公交车，王春娟、于汪洋虽然家在本地，但上班也要步行半个小时，到了单位冻得手脚发麻。他们说，冰雾让街上人们的眉毛、头发、领口结满了白色冰晶，看起来像一个个白眉毛、白胡子的圣诞老人，非常好笑——这就是漠河农行人的苦中作乐。漠河是“长夜城”，上午九时才见太阳，下午三时又进入黑夜。几乎整个冬天，大家都是迎着冰雾，披星来，戴月归。

营业室温度低，但柜员工作期间还是坚持穿行服，大家的感冒像是多米诺骨牌，一个传染一个，一个冬天不间歇。怕生病，更怕治病。漠河的医疗条件十分有限。一次，李丽突然连续3天高烧40度不退，在漠河医院查来查去找不到原因，直接飞到哈尔滨就诊。万幸的是，检查的结果只是腮腺炎，即便如此，普通的疾病在漠河也不能得到及时治疗。

极寒总是给漠河农行员工带来麻烦。2012年11月16日，支行在北极村设立了离行式24小时自助ATM，这是我国最北的农行自助机具，距离漠河支行还有75公里。通往北极村的路到处都是冻土，冻土在夏天融化，路面翻浆变形，车行驶在这样的路上如同漂在海上的船，不停地剧烈起伏。行里很多年轻的姑娘每次去北极村巡检、加钞，都会因为过度颠簸而晕车呕吐。

“三九”后的一天，漠河支行接到了北极村ATM吞钞的求助电话，李丽和杨阳提着重重的加钞箱出发了。零下四十多度的严寒让运钞车如同冰窖。越走积雪越厚，车行到距离北极村53公里处，陷入雪里动弹不得，前不着村、后不着店。保安需要保护钱箱，只能靠两个姑娘下车挖出雪中的车轮。风雪中，她们原本就已经冻透的身体更显羸弱。十分钟，二十分钟，半个小时……车子终于挪出了雪坑。原本两个小时的车程那天用了四个小时，李丽和杨阳的手脚也因为挖雪导致不同程度的冻伤。

然而，再漫长的冬季也会过去。立夏来了，尽管漠河依旧冰雪未融，可山野之上、沟谷之中却已满是万紫千红的达达香。达达香是漠河最早开放的花朵。看到盛开的达达香，不禁令人想到，没有什么能够阻止春天的脚步，也没有什么困难能压倒年轻的神州北极农行员工。

阿佤百姓唱新歌

60 年前，一首《阿佤人民唱新歌》唱遍大江南北。

云南沧源县佤族自治县是祖国西南边陲的一个小城，与缅甸佤邦接壤，边境线长达 147 公里，因佤族同胞占人口 85% 以上，也称“阿佤山”。

佤乡的新希望

长年的交通闭塞，让当地保留了少数民族原始生态的美景，却也让广大阿佤人陷入贫困之中，直到 2012 年当地人还居住在上面住人、下面养牲畜的茅草房，居住环境极其恶劣。

2012 年 9 月，为改变这一现状，沧源县启动了“佤山幸福工程”农村危旧房改造项目，为 8122 户佤族同胞解决危旧房问题。沧源县在 20 世纪 50 年代初才从半原始社会跨入社会主义，是典型的“一步跨千年”，这里集老、少、边、山、穷为一体，近年来每年财政赤字都在 10 亿元左右，绝大多数群众在国家“十五”以来才逐步跨越绝对贫困线。没有银行支持，工程将难以顺利实施。

根据当时测算，政府补贴加上居民自筹也仅够支付建房的一半款项。为此，沧源县委县政府向沧源县支行提出了贷款意向。

图 5–8　农业银行支持的“佤山幸福工程”

当时行里干部员工对是否贷款支持这项工程存在分歧，有人认为财政困难、地方支柱产业少，贷款预期风险比较突出。在密切的银政协商后，最终双方商定，用财政到户的惠农补助资金作为第一还款来源，用林权抵押作为第二还款来源，沧源县财政再拿出2000万元作为担保基金。

用这种模式，沧源县支行贷款1亿元给予佤山幸福工程资金支持，在集中改造区20个点的4000户中择优投入，贷款期限为5年，财政贴息3年，单户最高放贷5万元、最低1万元，执行农户贷款基准利率。

幸福的新农村

经过勐省、糯良、勐角等地，沿途可见座座红瓦白墙的新民居散落在苍翠的大山之间，成为一道独特的新农村美景。

在沧源佤族自治县糯良乡光荣新村，新婚不久的35岁佤族小伙儿卫春明，新房墙上还贴着刚拍摄的结婚照。在广州打工的他每年能有2万元左右的净收入，对于能够从山上的茅草房搬出来，他十分欣喜。同村36岁佤族姑娘李凤花的新房子更大一些。2013年新建时造价14.4万元，自筹资金加上政府补贴，5万元缺口便是从农行贷的款，现已全部还清。

目前，她和丈夫两人种植10亩烟叶、10亩核桃和5亩茶叶，年收入能达到7万元左右，全家生活安定。

从贷款启动日起，农行员工坚持定期走访。每次家访，都以拉家常开场，询问贷款使用情况，在询问农户生产生活情况时，详细到家里有没有人生大病，家里农作物长势好不好，甚至还会请教农业专家，为贷款农户提供技术指导以及所有力所能及的事情。

一次，客户经理走访到一农户家，两位佤族老人正在犯难。询问得知，原来是种完甘蔗后，儿子、儿媳双双外出务工，留下老两口儿在家，恰逢糖厂发放甘蔗款时遗失了惠农卡，多次往返糖厂，希望能领取现金。由于年老且不会汉语，很难与外界交流，事情一直得不到解决。

于是，客户经理立即拉上老人，补办了惠农卡，并和糖厂财务人员接洽，事情得以解决。

贴心的惠农点

为加快实现金融服务全覆盖，2014年沧源县支行成立了5人金融服务小组，深入乡镇、自然村，建设“惠农支付服务点”，向广大农民和商户宣传惠农政策和服务点功能，覆盖 6 乡 4 镇、93 个自然村，有效填补了当地的金融服务空白。

金融服务小组 5 人，4 个佤族 1 个傣族，他们不仅要提供服务，还要做翻译。在服务站建设过程中，小组成员起早贪黑，踏遍了沧源县的村村寨寨，筛选实力较强且符合条件的商户，把金融服务带到最需要的地区，解决农村地区金融服务缺失的问题，帮助农民朋友发家致富；不辞辛苦，定期对服务站进行巡检、维护，惠农服务点有效率达 99.99%；在乡镇组织培训，宣传银行卡知识和服务点的功能。

图 5–9　农业银行云南沧源县支行员工热心为佤族客户提供金融服务

截至 2021 年末，当地“惠农通”服务点已达 110 个，涉及便民店、农村医疗机构、新农保服务点等，安装 POS 终端 372 台、智付通 75 台。

第六章

科技立行：一家勇于创新和挺立潮头的银行

一、综述：迈向数字化时代

忽如一夜春风来，千树万树梨花开。科技创新的每一小步都将带来市场拓展和产业发展的一大步。在信息快速流通和转化的数字时代，科技创新的重要性、紧迫性远远大于过去任何阶段，技术迭代速度也越来越快。

多年来，农业银行斩获许多行业首创和科技奖项。数据大集中工程创造了"四个第一"，在多项新技术应用方面首吃"螃蟹"；国内首家在金融 PB 级大数据建设中实现技术自主可控；同业首次建设了企业级 AI 金融平台解决方案……累计获得人民银行科技发展奖 164 项，连续多年位列中国企业信息化 500 强前 10 名。

近年来，农业银行在大数据、区块链、云计算、信息安全等领域进行积极探索和实践，实现了质的飞跃：信息技术基础设施已具规模，系统网络基础架构较为完备，信息系统创新成果显著，信息安全保障能力明显提高。

信息化探索之路

截至 2021 年末，农业银行管理的资产规模超过 29 万亿元。2021 年，每天交易量 10.2 亿笔，日交易量峰值 12.78 亿笔。无疑，农业银行信息化建设更具有挑战性和竞争力。

1983 年以来，农业银行信息化建设先后经历了"单机应用、县域微机联网、城域网络建设、省域数据集中和全国数据大集中"五个发展阶段，走出了一条符合农行实际、具有农行特色的发展之路。2009 年 10 月，农业银行前瞻性地做出了建设新一代核心业务系统（Blue Ocean Engineering，缩写为 BoEing）的战略决策，开始由"银行

图 6–1　1984 年，农业银行第一批微机投入使用。图为农业银行浙江杭州分行率先使用电脑处理业务

信息化”阶段向“信息化银行”阶段转型。建设历时6年，分四批次投产，2015年10月收官。以业界领先的技术架构和业务架构整合了各类产品与服务，实现了“以客户为中心、快速产品创新、全面提升管理能力”的三大目标，为农行产品、服务和管理创新提供了强大的科技动力，为农业银行信息化建设的第6次跨越奠定了基础。2016年，农业银行制订了《中国农业银行信息化银行建设方案》，开启了信息化银行建设新征程。实施了以互联网金融服务“三农”“一号工程”，推进了新零售转型工程、中间业务提升工程为重点的一大批重大信息化项目建设，产品创新和客户服务、业务与技术整合能力、科技研发创新能力、风险控制能力、IT管理能力显著提升，信息化银行建设取得了阶段性成果。

经全行不懈努力，应用系统建设成效显著，建成了比较完整的应用体系，涵盖核心业务系统、渠道、产品与服务、运营体系、核算与报告、风险管控等关键领域，为客户提供全面、高效、优质的服务，为经营决策提供了科学的辅助支持。

目前，农业银行适应信息化建设的要求，已经基本构建完成了“两地三中心”机房布局。2005年11月，农业银行数据中心成立，坐落于上海自由贸易试验区，占地面积8.2万平方米，机房区建筑面积3.6万平方米，机房使

图6-2　上海数据中心、同城灾备中心和北京数据中心

用面积 1.4 万平方米。数据中心自贸区机房（同城）总建筑面积 1.5 万平方米，机房使用面积 0.48 万平方米。北京数据中心位于海淀区中关村创新园，园区占地面积 13.06 万平方米，机房区建筑面积 8.7 万平方米，机房使用面积 1.9 万平方米。

加快金融科技创新

多年来，农业银行采取“重点突破、整体提升、积极赶超”的策略，全面提升“人工智能、移动互联、区块链、大数据、云计算、信息安全”六项金融科技关键技术应用能力，逐步深化智慧“三农”、智慧零售、智慧网金、智能资管、智能信贷、智能运营、智能案防、智能办公等八大业务领域应用，支持金融科技与应用场景的融合创新。

2018 年，农业银行制订《中国农业银行金融科技创新三年行动计划（2018—2020 年）》，推进“惠农 e 通”平台优化升级，推出新一代智能掌银、聚合扫码支付、新一代超级柜台、基金智能投资平台等亮点产品，支持互联网金融服务“三农”、零售与网点转型、中间业务提升三大工程。同时，推进与腾讯、科大讯飞等公司战略合作，深化与百度联合创新，完成人工智能平台金融大脑投产。

顺应数字化时代客户行为变化和技术创新应用发展趋势，2019 年 2 月，农业银行制定了推进数字化转型再造一个农业银行的战略。

一方面，加快金融科技创新的研究与应用，通过科技赋能助推数字化产品创新，重点场景建设推广，数据整合与应用，风控模式适应性改造，线上、线下和远程全渠道融合业务转型。

另一方面，应用云计算、分布式、微服务等前沿技术手段，从客户体验出发，构建更安全、更稳定、更敏捷、更智能的新一代数字化云平台，有效支持数据共享复用、系统互联互通、产品快速迭代、服务模块搭建、应用弹性扩展，全面提升农业银行资源、数据与信息管理服务能力。

高标准保证数据安全

保证数据安全是信息化建设的重要内容。农业银行通过自主研发和技术引进，不断加强数据中心建设，逐步形成主机开放融合的两地三中心架构。按照分类分级策略，业务系统建立应用级和数据级容灾，重要业务系统实现同城双活。

主机系统承载 BoEing 核心业务，京沪两地通过 Q-REP 保证远程数据同步，信息系统整体处理能力同业领先；开放系统引入云计算、大数据、虚拟化和负载均衡等技术，形成分布式架构，逐步承载主机下移的交易，实现资源的快速部署和动态扩展，重要系统服务连续性水平不断提升；网络系统构建了弹性、安全、标准的新一代网络架构，网络服务持续高效，提升了用户体验满意度。

部署“纵深、立体”的网络安全体系，将网络安全控制延伸至每个末梢，实现全方位的网络管控；基础保障采用安全可靠的供电、环境架构，通过合理布局双路供电、UPS 并机机组、柴油发电机组、精密空调等基础环境设施，实现生产机房运行的可靠保障。

在大数据、高并发的运行压力下，数据中心采用网络流量镜像技术构建了核心全链路业务监控系统，实时监控关键交易路径运行情况，全量输出全行交易数据，核心系统业务服务连续性保持稳定。

培育动能实现创新价值

四川省昭觉县支尔莫乡阿土列尔村，坐落在海拔 1400–1600 米的山坳中，村民出入村落需要攀爬落差 800 米的悬崖、越过 13 级 218 步藤（钢）梯，是一个名副其实的“悬崖村”。农业银行创新推出“银迅通”，让村民足不出村就能享受取现、转账、缴费等金融服务。这是农业银行多年来积极利用科技创新成果，开展金融服务工作的真实写照。

关注客户体验，提供最好服务，是银行竞争力的突出体现。农业银行秉承“客户至上，始终如一”的服务理念，将科技创新作为提升服务的平台，借助互联网、大数据技术，研发“快农贷”，速度快、流程简、可循环、自动化，实现农户贷款批量化、标准化投放。基于“惠农通”服务点打造专属移动端 APP，为“惠农通”服务点提供电费、话费、水费等缴费功能，打造“惠农 e 通”电商平台，实现对农企农户服务的平台化、标准化、综合化。

创新推出数据网贷，实现小微企业融资即需即贷，全程在线操作，从发起贷款申请，到贷款资金到账，仅需几十秒。

研发“超级柜台”，提升客户体验，缩短业务办理时间。创新 ATM 刷脸

图 6–3　农业银行客户经理协助悬崖村村民办理小额取款业务

取款，无须携带银行卡，就能做到随时随地，即刷即取。推出扫码支付，方便客户支付。

科技强则农行强，科技兴则农行兴。未来，农业银行将充分运用先进的金融科技创新成果，助推公司治理效能、价值创造能力和管理服务水平的持续提升。

二、纪实

回眸数据大集中

古语云：善弈者谋势。

2000 年前后，随着省域、全国数据集中工程的推进，我国银行业计算机运用由储蓄、会计等柜面业务和后台核算业务扩展到信贷统计、资金调拨、客户数据库、信贷台账，再发展到办公自动化、决策支持等经营管理的方方面面。本地存款异地取、资金瞬间到账、跨国使用银行卡、本外币在账户间自由转换等不再是天方夜谭。

至此，中国银行业彻底从算盘时代走向了键盘时代。进入键盘时代后，第一个成效是数据，第一个痛点也是数据。如果把银行信息化过程比喻为一盘棋，数据始终是这盘棋的“势”所在。数据集中，不仅为银行提供了最为重要的生产要素，更为银行经营管理和业务创新提供了平台，从根本上推动了银行变革发展。

顺势而为，跨越发展

数据大集中离不开它的前传。1984 年，农业银行成功安装第一批微机，利用拨号线路建成四级微机远程数据通信网。从 1998 年开始，农业银行开始启动省域数据集中工程，用了 3 年多时间将全行近 200 个中心的核心业务数据集中到了 36 个省域数据中心，实现了所辖全部有效网点的集中联网，统一了全行业务应用。

2001 年，农业银行印发了《中国农业银行电子化建设“十五”发展规划》。该规划明确了以建设全国集中式计算机网络系统为核心的战略目标，在国内同业率先提出建设一个系统，一个中心，开启了农业银行数据大集中艰辛而壮阔的历程。

时不我待。2002 年，全国农业银行系统数据集中工程正式启动。在没有成熟经验可供借鉴，完全依靠自己不断摸索实践和创新的情况下，这一项工程的完成历程显得十分艰辛和复杂。

自农业银行率先在同业提出建设一个全国数据中心的设想开始，从项目立项到青海、海南、天津、北京 4 个具有代表性一级分行数据上收试点，再到最后两家一级分行数据上收，历时 5 年多时间，按预定目标成功实现 37 家分行和 3 个总行直属营业机构的数据上收。

2005 年 11 月，农业银行成立了数据中心，建成和运营参照国际先进标准，是上海金融信息化领域的重要基地之一。

2006 年 11 月 20 日，是一个令农业银行员工难以忘怀的日子。这一天，

图 6-4　2006 年 11 月 20 日，农业银行甘肃分行庆祝数据上收成功

随着甘肃和宁夏两家一级分行数据成功上收，顺利对外营业，标志着农业银行全国数据大集中“全国一网，一网打尽”的目标全面实现。

“这是农行信息化建设历史上规模最大、技术复杂程度最高、涉及面最广、影响最为深远的一项历史性系统工程，共耗时 5 年。”数据大集中的完成，不仅统一了全行业务应用，而且有利于建立一级法人体制下的法人授权机制及分支机构等级管理体系，从根本上优化全行资源配置。

成功的背后凝聚的是广大员工辛勤的汗水和心血。相比其他国有商业银行，农业银行点多、面广、线长，造成了业务量分散、业务笔数多的特点，使得农业银行信息化建设与其他银行迥然不同。农业银行数据集中工程是自下而上进行的，从农村到县城，再到省级分行，最后到总行，逐步实施上收，所以也可描述为“上收型工程”。

至此，在农业银行这个大型的全国集中式计算机网络系统中，承载着 37 家分行、总行三个直属营业机构的 34000 多个营业和管理机构生产系统的运营使命。共连接逻辑终端近 65 万个，其中柜员终端 24 万余个，POS 终端 18 万个，ATM 等自助终端 24000 台。

图 6–5　2007 年 5 月，农业银行数据迁移工程圆满完成

建立机构，统筹管理

2007 年，农业银行正式宣布业务数据由北京成功迁移至上海，此次迁移实现了数据迁移和数据远程准实时备份两项功能，在国内外大型商业银行中属于首次应用。

2011 年，农业银行数据中心又成功上收香港、新加坡分行的业务数据；在“十二五”期间，按信息化战略，上收纽约、伦敦、东京、法兰克福、蒙特利尔、首尔等海外机构的金融电子数据；最终成为农业银行全球数据中心，为建设立足本土、全球运作的国际一流商业银行集团战略服务。

为了全面提升 IT 服务管理能力，确保数据中心生产运行的安全、稳定、高效，数据中心引进国际先进标准，建立了以 ISO 20000 和 ISO 27001 标准为框架的 IT 管理体系，成为通过双认证的总行级数据中心。2016 年将 ISO 20000 信息技术服务管理体系全面推广至各一级分行，2017 年以最新的质量管理标准体系实现京沪两地全覆盖，全行生产运行工作流程化、规范化水平不断提高。

与时俱进，提升能力

全国数据大集中完成后，为适应股改上市和经营转型要求，以科学发展观为指导，农业银行确立了信息科技工作新思路：一是加强基础管理，明确提出发展与安全并重，着重加强基础建设，将生产运行安全置于首要地位；二是实现可持续发展，逐步建立起按照企业级规划、架构、标准进行统筹实施的信息化建设模式。

按照新的发展思路，一系列有力措施开始稳步推进并取得了良好的成效。

生产运行保障能力不断提高。初步建立一体化生产运行体系，正式建立生产运行例会制度，组织了全行生产运维操作规范的验收，为提升农行一体化生产运行管理水平、防范操作风险奠定了坚实的基础。

研发管理不断突破。按照“面向业务、面向市场、面向客户”的原则，由被动承接工作项目转向积极管理客户满意度。建立了涵盖全流程的项目管理体系，贴近市场、贴近客户、贴近业务，构建总分联动、需求前移等快速响应机制，提升项目研发效率。建立长、中、短期全覆盖的高起点规划，将综合规划与专题规划相结合，每年滚动更新。成立信息技术专家委员会，建立起完善的企业级技术决策机制。

基础设施建设更加科学有效。转变基础架构建设方式，通过前瞻性规划、集约化实施，实现小投入、大产出。提出了建设高效率、低能耗、高整合、低占空、高可用、低风险的绿色智能型基础架构的目标，组织实施了五大达标工程，提升基础设施标准化水平。

IT 治理水平不断迈上新台阶。为适应股改上市后农业银行公司治理要求，科技部门着力打造与之匹配的信息化能力。构建了“一局、两中心、一公司”的科技管理架构，规范化、精细化管理逐步深入；建立专家评审机制，对全行 IT 资源配置实现了科学有效的管理。

建设科技风险管理“三道防线”，通过统一规划、统一平台、统一管理，建立对基层、客户需求的快速响应机制，提升分行 IT 服务能力；按照以人为本思想，创新科技人才选、育、用、留机制，打造一支强大而稳定的科技队伍。

好风凭借力，送我上青云。2019 年初，农业银行提出把数字化转型当作农业银行第一经营战略，利用金融科技手段为“三农”和实体经济提供更高质量、更有效率、更有温度的金融服务。毫无疑问，数据大集中，就是这一战略的基础和前提，其重大意义则是不言而喻，非比寻常。

而今迈步从头越

2015 年 10 月 7 日，秋日的暖阳沐浴着农业银行数据中心大楼。

伴随着上午 10 时第一笔现金存款业务在柜台成功办理，标志着新一代核心业务系统（BoEing）四期工程全面切换投产顺利完成，也为历时 6 年的 BoEing 工程建设画上了圆满句号。

图 6–6　2015 年 10 月，BoEing 四期工程全面投产上线

作为农业银行信息系统的巨大变革，6 年时间，20 多万员工参与，涉及 4.6 亿个人客户、8 亿张银行卡和 10 亿个账户数据的迁移，外围 2000 多个系统同步上线，工程规模、复杂程度在农业银行历史上都属首次。

新系统的上线将使农业银行柜面服务效率大大提升，客户体验更上一个新台阶，实现从“以账户为中心”向“以客户为中心”的根本转变。

攻坚

农业银行新一代核心银行系统建设发轫于2009年。

伴随股改上市，农业银行将“三农”定位为亟待开发的产业“蓝海”，着眼于价值创造和创新，以期开创全新的市场空间。

而这必须借助科技力量。第四代核心业务系统建设由此应运而生——蓝海工程（BoEing），意指农业银行这艘大船借助科技力量，纵横驰骋于广阔的蓝海，实现与国内外先进同业接轨。

几番咨询，农业银行作出了自主设计、自主开发的选择。相比同业引进消化之路，或渐进式改造之路，选择了一条艰难之路，完全依靠自己实现对系统的颠覆式改造。

2009年9月，“蓝海工程”项目组正式成立。重构核心业务系统，既需要维护老系统ABIS正常运转，又要实现核心业务系统升级换代，犹如给正在高速运行的列车更换引擎，实施难度可想而知。

破浪

“蓝海工程”分四期投产：一期是基础技术平台、公共基础应用和基金、国债、私人银行等业务模块上线；二期是会计核算和报告系统与“蓝海工程”对接；三期是对公存款、贷款、理财及支付结算业务全面切换；四期是个人业务全面切换。

看似简单的分期实施，实则蕴含着精密部署、科学规划，由基础框架和交易量较小的业务，到管理信息系统，再到交易量较大的对公业务，最后到交易量庞大的个人业务，一步一个坚实的脚印，在上一个阶段确保成功之后，再向艰巨、复杂的下一阶段过渡，实现了排兵布阵的科学化。

2012年12月2日，一期工程在上海数据中心顺利上线，首战告捷；2013年5月，完成与会计核算报告系统的顺利对接，二期工程成功投产；同年10月，对公存款、贷款、理财和支付结算业务完成开发，三期工程顺利投产，120多个总行外围系统和1000多个分行本地化系统同步完成切换。

2015年10月，新的贷记卡系统研发成功，卡受理、个人负债业务完成改造。这是最后一步，也是整个工程的重中之重，涉及2000多个系统，客户敏感性高、涉及面广，稍有闪失，就会造成重大影响。在全行上下的共同努力下，四期工程圆满完成。

至此，第四代核心业务系统终于破浪启程。

图 6-7　2001 年 9 月，农业银行第一代综合业务系统（ABIS），实现人民币业务在“一个中心、一个平台、一个网络”下运营

回首

回顾农业银行有史以来的核心业务系统，一共可以分为四代。第一代的特点为单机单业务模拟手工；第二代是单业务城市联网，渠道共享；第三代综合业务系统（ABIS），柜面组织变革，支持电子银行，统一会计核算；第四代则是蓝海工程（BoEing）。

第三代综合业务系统（ABIS）是基于利率管制模型下的系统设计，弥补了解客户、识别客户、产品服务能力的不足。此外，只面向财务核算的账簿体系，制约了内部管理能力。新一代 BoEing 系统都进行了针对性升级。

新一代核心业务系统主要有以下五项特点与优势：

一是引入“产品工厂”理念，通过灵活分层的定价机制，支持产品快速创新，解决了利率市场化下产品差异化定价等问题。二是提升用户体验，采用图形化界面，改善了视觉效果；利用渠道协同，实现操作便捷化，减少客户等待时间。三是统一了数据口径，提高了数据质量，为提升大数据应用、挖掘客户潜在需求、定制个性服务提供了技术支撑。四是实时交易监控和数据分析，提升风险预警能力和风控反应速度，从技术上提升了业务风险的控制能力。五是建立统一的应用架构，提供更多的第三方接口和更为开放的关联系统，有利于推动农业银行在互联网金融和移动金融领域的快速发展。

随着新一代核心业务系统正式投放，未来农业银行将在此基础上，向两个方向发展：纵向上，从客户体验、数据挖掘、流程再造等方面，对现有系统进行优化、挖掘、提升；横向上，加强多元化、国际化、综合化业务支持，将农业银行打造成高度信息化银行。

“5G+ 场景”向我们走来

2018 年末，国内首台智能语音取款 ATM 在农行浙江乌镇支行上线。经过半年多的时间改造，该支行成为一家“5G+ 场景”智慧网点。

网点的智慧体现在方方面面。比如网点智能互动屏，自动识别客户身份，比对客户偏好，分析客户行为，推荐合适的金融产品；比如智能一体机，实现现金、非现金、对公、对私等柜面业务综合受理……

与 4G 相比，5G 具有高带宽、低延时、大容量的技术特性，为银行更好地塑造金融场景提供了可能。

农业银行“5G+ 场景”智慧网点，通过加装 5G 通信和物联网功能模块，把金融科技嵌入网点设备和系统流程，将 5G 与远程视频、智能语音、人工智能等新兴技术有机结合，打造“云坐席”“移动银行”等新型服务功能，实现了 5G 与金融科技、智能设备的深度整合，重构网点业务运营流程和服务模式。

那么 600 平方米的乌镇支行智能化主要体现在哪些方面呢？

首先是智慧服务。网点拥有智慧精准感知功能：一是车辆智能感知。通过识别摄像头，实现贵宾客户刷牌、停车无人管理。二是客户到店感知。主动识别到店客户，提前提醒大堂经理。三是智能语音识别系统。部署语音采集、合成和识别设备，创新推出全国首台智能语音 ATM，只要与机器对话，就能完成存款、取款操作。

其次是智慧体验。网点以大数据为客户精准画像，创新产品展示设备，引入智能白板、互动桌面、拼接大屏、触摸橱窗等新型互动体验设备。

最后是智能推送。客户到达网点智能互动屏，扫码即可购买金融产品。开发了远程视频专家支持系统，建立了省、市、支行三级专家支持团队，打通与总行私人银行部和客服中心的连接，通过预约，客户可一对一、一对多理财咨询，定制理财产品，实现灵活高效、多层次、个性化服务。

2019 年 10 月 20 日，依托第六届互联网大会博览会，农业银行举行了

图 6-8　农业银行上海浦东分行营业部推出 5G 智慧银行

以“5G+ 场景”为主题的智慧网点品牌发布会。农业银行始终秉持业务办理快、客户体验好、业务场景新、内部管理智的理念，将客户场景融入金融服务，打造“智慧识别 + 个性定制 + 场景融合 + 远程互动”新型智慧网点，推动网点建设向运营轻型化、服务智能化、交易场景化、管理智慧化转型。

2019 年 6 月，海南首家 5G+ 智慧银行——农行三沙分行开业；2020 年 6 月，湖北银行业首家全功能“5G 智慧网点”——农行武汉金融中心支行正式亮相；2020 年 7 月，云南省分行首个“5G 智慧网点”在昆明护国支行营业室对外营业……基于 5G 技术的“智能 +”应用为金融服务领域带来了无限可能。

在 5G 网络体验区，客户可以用 5G 手机接入 5G 网络，自由冲浪，拥抱 5G 智慧生活。

在营销服务区，农业银行自主研发“智慧货架”，秉持普惠亲民理念，打造“生活 + 金融”超市，热卖产品、生活缴费、美食优惠、商超促销等应有尽有，一站式满足客户所有衣食住行金融需求。

在远程服务区，构建云端至终端的快速通道，客户可以与专业财富顾问开展一对一、无时延高清远程视频交流。

搭建银政互联云平台，集成工商、税务、不动产、社保等政务大数据，实现企业注册、信息变更、执照打印、银行开户等全流程、一站式服务办理。

事实上，在5G刚刚提供给商用的时候，农业银行就全面推动5G等先进科技与网点转型深度融合，在全国选取城市、县域、乡镇打造了一批“5G+场景”智慧网点，探索5G与金融服务融合发展，服务民生的新路径、新模式。

截至2021年末，农业银行已建成5G智慧银行网点超过100家，完成了14537家网点数字化赋能导入。

与此同时，农业银行发挥金融资源和科技优势，主动构建智慧政务服务新模式，打造覆盖G端、B端、C端全场景生态。在掌银政务专区涵盖行政收费和政务办理模块，上线逾百项高频政务事项和金融服务。利用政务办理平台，为群众提供线上办、一站式服务，协助政府深化“放管服”改革和提升公众满意度。

依托行政收费向用户提供水费、电费、交通罚没款等19项缴费事项，让群众缴费更加快捷便利。截至2021年末，农业银行掌银政务专区合作接入23个省、市的政务平台服务合作，“智慧政务”累计开放网点近9000家，实现政务可预约，可查询，可办理。

未来，农业银行将践行互联网大会主题，紧跟5G发展潮头，打造“智能互联、开放合作”的“5G+场景”智慧网点，助力智慧社会、“三农”普惠、幸福产业等领域数字化创新发展，更好地服务经济，为广大客户提供更加优质高效的金融服务。

超级柜台提升客户体验

2014年11月，农业银行推出了超级柜台。以智能机具为载体，快速高效地为客户办理绝大部分个人非现金＋现金＋票据业务，开启了银行网点服务客户的新模式。

图 6–9　农业银行在广西龙胜各族自治县一网点布放超级柜台

强大的功能

超级柜台，就是一个功能集成的智能机，可以实现绝大部分个人非现金、现金、票据业务的快速办理，涵盖现金存取、转账、开卡、基金、电子银行签约、理财产品认购等 198 项产品及功能，已经成为农业银行线下主要渠道。

个人开卡联动网上银行、掌上银行、手机 K 码等 6 项服务办理时间，从原来的 20 分钟提速到只需 3 分 45 秒；理财业务办理比在人工柜台普遍提高了 4–7 倍；客户办业务免填单，只需签名 1 次、给 1 份回单，柜员只做 1 个交易，实现“0 传票”“0 复印”“0 盖章”和“0 纸质档案”……大大减少了柜员频繁操作和客户轮番签名的时间，十分便捷。

换代的方向

超级柜台的意义远不止上述数字所体现的高效便捷，它代表着银行网点升级换代的新方向。随着互联网金融的兴起和社会消费主体的变化，对于银行来说，以往迫切进行的网点扩张悄然变成了网点转型，网点主要功能也从金融产品交付场所逐渐转变为综合化的服务体验场所。

自动控制。超级柜台较好地平衡了效率与风险的问题。在流程设计和业务规则中嵌入对关键风险点的把控：客户身份识别通过身份证识别器、人脸识别、后台人员专业审核等多重验证，确保客户身份真实性；大堂工作人员进行操作辅导，操作成功后进行确认核实，实现前后台双重风控；业务指令电子化流转全程不落地，银行卡等重要空白凭证由机器保管，尽可能减少人工干预。

倡导低碳环保也是农业银行对社会的承诺，超级柜台的流程设计正是一个绿色的承诺。以理财产品签约与申购为例，人工柜台办理需要客户签3份协议、给客户3份回单，柜员要留8份纸质档案。通过超级柜台客户免填单，只需签1次名、给1份回单，柜员只做1个交易，零纸质档案。人工办理涉及的凭证、纸张、耗材耗能全面减少或取消。

重要的转变

超级柜台的推出，让客户对银行服务有了更多的了解、更深的体会，为客户提供更多自主的可能，增强了客户的参与感和舒适感，实现了银行从以产品为中心到以客户为中心的重要转变。

2018年2月，新一代超级柜台智能服务平台（简称新超柜）在全国投产上线。新超柜对农业银行现有物理网点的作业处理模式、营销服务模式等产生巨大影响，带来运营模式重大变革，为农业银行网点智能化转型开辟了广阔空间。

零售、外汇、理财、基金、贵金属、信用卡等13类198余种产品均可在新超柜集中办理，工作人员指引客户操作，后台进行身份审核，随即自动触发账务，大幅提高作业效率。

营销模式精细化。新超柜在业务办理过程中，利用大数据分析向目标客户推荐最贴心、最适合的信贷、理财、保险等产品及其他金融服务，用科技手段成功连接起用户、产品、交易。

客户服务立体化。新超柜通过“大堂式、嵌入式、立式超柜主机，现金辅柜、票据柜、打印边柜、现金一体机、票据一体机，现金票据一体机”等多种设备发挥作用，可在网点大堂、金融便利店等多种场景进行产品介绍、业务咨询、营销服务，并完成业务处理，充分延长了农行金融服务触角。

系统功能智能化。新超柜深度应用人脸识别、语音识别、字符识别等功能，简化了客户业务信息输入流程，丰富了客户感官体验，友好的人机交互界面和快捷的交易流程，契合新技术发展潮流和多元化客户消费习惯。

截至2021年末，农业银行在2.28万余家网点设立超级柜台5.68万台，2021年平均每天处理业务339.7万笔。

“最后一公里”到“最后一厘米”

“金融之美，在于普惠社会大众。”著名经济学家罗伯特·希勒这样诠释金融对于构建美好社会的作用和意义。

然而，一直以来，受制于传统金融服务模式和理念的限制，针对小微企业等群体的金融支持明显不足，引发人们对普惠金融概念的关注与向往。

可喜的是，数字技术变革为普惠金融规模化带来了真实的可能性，不仅让金融服务的“最后一公里”变成通途，更将金融服务触达与客户距离“最后一厘米”的贴身之境。

仅仅是开局

农业银行在普惠金融领域的数字化转型，也是发轫于一款款线上创新产品的推出：“小微 e 贷”——农行数字化小微金融产品体系的统称，包括“微捷贷”小额网络融资、“链捷贷”线上供应链融资和“快捷贷”智能化融资三大产品系列。

图 6-10 “微捷贷”产品宣传海报

围绕小微企业金融数字化转型，农业银行相关数据格外引人注目：截至 2021 年末，农业银行普惠型小微企业贷款余额达 1.3 万亿元，比年初增长

38.8%，其中，“微捷贷”余额达1062.37亿元，“快捷贷”余额达3095.5亿元，“链捷贷”余额达1064.78亿元。

实际上，在数字化时代，金融服务基于互联网化、数据化、智能化、开放化等特性，不仅可以“7×24”小时不间断供给，而且还可以无缝衔接到广大客户的生产、生活场景，通过无抵押、快审批、循环用信等手段，使获取金融服务的时间成本和物质成本降到最低，实现一种近乎无感获贷的体验。

而另一方面，在传统模式下，商业银行靠钢筋混凝土等重资产做抵押、典当式操作、走家串户式营销的传统打法，已不适应小微企业发展需要，大数据、人工智能等金融科技为商业银行小微金融业务带来了革命性、颠覆性的创新，一个好的产品可能在很短时间内推广到“千万级”甚至“上亿级”客户，有时一两款产品甚至能颠覆某个细分市场的竞争格局。

正是在这样的巨大机遇与挑战当中，农业银行坚定不移地推进小微金融数字化转型战略，加快小微信贷业务线上化，坚持用产品说话，不仅实现了金融科技服务小微的全新突破，而且在这个客户用“手（机）”投票的时代，赢得了青睐和支持。

足不出户秒贷

不久前，在柳州从事计算机生意的余先生碰到了资金难题，正在犯愁如何拆借，农行客户经理告知，良好的纳税记录就能帮他很快贷到贷款。

“纳税e贷”是农业银行“微捷贷”平台推出的又一款小微信贷产品，也是首款全线上银税互动小微融资产品。“纳税e贷”以企业涉税信息为主，结合企业和企业主的结算、工商、征信等内外部信息，运用大数据技术分析评价，对诚信纳税的优质小微企业提供的在线自助循环使用的网络融资产品。不用担保、手续简便、即需即贷，让为资金周转而发愁的小微企业主喜出望外。

受传统业务模式以及小微业务本身风险高等限制，银行信贷对小微企业的覆盖面亟待扩容。以农业银行为例，传统业务模式下小微企业信贷流程和大企业信贷流程基本一致，一位客户经理最多能管理好10–12个企业客户，完成审批也至少要10个工作日，这对于数以万计渴求金融服务的小微企业客户而言，无论时间还是数量上都无法满足其需求。

借助大数据技术，银行可以更好地解决小微企业信息不对称问题，较全面地掌握企业经营状况，更及时地发现企业风险信号，更理性地做出风险判断，努力降低小微金融服务成本……

让数据多跑路，让客户少跑腿，让银行客户经理减少不必要的案头工作，全身心地投入到客户服务中去，所有这些努力的最终目标均指向尽力扩大客户覆盖范围，全力解决小微企业融资难、融资慢、融资贵的问题，这也是农业银行小微金融服务的目标。

也正是这样的初心之下，近年来农业银行不仅推出了“资产e贷”“微捷贷”“纳税e贷”这样的全行通用产品，浙江、广东、河北、内蒙古等分行因地制宜，创新推出了“小微网贷”“税e贷”“薪e贷”“医捷贷”“烟商e贷”等多款区域特色产品，线上产品体系进一步丰富，因此增加了大批受益的小微企业客户。

“共赢链”的合作时代

2019年5月8日，农业银行与中企云链银企战略合作协议签约仪式暨“保理e融”产品发布会在北京举行。在这场别开生面的签约仪式上，来自农业银行、中车集团和中企云链的相关负责人共同将手印印在了象征“携手共同破解小微企业融资难题”的大屏幕上，开启了核心企业、小微企业、第三方供应链服务平台和商业银行四方的“共赢链”合作新时代。

“我们公司在农业银行连做了4笔‘保理e融’，只要在电脑上轻点几下，不用跑银行，也不用提供抵押，1个小时就办完了，既方便又快捷！”山东烟台海纳商贸有限公司总经理李洪鹏看到他通过云链平台办理的票据融资款项全部入账，让他对农行线上供应链金融服务有了全新的认识。

海纳商贸是向中交烟台环保疏浚有限公司供应船舶零部件的一家中小型企业。在办理“保理e融”产品之前，结算主要通过中交公司向其出具商业汇票的模式，期限3到6个月不等。这一时间跨度对于一家正值发展上升空间的企业来讲过于漫长。

正当一筹莫展时，农行“链捷贷数据网贷——保理e融”的推出解决了他的问题，海纳商贸被纳入首批“链捷贷数据网贷——保理e融”云链产品商圈业务对象。

“保理 e 融”产品是农业银行针对供应链小微企业“应收账款无法快速变现”“银行信贷难以覆盖整个供应链”等问题，运用金融科技创新推动供应链服务实体经济的最新成果。

“保理 e 融”产品因为其不再局限于与单一核心企业 ERP 系统对接产业链上下游合作，而是通过与第三方供应链服务平台合作，多触角地链接了众多核心企业和各层级供应商供货商，极大地拓展普惠金融服务覆盖面，精准输血民营、中小企业，使更多中小企业受益。

供应链金融的出现改变了过去银行对单一企业主体的授信模式，全方位为链条上的“N”个企业提供融资服务，把资金注入相对薄弱的一环，从而解决供应链失衡问题。供应链金融的优势也在于打破时间、空间限制，实现生产要素快速聚集，让小微企业融资难度大大降低。

第七章

党建领航：一家讲政治、守初心、担使命的银行

一、综述：党建领航促发展

求木之长者，必固根本；欲流之远者，必浚其泉源。农业银行自成立之日起，旗帜鲜明讲政治已经深深融入了自身的血脉。

自 1951 年成立以来，农业银行改革发展迈出的每一步、取得的每一项成绩，都是在党的领导下结出的硕果。特别是党的十八大以来，农业银行在以习近平同志为核心的党中央坚强领导下，把坚持党的领导、加强党的建设作为改革发展的“根”和“魂”，为改革发展提供了坚强的政治保障。

政治建设夯基础

作为党的银行、人民的银行，农业银行长期以来十分重视政治建设。1979 年第四次恢复成立之后，农业银行将政治建设摆在了突出的位置，业务经营与党建工作同步开展。为了加强党的领导，总行设立了政治部，并将党建工作落实到五级行的架构当中。实行本系统和地方党委双重领导、以本系统管理为主的干部管理体制。

具体工作中，农业银行认真贯彻党中央决策部署，着力夯实从严治党、从严治行的政治基础和组织基础，积极构建高素质、专业化的干部人才员工队伍；按照“四化”方针推进了干部人事制度改革，打破干部职务终身制，实行退休和任期制度，调整优化班子结构，推动后备干部队伍建设；抓好班子的思想政治建设，贯彻民主集中制，执行定期工作报告和谈话制度；下放干部管理权限，改为总分行分级管理、下管一级，推行干部考核、聘用、交流、回避等制度；实行专业技术职务聘任制度，建成专业技术干部队伍。

1995 年，农业银行印发了《关于改进与加强人事工作的意见》。该意见中对领导班子和领导干部提出了五条要求：第一，坚持党的基本路线，与党中央保持一致，不当糊涂官。第二，坚持民主集中制原则，不当霸道官。第三，团结协作，不当内耗官。第四，公正廉洁，不当贪官。第五，精业勤政，不当懒官。为加强党的领导，自 1995 年开始，各级行不再设专职书记，行长和书记由一个人担任。

1998 年 7 月，顺应改革的新要求，农业银行系统党委成立，实行垂直领导体制。农业银行党组改为党委，负责领导本系统党组织，直接负责管理本系统领导班子和干部员工队伍建设。针对新的发展形势，农业银行加强了领导班子思想作风建设，开展了“四好”班子创建活动，强化了干部监督和日常管理；完善了党建工作与业务经营的互动机制，着力加强了基层党组织建设和党员教育管理；建立了企业化的干部管理体制，实施处级及处级以下干部竞争上岗、年度考核和退出制度；建立了后备人才库，启动了省际干部交流。

在“一分、一脱、一剥”改革过程中，农业银行加强政治建设，积极发挥党建作用，做好干部思想和组织工作，增强党员责任担当意识，努力保持队伍稳定，顺利地完成了组织机构精简和干部人员的划转工作，从而保证了改革的平稳过渡。

1999 年，农业银行党委召开了首次党建工作会议，对党建工作进行了全面系统部署，有力地推动了党建工作的稳步开展，开创了党建工作的新局面。

图 7–1　1999 年，农业银行党委召开首次党建工作会议

农业银行成功上市以后，不断完善公司治理下国有企业党建工作新机制。将党建工作全面融入公司治理架构；在中管金融企业中率先把党建纳入领导班子考核，开展基层党组织书记抓党建“述评考”；采取从严治党、从严管干部，完善了干部管理监督制度体系和优秀年轻干部脱颖而出机制。

2011年7月1日，在庆祝中国共产党成立90周年大会上，山东桓台县支行党委被中共中央组织部授予“全国先进基层党组织”荣誉称号。这是农业银行加强党建工作的一个缩影。

党的十八大以来，农业银行把党支部建在网点上，坚决把党的政治建设摆在首位，引导广大党员干部自觉增强“四个意识”、坚定“四个自信”、做到“两个维护”。印发了《关于加强党的政治建设的实施意见》，把党的政治建设融入农业银行贯彻落实党和国家决策部署全过程，做到党的政治建设与改革发展各项工作深度融合、相互促进，毫不动摇地坚持全面从严治党、全面从严治行，确保党中央决策部署在农业银行落地见效。

积极推进党建进章程。认真贯彻全国国有企业党建工作会议精神，落实两个“一以贯之”：即坚持党对国有企业的领导是重大政治原则，必须一以贯之；建立现代企业制度是国有企业改革的方向，也必须一以贯之。2017年将党建工作总体要求写入农业银行公司章程，以公司治理形式明确党委领导地位，不断加强和改进党的全面领导。

随着农业银行综合化战略布局的深入推进，农业银行集团化经营和子公司建设取得了较快发展，已先后成立了农银汇理、农银租赁、农银国际、农银人寿、农银理财、农银财务、农银金科及农银报业等多家子公司。为了加强对子公司的管理，农业银行党委印发了《中国农业银行子公司党组织建设管理规定》，对子公司党组织建设工作明确提出具体要求。这是国有大型商业银行首次对子公司党建工作制定专门制度办法。

不断完善领导体制建设。坚持“双向进入、交叉任职”，总行和设立党委的子公司均实现党委书记、董事长“一肩挑”，党委成员全部进入董事会、监事会和高管层，为党委发挥领导作用夯实基础。修订党委工作规则、“三重一大”决策制度实施办法，严格落实党委“前置把关”要求，形成各司其职、各负其责、协调运转、有效制衡的治理机制，为党委把方向、管大局、保落实提供了制度保障。不断强化政治机关建设，在深入学习贯彻习近平新时代中国特色社会主义思想上做表率，在始终同党中央保持高度一致上做表率，在坚决贯彻落实党中央各项决策部署上做表率，切实走好“两个维护”第一方阵。

为了夯实工作责任，农业银行相继印发了《中国农业银行党委全面从严治党主体责任清单》，细化落实全面从严治党责任；印发《中国农业银行系统各级党组织书记抓基层党建工作述职评议考核实施办法》《中国农业银行关于加强政治机关建设的意见》等多个制度办法，做到纵向到底、横向到边、上下联动、齐抓共管，确保责任落实不断层、压力传导不断线。

培根铸魂树新风

思想是行动的先导。

一直以来，各级党组织通过一系列扎实有效的党内教育，引导党员干部坚定理想信念，坚持不懈地补精神“钙”、筑思想“魂”。扎实开展“三讲”教育、党的群众路线教育实践活动、“三严三实”专题教育、“两学一做”学习教育、“不忘初心、牢记使命”主题教育、党史学习教育、庆祝建党100

图 7–2　2016 年 6 月 30 日，农业银行召开纪念建党 95 周年暨“两学一做”学习教育推进会

图 7–3　2020 年 12 月，农业银行组织的十九届五中全会精神宣讲团成员深入基层开展宣讲

周年活动等，党内各项教育和活动环环相扣，从关键少数向全体党员延伸，从集中性教育向经常性教育转变。扎实深入的思想淬炼、政治历练、实践锻炼，让党员干部心灵受到荡涤、思想受到洗礼。

党的十八大以来，农业银行各级党组织坚持用习近平新时代中国特色社会主义思想武装头脑，把学习贯彻习近平新时代中国特色社会主义思想作为党委会“第一议题”、党委中心组学习“第一要务”、党员干部培训“第一课程”、支部组织生活“第一任务”，着力在学懂弄通做实上下功夫、见成效。

2017 年 12 月 13 日，农业银行以学习宣传贯彻十九大精神为内容的微党课竞赛总决赛在总行机关拉开帷幕。本次竞赛得到了现场观众的一致认可与肯定：“微党课这种做法，有新意、有创意、有意义，观看整场比赛深受感动，深受鼓舞。”这是农业银行强化思想建设、扎实推进党员教育的一个缩影。

农业银行各级党委认真落实中心组学习制度，每年制订学习计划，推动党员领导干部带头学理论、强信念。推进总行党校独立运行，加强分行党校和分校建设，总行党委成员带头赴联系点、党校、定点扶贫县支行讲党课。依托农行大讲堂、《农行党建通讯》、党建之窗等教育平台，推动学习型党组织建设。

近年来，聘任焦裕禄女儿焦守云同志为农行党校客座教授，深入开展“学焦裕禄、学雷锋，行业树新风”“岗位建功、争做标兵”等活动，引导广大党员立足岗位作贡献，传承和弘扬农业银行的好行风，各级党组织和广大党员在服务“三农”、服务实体经济、决胜脱贫攻坚、抗击新冠肺炎疫情等金融服务主战场，充分发挥了战斗堡垒和先锋模范作用。

知之愈深，信之愈笃，行之愈实。广大党员干部员工自觉以党的旗帜为旗帜、以党的方向为方向、以党的意志为意志，把贯彻落实党中央决策部署与农业银行职责使命紧密结合起来，在实践中不断提升政治判断力、政治领悟力、政治执行力，着力将党建成效转化为更加自觉地践行以人民为中心发展思想的高强本领，转化为完整、准确、全面贯彻新发展理念、服务构建新发展格局、推动高质量发展的能力水平。

四海求贤汇英才

事业兴衰，唯在用人；用人之道，重在导向。

农业银行始终紧紧围绕党中央赋予的政治、经济任务选干部、配班子、育人才。多年来，农业银行始终把高素质专业化干部人才选、育、用作为重要任务，着力配强班子、选好干部、用活人才。

树立正确选人用人导向。始终把政治标准放在首位，强化政治把关，注重选拔任用牢固树立“四个意识”、坚定“四个自信”、做到“两个维护”、全面贯彻执行党的路线方针政策、忠诚干净担当的干部。近5年来，通过上下交流、东西部交流、行司交流，援藏援疆，赴地方、赴县支行、扶贫定点挂职等形式，累计选派3000多名优秀年轻干部到基层一线和艰苦环境“墩苗”“淬火”。

强化各级班子建设。着眼政治过硬、能力突出、业绩优良，突出抓好“一把手”工程。适应转型发展需要，把具备银行家素质、能独当一面的“将才”选拔进各级班子。把公开遴选作为选贤任能的重要手段，多次组织全集团直管领导人员公开遴选，充实优秀年轻干部。二级分行及以下班子均拿出岗位公开遴选。新提任正、副处级领导人员 40 岁以下和全日制大学学历以上占比逐步提高，各级班子结构持续优化。

完善激励约束机制。出台并落实好激励干部员工新时代新担当新作为的实施意见，为敢于担当、勇于创新、敢打敢拼的干部撑腰鼓劲。出台《深化人才发展体制机制改革的意见》，形成专业与管理序列“双轮驱动”人才发展格局。大力实施青年英才开发工程，加快金融科技等复合型人才培养。逐级开展“一报告两评议”，定期开展选人用人专项检查，从严管理监督干部。

用一贤人则群贤毕至，见贤思齐就蔚然成风。随着科学人才组织体系及机制的建立完善，广大干部员工成长成才的通道更宽了，机会更多了，干劲更足了。

固本培元行致远

农业银行第四次恢复成立后，自上而下层层建立了党组织。无论是党组领导时期，还是系统党委成立以后，始终把抓基层打基础作为长远之计和固本之举，从基本组织、基本制度抓起，推动基层组织全面进步全面过硬，引导党组织和党员充分发挥作用。

组织覆盖持续扩大。以“三线一网格”党建线建设为契机，以二级支行单独建立党支部为重点，持续提升基层党组织覆盖面。2017 年底全部消除标配网点党员空白点。截至 2021 年末，农业银行核心和骨干网点单独建支部比例保持在 97% 以上，基层一线发展党员占比在 70% 以上。注重选优配强管好基层党组织带头人，全辖党支部书记每年全覆盖轮训一遍。

战斗堡垒更加坚固。编印《基层党建工作实务手册》，印发《党支部工作日志簿》，把组织生活、按期换届等要求落到实处。深入学习贯彻《党支部工作条例》，持续推进党支部标准化、规范化建设。在中管金融机构中首家开展党组织书记抓基层党建述职评议，在同业中率先推行领导班子党建工作专项考核，组织开展基层党组织量化考核评价试点，以精准考核、精细管理引导基层党组织主动创先争优、晋位升级。

地处中国共产党诞生地的嘉兴分行，世界互联网大会期间成立党员骨干服务团队，全天候、零差错做好金融服务保障，得到会议主办方和与会嘉宾

图 7-4　2016 年，农业银行浙江嘉兴分行党委被授予全国先进基层党组织称号

一致好评。2016 年，嘉兴分行党委被评为全国先进基层党组织。

先锋作用充分发挥。每年将 70% 以上的发展党员指标用于基层，以网点负责人、青年英才、业务骨干为重点实施“双培养”。制定《党员教育培训规划》，组建党建工作内训师队伍，做实“带头人”“标杆”“生力军”3 项计划。推行党员积分制管理试点，出台《党内表彰管理办法》，评选表彰“两优一先”。在重大项目营销、服务“三农”和实体经济、支持脱贫攻坚、抢险救灾等急、难、险、重任务中组建党员突击队，引导广大党员以实际行动践行“四讲四有”。

河南兰考县支行党委喊出“党组织牵头做、党员干部带头做”的口号，选派 34 名党员成立金融扶贫党员先锋队、党员志愿服务队，助推兰考县率先实现整体脱贫。

一项项固本强基的务实之举，促使全行 4.37 万个党组织正在成为坚实的战斗堡垒，36.51 万名党员努力成为干事创业的先锋模范，凝聚起加快建设国际一流商业银行集团的磅礴力量。

正风肃纪守恒心

一直以来，各级党组织、纪委认真履行党风廉政建设主体责任、监督责任，牢牢抓住作风建设这条主线，紧握惩治腐败这个拳头，聚焦主业主责；党委书记认真履行“第一责任人”职责，与班子成员认真履行“一岗双责”，坚持建章立制、严抓严管，不断推动全面从严治党、党风廉政建设和反腐败斗争向纵深发展。

常抓常管，以政治监督为重点，以从严查纠“四风”为切入点，深入开展理想信念、廉洁自律学习教育，以整风精神对党内思想之尘、作风之弊、行为之垢进行大排查、大检修、大扫除，推动行风、会风、文风、作风明显转变。

认真落实中央八项规定精神。狠抓问题整治，持续开展经常性监督检查，深入开展“四风”突出问题专项整治及“回头看”，充分发挥巡视、审计等监督作用，违反中央八项规定精神集中通报和专项整治等专项活动，紧盯关键环节、重要节点，把纠正“四风”往深里抓、实里做，严肃查处发生在群众身边的不正之风。精准施策，力戒形式主义。不断加大对形式主义、官僚主义的整治力度，持续精文减会、改进调查研究、加强督查检查考核统筹，切实为基层减负。探索运用“互联网 +”科技手段，推广视频会议、视频调研、云办公，既减轻了基层负担，又保障了工作高效运转。严肃查处存在的问题，对形式主义官僚主义问题坚持零容忍，发现一起，查处一起，对典型问题公开通报曝光。

建章立制，扎紧制度笼子。不断严明规矩，出台贯彻落实中央八项规定实施细则的实施办法，对改进调查研究、精简会议文件简报、规范出访和新闻报道、改善基层服务、厉行勤俭节约等 8 个方面工作进行从严规范。

针对人、财、物比较集中的领域，制定（修订）公务接待、公务用车、办公用房、差旅费管理、出国（境）管理、领导人员履职待遇和业务支出等方面制度办法，明确标准，划出拧紧“不能”的红线螺丝。从严从紧管控财务，按照过紧日子要求，出台相关指导意见，厉行节约、勤俭办行。

有腐必反，强化震慑效应。党的十八大以来，严肃查处违反中央八项规定精神问题，对典型案例坚持通报曝光，持续释放越往后越严的强烈信号，常态化长效化作风建设机制初见成效。开展以“知法 · 守法 · 敬法”为主题的案例警示专项教育，促使廉政意识、责任意识入脑入心，强化“不敢”“知止”的氛围。

持续深入开展案件专项治理，强化信访资源综合利用，对发现的问题线索一查到底，不断加大案件查处和责任追究力度。坚持“三个必须移送”“三个重点追究”，严肃查处以贷谋私、以权谋私、吃拿卡要等腐败行为，加大“不敢”的力度，始终保持强大震慑。

2019 年 1 月 11 日，中央设立中央纪委国家监委驻中国农业银行纪检监察组，农业银行派驻改革举旗出征。2019 年 5 月 31 日，经中央纪委国家监委批准，农业银行下发派驻改革实施方案，对机构、人员编制进行调整，对职能进行了划转。

在职责定位上，派驻纪检监察组根据中央纪委国家监委授权，围绕监督执纪问责和监督调查处置，履行党的纪律检查和国家监察两项职责。在工作机制上，建立与党委的协同机制、与内设机构的协调机制、与地方纪委监委的协作机制，规范业务流程。

比照派驻改革实施方案，农业银行各一级分行、二级分行撤销监察室，更名为纪委办公室，并划转职能，调整内设单元设置，实现监督检查、审查调查、审理相互分离。2019 年 10 月底，各直管单位纪检机构改革全面完成，派驻改革平稳落地，建立派驻纪检监察组以及省、市、县三级纪检机构，基层营业机构兼职纪检委员五个层级的监督架构，原总行监察局、分支行监察室干部顺利实现“原地转身”。

与此同时，农业银行稳步实施“三不”一体推进，坚持“系统施治、标本兼治”原则，将正风肃纪反腐与深化改革、完善制度、促进治理贯通起来，将严惩腐败与严密制度、严格要求、严肃教育结合起来，不断推动制度优势转化为治理效能。

农业银行在一级、二级分行和支行设专职纪委书记，加强纪检力量配备。把好干部选拔任用廉洁关，加强对干部选拔任用的监督，从干部考察开始，派驻纪检监察组、各级纪委就坚持全程介入，对存在廉洁问题的坚决否决。在强化日常执纪监督上下功夫，让“咬耳扯袖”“红脸出汗”成为常态。加强重点问题和事项、关键节点和重要节假日的纪律提醒，督促党员干部廉洁自律、干净担当。

农业银行着力提升“第四种形态”。派驻机构改革实施两年来，采取得力措施，大力查处违法违纪人员。2019 年至 2021 年，对 7 名农业银行党委直管干部严重违纪违法问题立案审查调查并采取留置措施，协调分行纪委与地方监委联合办案 34 起，查处职务犯罪问题 43 人，查处违反中央八项规定精神问题 247 件，处理党员干部 519 人。“三不”一体推进，推动塑造全行“政治清明，干部清廉”的新风尚。

此外，农业银行十分重视开展警示教育，定期召开全行警示教育大会，通报发生的违纪违法问题和典型案例，用身边事教育身边人，会议以视频形式直接开到一级支行。以案为鉴、以案促改，营造“不敢”氛围，形成了强烈的震慑。

二、纪实

迎接新“赶考”

自“不忘初心、牢记使命”主题教育开展以来，在中央第 27 指导组和第 12 巡回督导组悉心指导下，农业银行各级党组织和全体党员自觉按照“守初心、担使命，找差距、抓落实”12 字总要求，紧扣“理论学习有收获、思想政治受洗礼、干事创业敢担当、为民服务解难题、清正廉洁作表率”等 5 句话目标，把四项重点措施贯穿始终，交出了担当作为、干事创业的合格答卷。《中央简报》7 次刊载了农业银行主题教育情况，《人民日报》、新华社、中央电视台 6 次报道了农业银行做法成效。在中央主题教育专项整治工作推进会上，农业银行作为中管金融企业和中管企业代表做了交流发言。

以上率下稳推进

“人不率则不从，身不先则不信。”农业银行党委始终把主题教育摆在重要日程，召开 11 次党委会和 9 次领导小组会议，研究部署推进主题教育。各级党委认真履行主体责任，迅速成立领导机构和工作机构，制订工作计划，开展全覆盖督促指导，做到组织、人员、机制、推动四个迅速到位。相关负责人自觉担负起第一责任人的责任，带头学习、带头调研、带头检视问题、带头整改落实；各级党组织书记坚持学习教育在先、调查研究在先、检视问题在先、整改落实在先，以“关键少数”示范带动“绝大多数”。主题教育活动期间，总行党委抽调 105 名党员干部，分两批成立 16 个巡回指导组，带动各级指导组从严把关、精准指导；各级领导小组办公室采取“四不两直”等方式，随机调研、现场督导，把中央精神传导到位、把责任压力传导到位，为主题教育顺利推进奠定了基础。

学思践悟强党性

理论学习有收获，是主题教育的一项重要目标。农业银行各级党组织牢牢抓住深入学习贯彻习近平新时代中国特色社会主义思想这条主线，组织党员干部读原著、学原文、悟原理，更加坚定了走好新时代“赶考路”的信心和决心。

领导带头学。总行党委迅速制订学习方案，列出 5 个专题，集中 5 天时间深入学习研讨。50 个直管单位党委、3763 个二级分行和一级支行及同级党委普遍开展 5 次以上集中学习研讨，每次学习均安排 1 名党委成员重点发言，其他成员交流发言，党委书记总结发言。

原原本本学。党员领导干部以自学为主，原原本本学习党的十九大报告和党章，逐段逐句学习《选编》《纲要》，跟进学习习近平总书记最新重要讲话、党的十九届四中全会精神，以及党史、新中国史、改革开放史，不断滋

图 7–5　农业银行举办“榜样的力量”主题宣讲报告会。图为劳模田霞做事迹宣讲

养初心、体悟使命。

结合实际学。依托农行大讲堂，邀请专家学者做辅导报告，开展形势政策教育。宣传服务“三农”、支持脱贫攻坚等优秀党员和攻坚克难典型案例，举办“榜样的力量”巡回宣讲，编写《党旗下的风采Ⅱ》，展现各级党组织和广大党员不忘初心、担当作为的精神风貌。

调查研究谋发展。调查研究是谋事之基、成事之道。各级党委结合贯彻落实党中央重大决策部署，着眼解决实际问题，深入调查研究。行党委成员带头分赴条件艰苦、情况复杂的地区，针对性开展调查研究，召开成果交流会，推动调研成果转化为解决问题的具体行动。在此基础上，主要负责同志带头讲授专题党课，其他班子成员也分别讲了专题党课。

各级党组织均坚持问题导向、学研结合，分专题制订调研方案，深入基层听取意见，召开调研成果交流会并讲授专题党课，达到提高认识、厘清思路、推动工作的目的。

正视问题讲原则。各级党组织和广大党员以强烈的自我革命精神，按照“四个对照”“四个找一找”要求，把自己摆进去、把思想摆进去、把工作摆进去，形成并不断完善问题清单。

广泛征集意见建议。从细处入手，以“显微镜”查找“病症”。总行党委带头，敞开大门，通过多种方式听取客户和员工意见；累计发放问卷2万余份，广泛征求各层级各条线意见建议。

对标对表找准问题。提高站位，从大处着眼，以“放大镜”号准“病情”。将调研发现的、学习反思的、基层反映的、谈心谈话提出的、巡视巡察反馈的问题，分类梳理汇总，形成问题清单。

深刻剖析反思根源。各级党组织和广大党员坚持刀刃向内，以“透视镜”深剖“病根”，为整改落实提供靶向、校准靶心。总行党委带头，4000多个党委均召开对照党章党规找差距专题会议和专题民主生活会，4.37万个党支部开好专题组织生活会，通过批评和自我批评，全面查找各种违背初心和使命的问题。

真刀真枪抓整改

农业银行党委把整改整治作为检验主题教育成效的重要标尺，立足自身实际，紧盯首要任务，把“改”字贯穿始终。

突出“快”字立行立改。总行党委将4个方面12个问题纳入立行立改方案，制定37条整改措施。各级党委自觉做到一开始就改起来，推动一些现实、具体问题即知即改。

突出“狠”字专项整治。对照中央明确的8个方面，行党委带头制订方案，细化提出16项56条措施，集中整治，制定农业银行名贵特产特殊资源项目清单并加强日常监督管理。各级行党委均制订专项整治方案，对突出问题、顽瘴痼疾集中整治。

突出“准”字持续整改。总行党委对归类整理的6个方面30类122个问题，逐一制定措施，逐条整改、逐个解决。各级党委均列出清单、精准发力、真改实改。行党委主动认领、研究解决8个方面98条表现在基层、根子在上面的突出问题。

内化于心，方能外践于行。“不忘初心、牢记使命”主题教育活动是党的十八大以来农业银行党委精心组织开展党内集中教育的一个生动缩影。经过党的群众路线教育实践活动、“三严三实”专题教育、“两学一做”学习教育、“不忘初心、牢记使命”主题教育、党史学习教育等多批次主题教育的淬炼，各级党组织和广大党员干部主动攻坚克难、担当作为，为进一步推动改革发展凝聚了强大的思想动力。

网与格

网格化管理于20世纪90年代末引入我国。最初应用于社区治安与城市管理，讲究按标准将管辖对象划分成网格，通过巡查网格进行高效的监督处置。

在具体工作中，广东分行和浙江分行网格化管理应用于员工行为管理，成效显著。2016年，吸收分行的有效经验，农业银行党委升级网格化管理手段，提出建设“党建、纪检、运营”三线责任体系，构建更加全面的案件防控体系。

这次创新无论是对商业银行强化员工队伍建设，还是提升风险管控能力，乃至贯彻中央全面从严治党要求，都探索出一条借鉴价值颇高的全新路径。

线是什么，网是什么

网格化管理，其模式发生的原理是搭建网格，将监督对象置入网格，并为每格成员规定责任列表。在此基础上，创设电子管理系统，全程标准化落实监督责任。

从农业银行推出的电脑版“三线一网格”管理模式应用系统来看，其包括“三线”履职、网格化、快捷反应、行为排查、正负能量、学习测试、统计查询七大模块。而手机版 APP 主要功能包括：即时发布，反映“三线一网格”管理模式推广实施工作动态，涉及党建、纪检、运营的相关要求；即时反映，主要用于员工反映发现违规问题及异常行为线索。其特点是，责任划分清晰，信息数据留痕，反映渠道畅通。

“三线”是农业银行在运用网格化管理的基础上，提炼出的切合自身经营管理实际的三项网格化管理主要内容——党建线、纪检线、运营线。

其中，党建线强调网点建立独立党支部，切实改变基层党建弱化、淡化、虚化、边缘化问题，发挥基层党组织战斗堡垒作用；纪检线强调一级支行纪委书记专职，主司“抓党建、促党廉、督案防、管保卫、建网格”职责，确保纪检监督真正沉到网点、抓到个人；运营线强调为运营主管增加纪检委员工作职责，强调立事、立人、立思想相结合，协助网点主要负责人抓好营业场所的内部控制、网格化管理，充分发挥网点“内当家”作用。

2016 年 10 月，“三线一网格”管理模式在江西分行率先试点。2017 年 2 月，总行印发了《“三线一网格”管理模式推广实施方案》。

人人有责，人人负责

40 多岁的卞晓燕是江西南昌昌北支行的一名员工。江西分行成为农业银行“三线一网格”管理模式试点行后，她从南昌昌北支行个贷岗走上了支行专职纪委书记岗。一向做事严谨认真的她，按照“纪检线”要求，一个季度把辖内 8 个网点分别跑了两轮，参加各网点的周例会、月例会，和员工谈话、家访。

帮助卞晓燕快速投入纪委书记新角色的是江西分行针对纪检线出台的《一级支行纪委书记工作指引》，里面厘清了纪委书记工作职责，梳理了 78 个条目的履职清单，确保纪委监督工作“术业有专攻”。不仅是对纪检线，对包括党建线、运营线在内的“三线”，农业银行推广实施方案明确规定，各一级分行在模式落地过程中，均需以条目化、日志化的形式明确党支部书记、纪委书记、运营主管的履职清单，工作规划要细到每年、每季、每月、每周。

这些细化的履职科目和清单是网格化管理的精髓。按照“三线一网格”管理要求，所有一级支行员工均处于各自对应的网格责任区中，按照“党建、纪检、运营”三线履职清单，履行格主与格员之间、格员与格员之间的监督责任，做到人人有责、人人负责。

在毗邻港澳的南国，广东分行网格化管理已经较为成熟。在两年时间里，该行通过电子系统主动反映问题和线索近 1000 人次，开展专项排查 13 次，发出员工预警信息 5976 条，消除风险隐患 377 条。

广东肇庆端州银通支行柜员梁劲文说：“系统设置了多种问题反映渠道，在发现各种不良倾向和苗头时，可以及时给予提醒，防止周围员工因小问题酿成大错误。关心他人也是关心自己。”

图 7-6 “三线一网格”管理平台界面

相互促进，一齐向上

为了避免产生“人盯人”的紧迫感，农业银行在“三线一网格”管理模式推广实施方案中强调，构筑“全方位、全天候、全过程”责任共担的员工行为管理网格化责任体系，打造关爱员工的文化氛围。

作为“三线”概念的首创行，浙江分行特别强调夯实“党建线”，发挥党员模范带头作用，传播正能量。该行 2015 年就实现了全部网点单独建立党支部，配强党支部书记，同时要求全辖党员上岗就要亮出身份，现已创建 2600 多个党员示范岗。打造网格化团队建设，构建蓬勃向上的新型团队文化，是浙江分行创新推广“三线一网格”管理模式的又一举措。

在江西，“三线一网格”管理模式也逐渐发挥出凝聚正能量的作用，而家访则是重要的实现手段。新余城北支行纪委书记冷冰就在一次家访中了解到某网点员工家中发生了变故，只得在外租房，居住条件十分简陋。“受家庭影响，这个员工日渐消瘦、精神不佳，但过去他从未把这件事告诉给其他人。”后来，支行给这个员工配了单身宿舍，送去生活用品，这件事感动了很多同事。

为有源头活水来

初心不改，乘势而行。让党建工作离基层员工更近，把基层党组织打造成坚强的战斗堡垒，让基层党支部书记、党员成为服务群众的领头羊，这是农业银行加强基层党建工作的前进方向和重要举措。

多年来，农业银行坚持“围绕经营抓党建、夯实党建促发展”的工作思路，深化基层党支部战斗堡垒和党员先锋模范作用，通过抓基层、建机制、强基础、激活力，不断增强创新力、凝聚力和战斗力，实现基层党建与业务发展双赢格局。

2019 年 4 月，浙江省杭州市萧山区党建联盟成立，萧山分行多了一个新的身份——党建联盟副主席单位。一时间，杭州市信息安全产业园、中国（杭州）5G 创新谷、格力电器等一批科创平台和知名企业纷至沓来，寻求合作。

共建，这两个字在萧山分行行长俞铁脑中沉淀了很久。他深信，这是能实现多方互赢的纽带。

只要有心，机会无处不在。2018 年 8 月，共建的第一颗种子生根发芽。在那个炎炎夏日，萧山区城投集团成为萧山分行第一家联姻对象。

有了仪式，还要有机制才能发挥实效。于是，双方党委确定了学习互动、合作互动、员工互动的共建机制。

图 7–7　农业银行浙江萧山分行与萧山区城投集团举行党建共建活动

思路一转天地宽。共建成为萧山分行党建引领与业务支撑融合发展的关键词。2019 年初，萧山分行提出了“一局一镇、一村一企、一平台”的“五个一”党建共建思路。从共建对象、内容、形式多方发力，搭建起一套党建互学、资源共享、优势互补、发展共赢的共建合作机制。

2019 年 8 月，萧山分行选派傅奇明同志到贵州从江县支行挂职。2020 年 11 月，萧山分行与从江县西山镇顶洞村签订了《党建共建协议书》。“跟农行萧山分行的这次合作，让我们能够更好地为困难群众办实事、办好事！”从江县西山镇顶洞村第一书记吴文辉开心地说道。西山镇顶洞村是从江县传统村落之一，双方共建以来，东西部协作累计投入帮扶资金 30 余万元用于基础设施建设，萧山分行此次在顶洞村设立了党建共建帮扶合作点，并捐赠了 15 万元的扶贫物资，不仅为提高顶洞村基层党建工作水平提供了持续帮助，还为两地开展贫困户慰问、关爱“留守儿童”、关心“空巢老人”等帮扶活动构建了长效平台。

磁石效应开始显现。渐渐地，越来越多单位主动抛出橄榄枝，共同探讨好办法，交流好经验，党建带经营、思想带行动的氛围愈加浓厚。

杭州湾信息港小镇就是其中之一。随着“不忘初心、牢记使命”主题教育活动的火热开展，萧山分行与杭州湾信息港小镇党员干部一起赴淳安下姜村。“当双脚踩进田间地头，我才真正感受到了乡村振兴和脱贫攻坚给村子带来的勃勃生机，这些深刻的变化就在我眼前发生着。”萧山分行一名党员感慨万千。活动结束回到萧山，信息港小镇内的 20 余家新经济企业相继与萧山分行对接，半数以上单位达成合作意向。

共建实实在在为区域经济赋能。萧山分行与萧山区供销联社的共建合作，打开了银社合作、服务“三农”的新模式。如今，萧山区供销联社下属已有 5 家子公司在农行开设账户。

晚上 6 点 30 分到 8 点 30 分，每两周一次的夜间学习是萧山分行员工的充电时间。充电内容不仅包含党的理论、经济政策，还涵盖区域发展战略、上级行重要精神等。丰富的课程内容得益于萧山分行主动对接政府部委办局和各镇街平台，通过相互授课、互邀共学等方式，提升银政融合紧密度，萧山分行主动融入区域经济发展的蓝图中。

单位如家，这是萧山分行许多员工的真实感受。与当地金融同业相比，农行员工流失率相对较低。在这里，“青年员工成长计划”“中年员工续航计划”“家长交流会”等一系列员工关爱活动，让大家在点点滴滴中汲取养分，人才梯队培养机制有了源源不断的续航力，队伍的凝聚力和向心力也与日俱增。

家长会是萧山分行的固定节目，人气一年高过一年。入职一年多的范辰驰对 9 月那一天的细节还记得很清晰。与往日不同的是，早晨和她一同踏入单位的，还有一位家属。范辰驰的妈妈第一次来到女儿单位，她带着满心好奇，与分行来了个零距离接触。“我家在市区，每天开车过来需要半个多小时，以前妈妈觉得太远，现在看了后，一个劲儿说环境很好。”范辰驰说。

除了范辰驰妈妈，当天还有 96 名近 3 年入行的员工家长被邀请，共话青年员工成长大计。互动，沟通，交流，家长们观看了萧山分行宣传片，聆听了分行行史介绍，欣赏了员工服装礼仪秀，对萧山分行的经营实力、发展业绩、员工发展等有了更直观更全面的了解，让家长与员工之间的心贴得更近了，齐心共谋发展的力量也更足了。

一名党员就是一面旗帜

岁月不居，时光荏苒。不变的是初心，书写的是历史。

一名党员就是一面旗帜，一个支部就是一个堡垒。在农业银行砥砺奋进、矢志一流的征程上，一代代共产党员坚守初心，勇于担当，发挥着先锋模范作用。

广州全球通大厦支行首任行长朱兴红在农业银行工作了38年。作为一名党员，她带领一个网点走过20年风风雨雨，见证了这个网点从零到百亿元存款的艰难历程；她以“五心”服务赢得客户，也通过言传身教使一大批农行青年青出于蓝而胜于蓝。

1981年，刚满17岁的朱兴红从广东银行学校毕业，进入农行。当时，银行业务大多是人工操作，计息需要打算盘，点钞需要靠双手，支票更得靠手写……在十几年的柜员岗位上，朱兴红练就了扎实的基本功。

1999年，全球通大厦支行成立，35岁的朱兴红被任命为网点主任，多年的勤学苦练让她有了更大的工作平台。令朱兴红焦虑的是，他们的网点设在相对封闭的写字楼，仅有“0存款、1间房、4个兵”。于是她暗下决心，不管多难都要拼一拼，冲出一条路。

朱兴红厚着脸皮，多次联系广东某公司财务人员，但都吃了闭门羹，这种困局持续了近一年。没想到，破冰的是一台柜员机。有一天，细心的朱兴红看到该公司营业厅外其他银行柜员机旁边多留了一根线缆，她灵机一动，马上搞来一台农行柜员机，悄悄把线给接上了。

这一举动引起广东某公司管理人员的不满，他们在柜员机上贴了张纸条，要求立刻撤走机器，并留下一个联系电话。员工们都很郁闷，但朱兴红却异常高兴，如获至宝，按照纸条上的电话联系对方，登门拜访、诚恳道歉：“请让我们试一下吧，如果你们的员工有农行卡，以后不用走出这栋楼就能办理业务，多方便啊！如果试一段时间不满意，我们再撤走，行吗？”精诚所至，金石为开。朱兴红的诚意打动了对方，最终广东某公司采纳了她的意见。

农业银行和广东某公司的合作，就此拉开序幕。朱兴红把广东某公司的员工当成自己的兄弟姐妹，关怀备至，有事必帮。对方的回单箱业务，每天她都要送一次，风雨无阻，从不间断；对方的每一个服务需求，她都记录下来，一一反馈；对方的新年团拜晚会，从节目策划、服装筹备到现场演出，她都用心参谋、全程跟进……

所有的努力和付出终于在2000年4月开花结果，得到了回报。这一年春天，广东某公司为支行带来了第一个结算账户和第一笔存款2000万元。拿到2000万元手写支票的时候，朱兴红和员工们紧紧相拥，喜极而泣，激动了很久说不出话来。正是有了坚定的信念和持续的努力，全球通大厦支行才在激烈的市场竞争中存活下来，站稳了脚跟。

图7–8　朱兴红与劳模创新工作室成员开展拓展训练（前排左二为朱兴红）

随着时代的发展，农业银行的业务也开始转型。为更好地服务广东某公司，支行员工放弃午休，轮流上柜，确保中午服务不打烊。1亿元、5亿元、10亿元……广东某公司账户资金慢慢增加。朱兴红清楚地记得，2002年，支行存款突破了20亿元，两年时间，网点存款增长了100倍。

机会总是青睐有准备的人。那时候还没有公私联动这一说法，但朱兴红已经在做了。2003年的一天，午饭后，广东某公司总经理为了调研一个服务项目，特意来支行体验。他开了一张农行借记卡，存了10元钱。

当时，广东分行在系统内率先推出的一种短信服务业务，正是和广东某公司合作的。这项业务既能方便用户，也会给该公司带来收益。作为广东某公司的总经理，他对这项业务的细节和用途并不了解。

在朱兴红的热心推荐下，他当即开通了短信服务，当他收到农行账户存入10元短信时，笑得像个孩子一样合不拢嘴。总经理回去后，专门找到财务部门负责人说："原来农行有这么好的业务！我们的代发工资为什么不在农行做呢？"

后面的故事，大家都猜到了。广东某公司当年的年终奖全部交给农行代发，支行一下有了480多位个人客户，开了480多张借记卡！一条短消息助力支行个人业务实现了里程碑式跨越。

就这样，凭着热心、细心、专心、恒心和爱心的"五心服务"，支行业务一次次刷新纪录，存款很快就突破110亿元，最多的时候达到160亿元，成为该公司信任的结算银行，农业银行的业务占其总份额的70%。

近些年来，银行间市场竞争越来越激烈。当知道农行和广东某公司的合作关系很好时，有银行向朱兴红伸出了橄榄枝，承诺给她高额薪酬待遇。但是，朱兴红始终不为所动。一些人不理解，说她傻。

朱兴红却说："在利益面前，傻一点没什么不好！一个人要懂得报恩，是农行培养了我，成就了我，没有农行，就没有我的今天。我爱农行，我就想在这里踏踏实实干一辈子！"朱兴红是这样说的，也是这样做的，她一直兢兢业业干到了退休。

言传身教胜过一切说教。作为团队领头雁，朱兴红的一言一行深深影响着一群年轻人。在她的带领下，全球通大厦支行多年来获得了多项荣誉，"朱兴红劳模创新工作室"培养了一批思想好、业务强、工作实的骨干力量，输送了20位精英骨干，其中一部分进入中层干部行列，刚加入的年轻人全部入选广州分行青年英才库，成为重点培养对象。

广州全球通大厦支行是农行千千万万个网点之一，也是农行业务发展的基础单元和最小细胞。朱兴红和全球通大厦支行白手起家、打造百亿元存款的励志故事，是农行网点成长壮大的一个缩影，也生动地诠释了一名共产党员的品格和精神。

第八章

文化铸魂：一家注重精神传承和文化底蕴的银行

一、综述：文化凝聚发展正能量

高尔基有一句名言：“人是文化的创作者，也是文化的宗旨。”我国古语说：“近朱者赤，近墨者黑。”可见，文化对人的作用是一个长期积累的过程，也是一个“润物细无声”的影响。

尽管文化对人的影响是一个较为缓慢的、长期的过程，但一旦内化为人们的态度和信念，就会形成惯性和定式，指导人们的行为选择并逐渐形成相对稳定的心理和行为。文化转化为人们的思想观念、行为方式、生活习惯、思维方式之后，就具有相对稳定性和持久性。在各种影响人类的因素中，最深刻、最持久的是文化。

企业文化是企业在社会主义市场经济的实践中，逐步形成的为全体员工所认同、遵守、带有本企业特色的价值观念，是企业发展的内在动力。长期以来，农业银行紧密结合实际，始终贯彻落实文化强国的战略部署，不断加强企业文化建设，树立文化自信，展示文化形象，为农业银行改革发展提供了强大的精神动力和文化支持。

继往开来，文化体系根植沃土

文化的力量源自厚重的历史积淀和与时俱进的精神追求。农业银行企业文化建设是根植于中华优秀传统文化和经营管理的生动实践。长期以来，农业银行努力打造独特的企业文化体系，推动农业银行不断深化改革，加快转型、发展和进步。

如何让农行文化在新时代找到传统与创新之间的平衡点，保持对广大员工和客户的吸引力，一直是农业银行不懈追求的目标。

农业银行在自身发展的历程中，经历了“四分三合”的曲折发展过程。在此过程中，农业银行的企业文化理念在不断地形成、发展，并通过各种方式表现出来。

1984 年，《中国城乡金融报》（当时叫《城乡信息报》）创刊，作为农业银行的重要新闻宣传平台，成为农业银行企业文化的重要宣传阵地。

1985年，农业银行首次统一了行名规范字体，由全国著名书法家韩绍玉先生书写的“中国农业银行”六个繁体汉字出现在中国城乡大地上。

1988年，由中央美术学院陈汉民教授设计的农行徽标首次启用。端庄大方的图案由古钱币和麦穗组成，有着发散向上的动态感，标志着农业银行形象建设开始启动。

1989年，农业银行就“企业精神是什么”，应该怎么概括和表达这种精神在农业银行第三次思想政治工作会议上进行了讨论，并发动员工自下而上提出企业精神的表述方案。最后确定农业银行的企业精神为：“信誉至上，竭诚服务，高效廉洁，文明办行。”

1993年，农业银行提出了“以市场为导向，以经营为中心，以效益为目标”的经营管理理念。这是农业银行打造企业文化核心理念的重要探索和尝试。

1996年，农业银行印发了《中国农业银行视觉形象规范标识》，首次使用“农行绿”配上魏碑体行名和英文字母，给人以生命和希望的冲击力。

1999年，由农业银行员工撰写的关于新疆克拉玛依市分行张培英三年时间，以匿名“金穗”资助吉林和龙市支行勇斗歹徒英雄遗孤的报告文学作品，被天山电影制片厂等单位改编并拍成了电影《良心》。该电影感动了全国人民，荣获文化部“华表奖”和全国精神文明建设“五个一工程奖”，对提升农业银行的形象产生了积极的影响。

2005年，农业银行举办了“中国农业银行品牌战略发布暨产品推介会”，“伴你成长”品牌理念首次向社会公布，并在央视等主流媒体广泛宣传。

为了强化企业文化工作，农业银行引入了专业公司围绕文化建设进行设计和策划，制定了《农业银行企业文化管理诊断报告》《农业银行企业文化管理手册》等，建立了以价值为核心的文化体系，提升了农业银行企业文化建设的层次和专业化水平。

不积跬步，无以至千里。2010年1月21日，对农业银行来讲，是一个具有特殊意义的日子——农业银行企业文化核心理念发布会在京举行，发布了《中国农业银行文化宣言》。宣言中说：“农业银行企业文化核心理念是在充分吸收了全行企业文化建设大讨论成果，经过广泛调研访谈、深入梳理历史传承、深刻剖析文化现状的基础上形成的，是农业银行 44 万员工智慧与心血的结晶，是全体员工共同的思想意志和行动纲领。”

此次农业银行企业文化核心理念的正式发布，标志着农行已经形成了完整的企业文化理念体系，企业文化建设迈入了一个崭新阶段。在此之后，农业银行企业文化核心理念又经过了几次修改和完善，从而不断趋于成熟和完整，较为充分地表达了农业银行的使命、愿景、核心价值观等。

此外，农业银行还建立了企业文化工作领导和推进委员会，出台了《企业文化核心理念深植实施方案》，横向组织开展了声势浩大、影响广泛的文化培训、文化宣教、文化征文、文化演讲等活动，纵向由各业务条线负责子文化的深植工作，使文化建设真正实现了融入经营、融入管理、植入行为。2011 年 11 月，农业银行荣获“企业文化 30 年实践十大典范组织”奖。

图 8–1　农业银行企业文化核心理念海报

2012 年，农业银行专门成立了企业文化部，进一步强化了企业文化各项工作。

2013 年、2016 年，农业银行分别出台了企业文化建设三年规划和五年规划，为农业银行企业文化建设勾画了发展蓝图，提出了自身企业文化建设的总要求，制订了企业文化建设的目标，明确了推进企业文化建设的基本内容及相关措施等。

深植核心价值观指导下的经营理念和服务理念。采取“企业文化 + 经营”的方式，努力推进文化与业务深度融合；围绕提升产品与服务的文化品位，出台了《企业文化与产品创新相互融合的意见》等，加大产品创新与客户服务文化附加值。

深植核心价值观指导下的管理理念和风险理念。实施“企业文化 + 管理”的办法，做到行为有规范、过程有控制、效果有评估、管理有规则。尤其在客户服务流程、产品研发、科技运营等制度设计和落地中，始终贯彻文化理念倡导的价值追求。

深植核心价值观指导下的人才理念和廉洁理念。采取了“企业文化 + 行为”等一系列举措，将文化植入员工行为，取得了可喜的成果。

图 8–2　2017 年 1 月 17 日，农业银行举办“大美农行”原创歌曲大赛活动

伟大的事业需要先进的企业文化，先进的企业文化又支撑和推动着伟大的事业。农业银行在波澜壮阔的发展历程中，塑造和形成了独具特色的企业文化体系，迸发出助推农业银行稳健行远、永不止步的不竭动力。

厚积薄发，农行精神凝聚合力

农行精神，是农业银行几十年形成的独特气质，是一代接一代农行人的薪火相传，更是农业银行发展壮大的强大动力。

这种精神力量与时代所蕴含的伟大精神是一脉相承的，源自农业银行厚重的历史积淀和与时俱进的不倦追求。70年来，伴随着农业银行改革发展的深化而发展，农行精神得到了不断的积累和升华，并在传承和弘扬中进一步发扬光大。

永远跟党走的金融报国精神。重温农行砥砺奋进的曲折历程，农业银行始终秉承党和国家赋予的神圣使命，坚持与党和国家同呼吸、共命运。新疆分行185团分理处就是其中的一个优秀典型。该分理处是农业银行离边境线最近的网点，是驻185团团场唯一的金融机构。这里自然条件差，气候极其恶劣，灾害频繁。就是在这样的环境中，185团分理处的员工常年坚守在自己的岗位上，战天斗地，以苦为乐，为屯垦戍边的185团军垦职工和边境沿线哈萨克族牧民提供优质服务。

服务"三农"的责任担当精神。几十年来，农业银行服务"三农"一以贯之，矢志不渝。很多员工不畏艰辛、不怕困苦，长期扎根在县域和老少边穷地区，为当地经济发展、社会进步和人民群众安居乐业作出了重要贡献。福建分行的饶才富是其中的一个优秀典型。他生前从事农村金融工作40余年，倾心服务"三农"，扶持贫困农民脱贫致富，被闽西老区人民誉为"红土地上的好财神"。

自强不息的拼搏奋斗精神。农业银行进城，相对其他大型商业银行较晚。在经济发达地区，金融机构林立，开放度高，同业竞争白热化。农行人面对市场、面对强手，自我加压，追求卓越，永不止步。苏州分行就是农行的一面旗帜，在苏州地区同业实现多项指标多年排名第一，展现出极强的市场竞争力和文化竞争力。

追求卓越的真诚服务精神。始终牢记以人民为中心的发展理念，将人民满意作为经营管理的出发点和落脚点，满足人民群众对美好生活的向往和追求，这是农行精神的内在核心。江苏常州分行员工王东云就是农行精神的杰出代表，钻研苦练二十余载，凭借服务群众过程中锻炼的过硬业务“功夫”，多次夺得全国农行乃至金融系统业务技能比赛点钞冠军，演绎了当代农行人的工匠精神。

厚德重情的务实奉献精神。在践行服务“三农”政治使命的过程中，农业银行积蓄了厚重的文化底蕴，培育了农行人淳朴、厚道、大气的优秀品德和人文情怀，体现了独具农行特色的精神境界。原内蒙古分行营业部守押中心总经理智呼声，从事安全保卫和押钞工作 30 多年，累计经手现金近 1 万亿元，管理调拨黄金 1000 多公斤，从未出现过差错，连续 4 次被评为“全国劳动模范”，是众多农业银行务实奉献者中的代表性人物。

以人为本，人文关怀润物无声

人文关怀是人文精神的集中体现。一直以来，农业银行十分重视人文关怀工作，特别是近年来，努力将人文关怀的各项措施落到实处，起到了“润物细无声”的作用。

2013 年 9 月，农业银行召开了注重人文关怀工作会议。这是农业银行历史上首次召开这一主题的工作会议，会后印发了《关于开展人文关怀工作的通知》，重点落实“为基层员工减负减压、薪酬分配向基层倾斜、开展建家活动、建立农银爱心基金、关心基层员工职业发展、关爱基层员工身心健康”等“六件实事”。

职工之家建设是人文关怀的重要抓手。农业银行出台了《中国农业银行模范职工之家建设管理办法》。各级行因地制宜新建、改建职工之家设施，切实提高职工之家管理水平。实施“放心午餐”计划，通过自有食堂或派送等方式，解决员工中午就餐问题。同时，通过组织“先进职工之家”创建和评选，发挥示范引领作用，共建农行“幸福家园”。

俗话说：天有不测风云，人生不免会遭遇坎坷和风雨。农业银行大力开展员工暖心行动，出台了《中国农业银行爱心基金管理办法》等。各级行根据自身情况，普遍设立“困难员工帮扶爱心基金”等。鼓励员工之间发扬“一人有困难，大家都帮忙”的传统，让员工充分体验了农行大家庭的温暖。

图 8-3　按照从上到下从左到右顺序图为：农业银行河北沧州分行员工阅读室；农业银行四川什邡洛水分理处员工多功能活动区；农业银行广西南宁江南支行营业室女职工关爱室；农业银行山东兖州新兖支行员工小厨房

2020 年新冠肺炎疫情期间，农业银行各级工会主动作为，关爱员工，深受好评。截至 2020 年底，农业银行防疫物资购置和帮扶慰问累计投入 1.33 亿元，累计帮扶慰问困难员工 2.28 万人次。

职工文化建设是开展人文关怀的重要内容。2011 年 3 月，在金融系统率先成立了农业银行作家协会、书法家协会、美术家协会、摄影家协会等文艺协会，开展各项文化活动，活跃职工文化生活，从一个侧面体现了农业银行企业文化的软实力。

家庭是人生的港湾。农业银行十分关注员工的家庭生活，专门印发了《深化“培育好家风”主题活动实施方案》，开展和谐文明家庭评选表彰活动，努力在全行形成爱国爱家、向上向善的社会主义家庭文明新风尚。组织编写《红色家风的精神力量》，书中纳入了20余个家风建设方面的典型故事，有力地推动了家风建设工作的开展。

创新评先工作，增强员工荣誉感。2019年，农业银行特别设立了“饶才富奖”，每年评选一次，评出5个先进集体和10名先进个人，这是农业银行首次以员工名字命名的奖项。2021年5月，该奖项首次（2020年度）评选结果揭晓，浙江温州分行、安徽宿州分行等5家先进集体，刘显慧、周凤军等10名先进个人榜上有名。

勇于担当，践行责任造福社会

“只有富有爱心的财富才是真正有意义的财富，只有积极承担社会责任的企业才是最有竞争力和生命力的企业。”这是习近平总书记对企业履行社会责任的殷切希望。

作为企业公民，农业银行言出必行，把服务“三农”作为最大的社会责任，为中国这个全球最大的发展中国家提供了能够覆盖9亿农民的基础性金融服务，受到社会各界的肯定和好评。同时农业银行始终热心社会公益事业，多年来，积极开展各类公益捐助和志愿活动，为社会献上一份爱心。

灾难无情人有情。2008年5月，四川汶川地震发生后，农业银行向地震灾区的捐款总额达1.8亿元，其中农业银行员工个人自愿捐款7440.28万元。

自2012年起，农业银行与中国金融教育发展基金会联合发起设立“农村中学金融知识普及”项目，连续多年捐资，通过编订金融知识普及教材、开展志愿者及教师队伍培训、发放助学奖学金等形式，向中西部国家级贫困县的初中生开展有针对性的基础金融知识普及教育。

2013年9月，农业银行向中国妇女发展基金会捐赠1094万元，用于实施“母亲邮包”公益项目。这批“母亲邮包”分别发往甘肃、黑龙江、辽宁、吉林、广东等受灾地区及西藏等中西部省区，使近8万个贫困母亲及家庭受益，得到了广大受灾群众的热烈欢迎。

2015 年 11 月，40 辆“母亲健康快车”从北京开赴内蒙古、河北、湖南、新疆生产建设兵团，为当地妇女的健康检查、疾病救治、孕产妇卫生保健提供服务。“母亲健康快车”项目是中国妇女发展基金会发起的关爱妇女的大型公益活动，农业银行此次为“母亲健康快车”捐赠 500 万元。

图 8–4　青海省互助土族自治县的母亲与宝宝们一起感受和了解农业银行捐赠的“母亲健康快车”

“腹有诗书气自华。”农业银行热心支持优秀传统文化传承发展，2016 年起连续 5 年独家冠名《中国诗词大会》节目，推动全民掀起了古诗词学习热潮，促进了中华民族文化传承。

2017 年 10 月，农业银行向中国妇女发展基金会捐赠 500 万元人民币，用于支持“母亲水窖”公益项目，10 所学校获“校园安全饮水”项目支持。

2017 年 12 月，农业银行与共青团中央、中国青少年发展基金会合作，启动了“小积分 · 大梦想”积分公益圆梦行动，搭建农行信用卡积分捐赠平台，打通了“持卡人—农业银行—公益项目—帮扶对象”之间的通道。

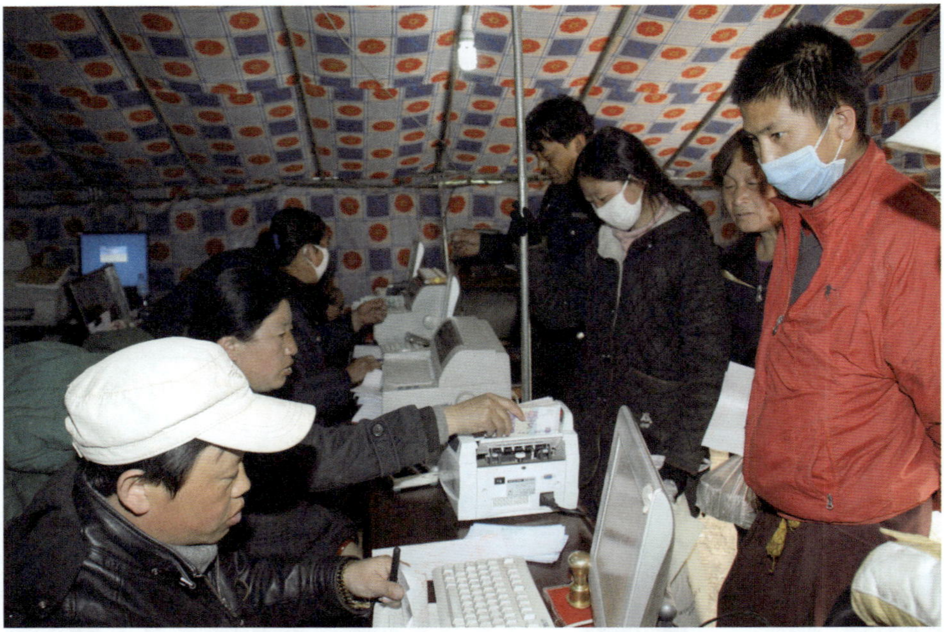

图 8–5　2010 年 4 月 14 日上午，青海玉树发生 7.1 级地震。次日清晨，农业银行第一时间恢复营业，支起“帐篷银行”，为灾民提供急需的金融服务

面对灾情知冷暖。2020 年新冠肺炎疫情发生后，农业银行立即采取行动，研究出台了“广泛动员员工向武汉等疫情严重地区捐款”等 18 项措施，组织向抗疫一线捐款捐物，累计向湖北抗疫捐赠 1.8 亿元，上线“发热咨询线上服务系统”和“新冠疫情防控管理平台”，通过医院微信小程序、公众号等实现线上问诊功能，满足县域偏远地区就诊需求；上线掌上银行“微医互联网医院”，为客户提供了 15000 余名呼吸、感染和内科专家线上问诊服务。

仅 2021 年，农业银行对外捐赠金额 1.01 亿元，累计成立 3307 个青年志愿组织，青年员工参与志愿者活动 5.8 万余人次，累计志愿服务时间 18 万小时。农业银行连续多年荣获中国银行业协会“最具社会责任金融机构”称号，2021 年 9 月，农业银行荣获第十一届“中华慈善奖”。

随着农业银行经营实力不断增强，对社会的价值贡献力也不断提升。仅 2021 年，农业银行纳税总额为 992.27 亿元，每股社会贡献值 2.56 元，以实际行动履行了国有大行的责任。

二、纪实

《中国诗词大会》背后的故事

学者余世维曾说过：“我们需要很多很多时间，才能形成一点点传统；需要很多很多传统，才能形成一点点文化。”

农业银行用了几十年的时间，将企业文化建设作为促进业务发展、提升软实力的重要工作来抓，慢慢形成了具有自身特质的文化品格和精神追求。连续选择5年冠名央视《中国诗词大会》，正是这种品格和追求的具体而鲜活的体现。

5年间，作为独家冠名商，农业银行见证了这档文化节目的成长：不仅多年来收视率不断攀升，而且年年都能引领高热度的话题讨论，微博话题阅读量超过4亿，参与百人团海选人数从3万人到30万人，成为继春晚后又一全家老少共同追看的优秀文化节目。

“第一场：恰同学少年，风华正茂。书生意气，挥斥方遒。”这是《中国诗词大会》第一季2016年2月12日与观众见面时的开场白。

《中国诗词大会》播出以后，也引发了社会各界的热议和评价。新华社评论称：“随着《中国诗词大会》等节目的热播，那些脍炙人口的名篇佳句再次萦绕人们心头，即便‘往事越千年’，情感依然相同，哲理依然鲜活，这就是经典的魅力”。《人民日报》《光明日报》等多次刊发文章，认为“诗词大会”的风行，证明着包括中华古诗词在

图8-6　农业银行选手程丝语登上第四季《中国诗词大会》竞赛舞台

内的经典，一直涵养着中国人的精神生活，充实着中华民族的心灵空间。节目让更多观众和选手重温那些古典诗词的深情跃动，让大家的心灵变得更加清澈。

而参与者背后的故事，更令人感慨万千。

《中国诗词大会》第二季，上海复旦附中高一女生武亦姝，掌握诗词量超过2000首，“飞花令”出口成章，让很多粉丝惊呼这位“00”后美少女，“满足了对古代才女的所有幻想”。武亦姝最终成功登顶，引发了全国中小学生、青少年诵读古诗词的热潮，使中国传统文化早早地在孩子们的心田播下了种子。

雷海为，2018年3月26日，在第三季总决赛中夺冠。这位杭州快递小哥在风吹雨打的奔波中，依然不忘对诗词的热爱。经常偷偷躲在书店，背下诗句，获奖一刻，绽放出了夺目的光彩。2018年7月，被成都心日花开学校聘为全职教研教师。

白茹云，河北邢台市南和县农民，40岁。2011年罹患淋巴癌，在病床上与诗词结缘。舞台上，她心静如水；生活中，更显淡定从容。白茹云不喜欢别人把她当作“命不久矣”的绝症患者，输赢、生死、悲喜，很多人生态度，都能从她那里得到另一种领悟。

参赛选手年龄最大的71岁，最小的5岁。涵盖教师、警察、飞行员、工程师、银行柜员、出租车司机等33种不同职业。节目通过诗词讲述平凡人的喜怒哀乐，让古老的诗词和现实的生活产生情感联结，激发平常人对诗词的热爱，传递诗词的力量。

中共中央办公厅、国务院办公厅印发了《关于实施中华优秀传统文化传承发展工程的意见》，从理论和实践层面讲明了“为什么传承发展”“传承发展什么”“怎样传承发展”等问题，而此次《中国诗词大会》的合作成功，正是金融企业和国家媒体对中央精神号召最坚定、最有力的响应，是一次极具责任感的文化实践。

疫情面前显担当

2020年，新冠肺炎疫情猛烈袭来。

面对疫情，习近平总书记在农历新年第一天主持召开了中共中央政治局常务委员会会议，亲自指挥、亲自部署，加强疫情防控。

作为国有大行，农业银行坚决贯彻落实党中央、国务院关于抗击疫情的决策部署，以斗志昂扬的状态、夜以继日的干劲、舍小家顾大家的情怀，高效精准提供疫情防控金融服务，运用金融科技为社会公众提供足不出户的高质量服务。

效率，保战“疫”金融服务

拥有25万名在岗党员、网点遍及城乡的农业银行，第一时间调动各类资源，举全行之力投入这场与病毒赛跑的战“疫”。

2020年2月5日，北京下起了鹅毛大雪，银装素裹的景象让因疫情闭门不出的人们感到些许安慰。

就在这一天，农业银行再次发布两项重要信息：一是出台专项信贷政策助力疫情防控，对重点医疗物资生产企业、参与疫情防控的定点医院等防疫重点支持客户实行名单制管理；二是汇聚着农行员工拳拳爱心的6000万元捐款，已汇入湖北省慈善总会账户。

早在之前，农业银行就吹响了全面助力打赢疫情防控阻击战的号角：疫情暴发之后，第一时间成立了疫情防控领导小组，下发了《关于做好新型冠状病毒感染肺炎疫情防控工作的紧急通知》，部署安排疫情防控和金融服务。

1月26日，向湖北省慈善总会首批捐赠3000万元。

1月28日，从信贷资源和政策倾斜、加强金融服务、捐赠、资源保障等五个方面推出18条措施。

1月29日，召开疫情防控领导小组第二次会议，对疫情防控和金融服务工作再研究、再动员、再部署。在农业银行党委的有力部署下，遍布全球各地的农业银行将春节“休假模式”转为“战时模式”，以“农行效率”力保战“疫”金融服务。

在抗击疫情核心区域，湖北分行为国药控股湖北有限公司发放4亿元贷款；受理并申报肺炎定点治疗机构保康县人民医院3000万元中期流动资金贷款；服务黄冈版“小汤山”医院大别山（鄂东）区域医疗中心改造项目工程，为配套企业申请展期流动资金借款……

数据显示，2020年，农业银行累计向湖北抗疫捐赠1.8亿元，向央行抗疫名单内企业发放疫情防控贷款336亿元，向湖北地区捐赠口罩、防护服等防疫物资146.9万件。开通了线上“湖北疫情爱心捐款”专用通道，社会各界通过农行掌银、网银渠道捐款累计7亿元，向46.5万名防疫一线人员赠送了专属保险。

担当，让党旗高高飘扬

越是关键时刻，越是危急关头，广大党员越要不忘初心、牢记使命，充分发挥先锋模范作用。

疫情期间，农业银行下发了《关于加强党的领导、坚决打赢疫情防控阻击战的通知》，要求全行党组织和在岗党员深入学习贯彻习近平总书记关于新型冠状病毒感染肺炎疫情防控工作的重要讲话和重要指示、批示精神，充分发挥各级党委领导作用、基层党组织战斗堡垒作用和党员先锋模范作用。2020年1月31日，农业银行从党费中拿出专项资金1000万元，支持各级党组织开展疫情防控工作。

面对湖北的疫情，农业银行组织动员55名滞留湖北未返岗上班的总行

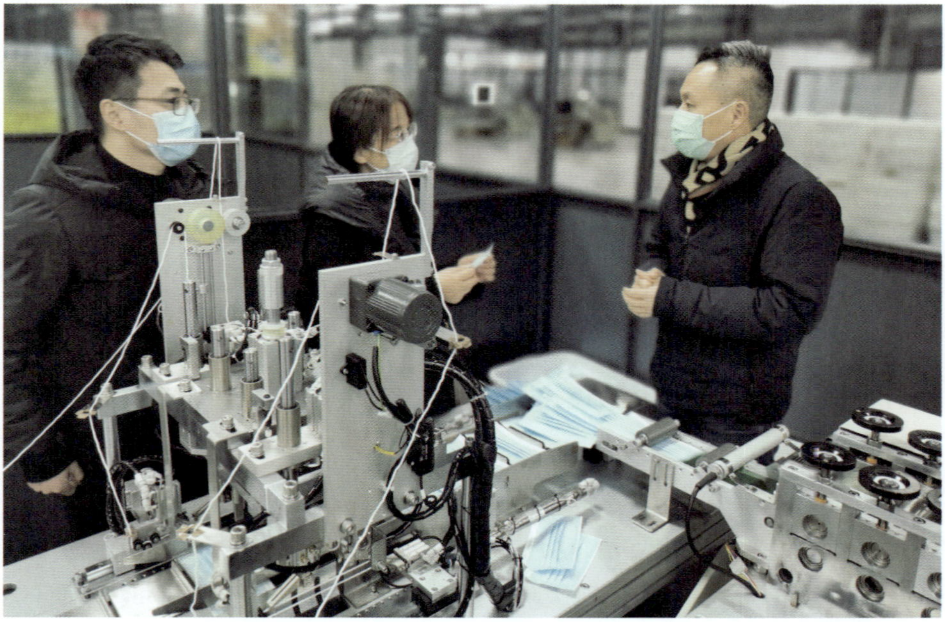

图8–7　新冠肺炎疫情期间，农业银行宁波慈溪分行支持省级重点口罩生产企业

机关党员干部投入当地社区参与疫情防控。在2月初疫情防控最困难时期，总行机关广大员工积极为湖北分行捐赠口罩16671个，彰显“农行一家亲”的大爱情怀。

“在疫情防控斗争的关键时刻，党员干部就要挺身而出、扎实工作，做到守土有责、守土担责、守土尽责。”浙江分行1.1万多名党员收到省分行党委发出的“六带头”倡议书，要求辖内1700多个基层党组织和全体党员靠前服务、带头冲锋，成立数百支党员突击队分片作业，迅速联系相关医疗企业，主动提供金融服务。

在山东济南、东营、菏泽、德州等地，农业银行驻村“第一书记”践行农行担当，全力抗击疫情。广饶县支行驻村“第一书记”李军连续多日在清晨寒风中坚守村口，对过往村民测体温、劝返外来车辆，他还跑遍县城各大药店自掏腰包为村民采购1000副口罩和消毒液等防护用品。

情怀，暖心服务不停歇

“责任为先、兼善天下、勇于担当、造福社会”，这是农业银行的责任理念。抗击疫情中，农业银行彰显大爱情怀，时刻为社会各界提供贴心服务。

2020年2月初，各地社保集中发放退休工资，也是老年客户高频次出入银行网点支取养老金的时段。各地农业银行的朋友圈不约而同发出这样一条信息：在抗击新冠肺炎疫情的特殊时期，请劝告身边老年朋友尽量减少外出，如需办理银行业务，推荐首选农行掌上银行、网上银行和中国农业银行微银行等服务。

农业银行掌银还上线“疫情爱心捐款”、销售国开战疫专题债券、开通微医互联网总医院等功能，在保证抗灾资金、捐款按时拨付到位的同时，展开网上问诊、实时救助。

对受疫情影响暂时失去收入来源的客户，灵活调整住房按揭、信用卡、农户贷款等信贷还款安排，合理延后还款时间。

与各行各业抗疫一线人一样，农行员工不畏疫情风险，坚守岗位，努力付出。“抗疫资金就是抗疫的救命钱，走10里路我也要走到岗位上去！”2020年1月28日，湖北英山金穗支行接到县财政局将2笔抗疫资金转拨的指令。

当时，道路封闭、无法通车，已经下班的支行运营副主管王文胜和柜员郭嘉明一路跑步5公里，第一时间赶往工作岗位，与正在值守的运营主管尉敏一起，迅速完成了资金拨付到位的任务。

样样工作争第一

姑苏文化源远流长，建城2500多年，文化积淀深厚，金融资源丰富。诸多金融机构在此布局，67家银行星罗棋布，形成一片竞争的红海。

正因为如此，苏州分行的成绩单显得格外夺目：存贷款、国际结算等主要业务指标连续20多年保持当地同业第一，全国文明单位、全国企业文化建设示范基地、全国企业文化建设优秀单位、全国金融系统企业文化建设标兵单位等，可谓赞誉无数。这些都要归功于苏州分行各届领导班子一任接着一任地苦干，5300多名干部员工一茬接着一茬地开拓。

沐浴改革开放的春风，"团结拼搏、负重奋进、自加压力、敢于争先"的张家港农行精神在999平方公里的土地上创造了一个又一个不平凡的业绩。

图8-8　农业银行苏州分行在办公大楼外展示精神口号

苏州分行精神脱胎于张家港农行精神，一度形成了"一看到张家港人就想到张家港农行精神，一看到苏州农业银行我就想到苏州分行的文化和精神。"张家港分行办公室老主任顾耀兴曾在苏州分行企业精神梳理过程中起到关键作用，他一直珍藏着1995年10月18日的《人民日报》，上面头版头条刊发的评论员文章《伟大理论的成功实践——学习张家港市坚持两手抓的经验》，正是苏州农行精神的本源。

苏州分行在创业发展的历史进程中，喊出过三次有影响力的精神口号。第一次是在1995年，农业银行和信用社分家，面对基础薄弱造成的经营困境，苏州分行喊出了“争气拼搏、自加压力、敢于争先”的口号，全行员工在夹缝中求生存、求发展，不等、不靠、不伸手，迅速落实“保、抢、挖”的工作举措，以“样样工作争第一”的决心和勇气，咬定发展目标不放松，一举占据了苏州地区金融业务发展的制高点，改变了苏州金融市场版图。

第二次是在2009年，在全面确立大行强行地位后，苏州分行喊出了“自加压力、敢于争先、追求卓越”的口号，深植创业、创新、服务、人本、合规、融合“六大行为文化”。

企业文化建设是一个日积月累、久久为功的过程。

2011年5月26日，在苏州西山，苏州分行召开了企业文化研讨会，专门对企业精神进行经验总结、系统梳理。顾耀兴参加了这次会议，回忆当年，他依然记得空气中的果香——西山的枇杷熟了。

此后又三年，第三次精神口号呼之欲出。2014年，面对经济新常态下竞争、控险、转型压力不断加大的严峻形势，苏州分行郑重将“行健致远”纳入企业精神内涵，努力实现更高水平、更高品质的发展。

2015年7月9日，在苏州召开的第九届中国企业文化百人学术论坛暨全国企业文化现场会，吸引了来自全国各省市各行业的企业界代表、学术理论界专家共220多人参加。会上，苏州分行被授予“全国企业文化建设示范基地”称号。

此后，苏州分行企业精神始终在实践中得到提炼，又在实践中得以升华，有力地推动了业务工作的开展，实现了物质文明和精神文明建设的同步提升和全面丰收。

雷锋银行

如果来到辽宁省沈阳市沈河区北站路115号，你会看到这样一家农行网点：典雅的金穗，温暖的绿色，井然的秩序，和其他农行网点一样普通。

特殊的是，这是全国金融系统唯一的一家“雷锋银行”——沈阳分行营业中心。

沈阳分行营业中心坐落在沈阳市金融商贸开发区，占地面积1300余平方米。多年来，营业中心与抚顺雷锋连开展共建，坚持“立足本职学雷锋、爱岗奉献强服务”，培育出以“爱”为主题的服务文化和“雷锋在您身边、爱心无处不在”的服务理念。2015年3月6日，雷锋生前所在团和农业银行辽宁分行共同授予该营业中心“雷锋银行”荣誉称号。

将雷锋爱党爱国的理想信念，转化为爱岗敬业的责任意识

“雷锋银行”坚持以党建为统领，以与雷锋连共建为契机，鼓励员工深植雷锋精神。

定期邀请雷锋部队教导员、雷锋班班长作报告，组织员工到雷锋连参观学习，举办学雷锋读书笔会、征文和演讲比赛。设立雷锋精神文化墙，感悟雷锋精神，汲取榜样力量，将雷锋精神转化为对国家和农行事业的忠诚，转化为爱岗敬业的不竭动力。

邀请雷锋班班长站大堂，开展大堂公益服务，传递真诚和爱心，成为金融行业一道独特亮丽的风景线。

将雷锋刻苦钻研的执着精神，转化为精益求精的职业操守

“雷锋银行”的员工学习雷锋干一行爱一行、专一行精一行的“钉子”

图8–9　2015年3月6日，农业银行辽宁沈阳分行营业中心被雷锋生前所在团授予“雷锋银行”称号，该行员工在雷锋雕像前庄严宣誓

精神，人人成为行家里手，不断实现自我超越。

为提高员工服务能力，雷锋银行开展岗位“大练兵、大比武”活动，激励员工钻研业务技能，练就过硬本领。

通过举办业务技能比赛、服务情景展示、业务知识问答、经验互动分享，引导员工做到严格遵守服务规范，坚持一流服务标准。定期开展评比，设立光荣榜，形成人人争做业务能手、服务标兵的良好氛围。

为提高员工服务意识，雷锋银行每天晨会时间安排员工讲故事，把每天做的点滴好事、每天的点滴进步都认真总结，用身边的事教育身边的人，鼓舞和激励员工在平凡岗位上建功立业。

将雷锋助人为乐的奉献精神，转化为客户满意的服务品牌

以雷锋服务人民、助人为乐的奉献精神为引领，引导员工全心全意为客户服务，想客户之所想、急客户之所急，打造百姓满意的品牌银行。

设立“雷锋窗口”。让服务表现优异、业务精湛的员工在该窗口上岗，发挥示范带动作用，增强员工荣誉感和争先创优意识，使之成为客户的贴心岗、解难岗。

开辟“雷锋银行教育基地”，播放雷锋精神主题电影，展示雷锋日记手稿，打造雷锋书屋，让客户近距离、多渠道地感受雷锋精神。

“雷锋银行”在传统轮椅、婴儿车、老花镜等便民设施基础上，结合所处火车站地区流动客户多的特点，设计了涵盖周边景点、医疗、银行等内容的便民服务卡。推出形式多样的特色服务——外语服务、手语服务、特殊人群绿色通道等，用实际行动诠释雷锋银行服务理念。

三、人物

在农业银行七十年的发展历程中，涌现出了许许多多的先进人物和感人事迹，成为全辖员工努力学习的榜样和标杆。

有饶才富、刘彦彬、王希、王静红、田霞、傅小康、龙俊、付志强、耿建国、李海波、李向阳等忠于职守、服务“三农”的榜样，有二兰、白花子、刘付河、刘玲英、何桂萍、刘庭亮、江山、韦世明等不顾个人安危、勇于保护国家和群众财产的榜样，有柯茜茜、丁望阳、朱兴红、栾倩、岳虹等勇于进取、追求卓越的榜样，有智呼声、张培英、达瓦、步同良、徐彬、杜喜、陈茹等爱岗敬业、默默奉献的榜样，有王东云、叶又升、朱玥、傅闪斌、车毅等发扬工匠精神、勇攀技术高峰的榜样，有张梁、薛建华、杨建清、段生馗、孔斌、印喜彬、尼玛次仁等不畏艰险、挑战困难，以及热心公益事业、见义勇为的优秀员工，等等。

一个先进典型，就是一个标杆，一面旗帜。学习先进典型，就是倡导一种精神，一种追求。鼓励和引导广大员工向先进典型学习，发挥典型引领带动作用，是推动农业银行奋进发展的重要精神力量。

永不褪色的“老农金”

饶才富，福建龙岩人，1936 年 8 月出生，1961 年 2 月参加工作，中共党员，曾任农业银行福建龙岩新罗支行红坊营业所主任 19 年。他在平凡的岗位上做出了不平凡的业绩，成为农业银行乃至全国金融系统学习的标杆和榜样。

因地处偏僻，交通落后，红坊镇在 20 世纪 70 年代末，年社会总产值仅 1000 多万元，农民人均年收入不足 100 元，营业所各项存款仅 190 万元。1981 年底，当了 8 年红坊信用社主任的饶才富调任农行红坊营业所主任。

图 8–10 饶才富在走村串户的路上，那时他唯一的交通工具就是一辆自行车

饶才富始终把甘当公仆、奉献社会作为自己的人生信条，他说：“我们农行干部，要是不为地方经济发展尽心尽力，那就是失职。”上任以后，他扑下身子，利用各种机会，采

取多种办法，把党的富民政策送进千家万户，带领乡亲们向贫困宣战。

正是在饶才富火一般热情的感召下，红坊镇的村民凭借农行资金做后盾，自发掀起了山地开发、立体种养的热潮，全镇初步建成烤烟、柑橘、蔬菜、生姜、养鳗等六大农业产业化基地，迅速鼓起了农民的腰包，搞活了一方经济。

多年来，饶才富经手发放了3300多笔贷款，累计金额2.8亿元，却没有损失过一分钱；他是清正廉洁的标兵，拒礼拒贿，坚守“不贪不占，什么事情都好办”的工作理念，从不追逐名利；他全心全意服务老区经济振兴，积极扶持贫困农民脱贫致富，深得百姓好评，被闽西老区人民誉为“红土地上的好财神”。

自1997年初开始，福建龙岩市推进精神文明建设，组织开展了“学厦门、学漳州”活动，在全市范围内筛选和树立先进典型。其间，农行红坊营业所“老先进”饶才富的事迹引起了社会的广泛关注，得到了龙岩市政府和新罗区政府的高度评价和认可。与此同时，农行福建分行对饶才富的事迹也予以充分肯定和褒扬，1997年4月末召开的全省农行精神文明建设会议上，授予饶才富“优秀营业所主任”称号；1997年5月11日，印发了《关于开展向饶才富同志学习的决定》。

1998年5月24日上午，红坊营业所迎来一个不同寻常的日子。时任福建省委书记陈明义率省委办公厅、组织部、宣传部的同志先后到新罗、永定县部分乡镇、村、企业了解经济运行和精神文明建设情况之后，风尘仆仆，专程来到红坊镇看望了饶才富同志和营业所员工。

当天，新华社发出了一则新闻通稿：《福建省委书记陈明义看望闽西“好财神”饶才富同志》，新闻通稿迅速被各大媒体转载。此后，新华社、《人民日报》、中央电视台等新闻单位记者来龙岩联合采访了饶才富。新华社编发了长篇通讯《红土地上的金融赤子》。仅半年时间，饶才富的先进事迹传遍了中华大地，甚至走出了国门，英国《金融时报》也采访报道了饶才富的先进事迹。

中国城乡金融报社会同福建分行，多次组织人员深入红坊采访，1998年6月，《中国城乡金融报》发表了长篇通讯《一个美丽的传说——记共产党员、农行福建分行优秀营业所主任饶才富》。1998年7月，农业银行印发了《关于开展向饶才富同志学习的决定》。

在推广饶才富先进事迹活动中，有一位特殊人物发挥了重要作用。他就是图书《当代“财神”》的作者——著名归国华侨作家张永和。1998年6月，他将该书缩写成5000字题为《三千笔放贷传奇》的文稿，寄给了时任国务院总理朱镕基，并附一封信，信中说：“我认为，在防范金融危机中，这是我们的精神原子弹之一，推而广之，意义重大。”张永和的信引起了朱镕基的高度关注。6月7日，总理办公室把《三千笔放贷传奇》文稿批转给了农业银行。

收到国务院批转的文稿后，农业银行向中共中央金融工委上报了《关于学习和宣传饶才富同志先进事迹的报告》，时任国务院副总理、中共中央金融工委书记温家宝批示：“农行组织学习和宣传饶才富同志先进事迹的活动很有意义。金融系统有许多像饶才富同志这样的先进典型，工委要注意总结和表彰，要在全系统形成一种学习先进，弘扬正气的新风尚。”

1998年10月1日，中央金融工委印发《关于向饶才富同志学习的决定》。10月21日，中央金融工委组织召开了全国金融系统学习饶才富先进事迹电视电话会议，温家宝同志亲切接见了饶才富，并号召全国金融系统广大员工向饶才富同志学习。

至此，饶才富的事迹传遍大江南北，成为全国金融系统的一面旗帜。

1998年10月，中央金融工委授予饶才富“全国金融系统优秀共产党员”称号。1999年9月，被全国总工会评为“十大杰出职工”，并授予“五一劳动奖章”。2000年4月，被国务院授予“全国劳动模范”称号。2001年6月，被评为“全国优秀共产党员”。他先后30多次受到全国性表彰。

农业银行历届党委都十分重视饶才富精神的传承和弘扬，采取多种方式组织员工学习和发扬饶才富精神，2019年，农业银行专门设立了“饶才富奖”，表彰在服务“三农”领域做出突出贡献的先进集体和个人，引领和激励广大员工在服务“三农”和乡村振兴的伟大事业中努力拼搏、奋力前行。

2019年4月6日，蜚声中国金融界的传奇人物饶才富因病去世，享年84岁。

“二兰”的壮举

1989年12月25日，这一天，湖北省枝江县董市镇信用社桂花分社会计员潘星兰和炊事员杨大兰值班守库。

凌晨，“二兰”遭遇两名蒙面歹徒持刀抢劫，她们坚决抵抗。歹徒将杨大兰逼进厨房，杨大兰在与歹徒搏斗中被连刺9刀，壮烈牺牲。歹徒又惨无人道地持刀割破潘星兰的手背、割掉左耳垂，继而割掉她的左耳。

潘星兰仍顽强不屈，与歹徒英勇搏斗，歹徒对她连刺10余刀……案发后，公安机关仅用58个小时，即将歹徒捉拿归案。1990年1月22日上午10时，宜昌地区中级人民法院宣判对两名歹徒执行枪决。

两位年仅19岁的姑娘为保卫国家和人民的财产，赤手空拳与持刀蒙面歹徒英勇搏斗的英雄事迹，短短3个月的时间，从枝江传到宜昌，从武汉传到北京，从县、市、省各界高度关注，直至受到党和国家时任领导人的亲切接见。

1990年3月5日下午，党和国家时任领导人江泽民、杨尚昆、李鹏、李瑞环等同志，在中南海怀仁堂接见了全国学雷锋先进代表，潘星兰作为63位代表中的一员，得到江泽民、杨尚昆、李鹏等同志的亲切关怀，他们询问了潘星兰的身体状况，合影时潘星兰被安排在江泽民同志后面第一排。

图8–11　烈士杨大兰生前留影

图8–12　1990年3月，潘星兰在北京参加“三八”国际劳动妇女节80周年活动

1990年3月7日下午，在人民大会堂宴会厅，党和国家时任领导人江泽民、杨尚昆、李鹏、万里、宋平等同志与3000多名各族、各界妇女欢

聚一堂，纪念“三八”国际劳动妇女节80周年，潘星兰应邀在主席台就座。江泽民同志在讲话中说：“我代表党中央、国务院，向用鲜血和生命保卫国家财产的潘星兰同志和杨大兰烈士的家属致以崇高的敬意！”

会上，潘星兰汇报了“二兰”英雄事迹，江泽民同志和杨尚昆同志分别将写有“巾帼楷模”和“为国家献身，重于泰山”字样的锦旗授予潘星兰和杨大兰烈士的父亲杨尚洪。

多位党和国家时任领导人关心、过问、接见了潘星兰并为她题词。杨尚昆同志题词：“学习潘星兰、杨大兰同志无私奉献精神。”李鹏同志题词：“学习潘星兰、杨大兰同志忠于祖国、忠于职守、不畏强暴、无私奉献的优秀品德。”李先念同志题词：“学习英雄，弘扬正气。”

至此，“二兰”事迹和学“二兰”活动的浪潮席卷全国。

执着的守护者

图8-13　全国劳动模范智呼声

2021年4月28日，由中华全国总工会主办的“中国梦·劳动美——永远跟党走奋进新征程”百名劳模图片展在北京市劳动人民文化宫开展。

本次图片展集中了各个时期、各个行业最具影响力的118名劳模，如“铁人”王进喜、两弹元勋邓稼先、诺贝尔奖获得者屠呦呦、共和国勋章获得者钟南山等。原内蒙古自治区分行营业部守押中心总经理智呼声是金融系统唯一入选劳模。

时光回溯到三十多年前。

早晨六点半钟，晨曦微露。智呼声就骑着他那辆老旧的自行车早早地来到单位。到单位后，他习惯性地开始检查办公楼内和金库周边的安全情况，回放中心金库区晚间的安全监控录像。

就这样，智呼声开始了他一天的工作。夜色朦胧，华灯初上时，别人都下班了，他和同事们还在单位忙碌着，他必须等待所有款车将网点款包安全接回来，现钞、枪支全部入库，守库人员上岗之后，再仔细检查一遍营业厅、办公楼内的安全情况才会放心离去，回到家里已是晚上八九点钟。

一天时间，他总有忙不完的活儿。每天工作超过十二个小时，成为他的日常工作状态。他从事安全保卫和押钞工作的30多年来，累计经手现金近1万亿元，管理调拨黄金1000多公斤，从未出现过差错；他随车押运2万多次，检查网点5000多次，无论严寒酷暑从来没有间断过，累计行程200多万公里，相当于绕地球50多圈；他加班5万多个小时，牺牲节假日2500多天，却从未多要一分钱报酬。

岁月轮转，智呼声以一名共产党员的高尚情怀，以自己的执着和奉献诠释了一名金融守押人员的人生境界。他于1995年、2000年、2005年、2010年连续4次被评为全国劳动模范，2009年被评为新中国成立60周年最具影响力60位劳动模范。多年来，获得了80余项系统内外荣誉，被社会各界称为“金融安全的守护者”。

保卫和守押工作内容单调、风险大、责任重，智呼声就像一个上满发条的闹钟。他每天早上总是第一个到单位，检查当天运送款包、人员装备以及运钞车车况等，并随车进行押送。晚上直到所有的钱款都安全入库，他才放心回家。这已成为他多年的习惯。

智呼声所在营业部地跨一市五县，全辖55个城区网点、15个县域网点、20个离行式自助银行，最远的网点在距市区150多公里的地方，不仅路途遥远，而且路况很差，狂风暴雨、大雪封路是常有的事。智呼声每天既要统筹协调数辆运钞车的调配，还要坚持每天至少跟车押钞3次，早晨押车把款送到，晚上押车把款收回，一天至少行程200公里，经常靠啃个凉馒头当午餐。

2006年，由于长期过度劳累和饮食上的不规律，智呼声的胃病、肾病发作，有时疼得腰都直不起来，脚肿得连鞋都穿不上去，但他不顾医生嘱咐，硬是带着药和针剂来回奔波于各个营业网点，没有耽误一天跟车押钞。自1986年到2011年每年春节，他都是带着妻子做好的年夜饭，坚守在金库值班室里，25年从没间断。

如今，退休了的智呼声热衷于研究厨艺，给老伴儿做几道美味的佳肴，他终于实现了多陪陪家人的夙愿。不过，劳模精神永不退休，他主动参加了多项社会公益活动，得到了社会各界的认可和好评。

将平凡做成极致

图 8–14　2009 年王东云勇夺中央电视台《状元 360》点钞比赛冠军

常州，自 2500 多年前春秋吴王梦寿四子季札开邑以来，崇文重教，人才辈出，有诗云“天下名士有部落，东南无与常匹俦”。

王东云，央视《状元 360》超级银行柜员比赛冠军、全国五一劳动奖章获得者，用执着与坚持诠释新时代的“工匠精神”。练习点钞近 30 年，她不仅点钞速度堪比机器，还能听音点钞、蒙眼识假……

机械的点钞动作在她手上花样迭出：手提式、食指抖动式、中指抖动式、剥皮式、多指多张式、扇面儿式……点钞时，手指如蜻蜓点水，又快如雨点，一张张钞票如同一只只蝴蝶翻飞而过，“嗒嗒嗒嗒”，整个点钞过程流畅自如，让人折服。

常人有个误解：有了点钞机还要人工点钞干什么？其实，按照要求，所有钱币必须机器点一遍、人工点一遍。比如有的假币专门针对某一类点钞机而做，只能靠人工识别。

此外，点钞机也有不灵的时候——新钱容易点不开，太脏太旧的钱又有可能被吐出去。因此银行柜员和很多企业财务人员，都是采用机械点钞与人工点钞相结合的办法，避免出错。

1990 年，19 岁的王东云通过招工考试进入农行，到常州武进支行洛阳营业部工作，被分配到现金出纳岗。营业部地处农副产品市场，现金流量大，经常有客户用麻袋装着现金来存款。当时还没有点钞机，面对一堆又一堆像小山一样的现金，刚刚参加工作的王东云经常手忙脚乱，一筹莫展。

直到有一天，一位老客户直接对她开炮了："点得这么慢，你急死人呀！"听到这话，王东云心里特别不是滋味儿。那一刻，她下定决心：一定要把点钞练到又快又准。

从那以后，王东云是早也练、晚也练，上班练、下班练，几天下来，手指磨得又红又肿。王东云想过放弃，可一想起那位老客户的话和焦急的眼神，手就像上了发条似的又练了起来。就这样，王东云的点钞速度越来越快。慢慢地，客户的抱怨和不满少了，表扬和鼓励多了。以前许多客户躲着她的窗口，后来都抢着到她的窗口。

入行第二年，王东云参加横林片区点钞比赛，拿了个第一名。又练了一个多月，问鼎武进县冠军。那几年，只要她参加业务技术比赛都能夺冠。可是，"常胜将军"没当多久，王东云就尝到了失败的滋味。

1997 年，王东云代表农行参加常州市首届金融系统青工赛，结果 3 个项目都没拿到名次。懊恼的同时，王东云也在细心观察，发现当时取得第一名的建行选手点钞手法十分新颖。她把对方点钞动作录了下来，回家反复观看，仔细琢磨……

她学着建行选手用大拇指贴着钞票，用中指点开一张张纸币，却总觉得手指活动不开。经过一段时间琢磨，摸索出了幅度小、频率快的靠右手手腕抖动来点钞的方法。指法找到了，王东云迫不及待地加紧练习。夜晚的台灯下，她机械地重复着点钞动作，一遍又一遍，夜夜如此。

在随后的征程中，王东云凭借独创的点钞法将冠军一一收入囊中。2009 年，央视《状元 360》超级银行柜员栏目，汇聚全国银行业六大高手，举办了一场点钞实力大赛。王东云一路过关斩将，获得全国"超级银行柜员"冠军。此后，她和她的徒弟们先后 10 次参加了央视《挑战不可能》《旗鼓相当》《中国大能手》《为你点赞》《群英汇》等热播节目。

强将手下无弱兵。车毅，王东云的徒弟之一，跟王东云学点钞 3 年后，在 2015 年全国农行第五届业务技术比赛中，一举打破了农业银行系统的单指单张点钞纪录。2016 年他从 10 名全国银行业的顶尖技能高手中脱颖而出，勇夺央视《中国大能手之点钞强人》冠军奖杯；2018 年又在央视《挑战不可能》年度总决赛中创造了"30 秒蒙眼手动点钞最快"吉尼斯世界纪录。

匠心独运，久久为功。王东云精益求精、追求极致的“职业精神”和“工匠精神”值得所有人敬佩和学习。点钞已不仅是一种挑战，更是对这种精神的追求。在这种追求中，我们会发现更好的自己。

深耕大地

中国农业银行奋进七十年纪实

附 · 录

中国农业银行大事记

1951 年 7 月，农业银行的前身——农业合作银行建立。

1952 年 7 月，农业银行与人民银行合并。

1955 年 3 月，农业银行第二次建立。

1956 年 7 月，农业银行在北京召开了全国农村金融先进工作者代表会议，党和国家领导人毛泽东、刘少奇、邓小平、彭真等同志接见了全体会议代表。

1957 年 4 月，农业银行与人民银行再次合并。

1963 年 11 月，农业银行第三次恢复建立。

1965 年 11 月，农业银行与人民银行第三次合并。

1979 年 2 月，国务院发出了《关于恢复中国农业银行的通知》，1979 年 3 月，中国农业银行挂牌恢复成立。

1980 年，农业银行开始建立省、地（市）行干校，通过广播电视大学、函授学习和开办培训班等形式，培养了大量农村金融人才。

1980 年 5 月，农业银行召开“苏州会议”，确定了“因地制宜支持商品生产，讲求经济效益、活跃农村经济”的工作方针。

1981 年 3 月，农业银行印发《关于改革农村信用合作社体制搞活信用社合作工作的意见》。

1981 年 6 月，农业银行提出，将更好地支持农业生产责任制的加强和完善作为一项重要工作部署。

1981 年 6 月，中国农村金融学会成立。

1982 年 5 月，农业银行在北京举行全国业务技术比赛大会，这是农行第四次恢复以来第一次举办的人数较多、规模较大的技术比赛会议。

1983 年 1 月，农业银行提出农村金融工作的“四个转变”，努力开创农村金融工作新局面。

1983 年 11 月，农业银行成立科教部，组建了第一支科技队伍。

1984 年 5 月，农业银行第一批微机投入使用，实现了计算机作业，标志着电子化建设迈出实质性步伐，是农行业务发展史上一次质的飞跃。

1984 年 6 月，农业银行与世界银行签订了第一笔农村信贷项目贷款协议。

1984年8月，国务院批转中国农业银行《关于改革信用合作社管理体制的报告通知》，要求通过改革恢复和加强信用合作社组织上的群众性、管理上的民主性、经营上的灵活性。

1984年10月，人民银行、工商银行、农业银行、中国银行四家银行在石家庄联合召开了“全国银行信贷资产管理工作会议”，按照“统一计划、划分资金、实贷实存、相互融通”的原则，实行新的信贷管理办法，这是银行信贷管理体制的一项重大改革。

1984年10月，《中国城乡金融报》的前身《城乡信息报》创刊，成为广大读者的“千里眼”和“顺风耳”。

1985年1月，农业银行开发的第一个计算机软件——微机远程统计信息系统应用于项目报表。

1985年2月，农业银行制订下发《中国农业银行管理体制改革方案》，提出把农业银行办成真正的经济实体，实现管理现代化。

1985年6月，农业银行发出了《关于逐步统一中国农业银行行名字体的通知》，改用书法家韩绍玉书写的繁体字行牌，结束了行名字体“百花齐放”的局面。

1985年8月，农业银行首次发行金融债券，实际发行4.68亿元，用所筹资金对乡镇企业发放特种贷款。

1986年1月，农业银行天津管理干部学院成立，这是继1984年12月长春管理干部学院和武汉管理干部学院成立后的又一家干部学院，自主培养了一大批金融专业人才。

1986年7月，农业银行安排2亿元贷款支持国家“星火计划”，促进农村技术进步和经济发展。

1987年2月，农业银行召开了全国职称改革工作会议，加强对职改工作的领导，会后印发了《中国农业银行关于专业技术职务评审聘任工作安排意见》《中国农业银行专业技术职务评审委员会组织办法》等一系列政策性文件，促进全系统评聘工作的开展，对培养和选聘专业技术人才起到重要作用。

1987年4月，国务院贫困地区经济开发领导小组、财政部、人民银行、农业银行联合印发了《全国贫困地区经济开发项目试行办法》，对贫困地区扶贫项目选定、论证评估、执行监督、总结验收等问题作出明确具体规定。

1987 年 7 月，农业银行印发了《中国农业银行经营指标考核办法》，建立以资金效益为中心的资金来源指标、运用指标、质量指标、成本指标和利润指标等经济指标考核体系，在实行企业化经营方面迈出了坚实的步伐。

1987 年 8 月，农业银行召开了农村金融体制改革座谈会，明确了把农业银行逐步办成在总行统一领导下，实行分层次的企业化经营，建设成为以办理农村各项金融业务为主，具有先进管理水平的综合性银行，最大限度地发挥支持农村商品经济发展的功能。

1988 年 2 月，农业银行首次提出把信贷资金从粗放经营转到集约经营的设想，制订了《农业银行信贷资金集约化经营计划》，成为首家开展全面清理信贷资产、实行贷款四分类的专业银行。

1988 年 2 月，农业银行在全国金融界率先进行承包经营责任制试点，为专业银行实行企业化经营进行有益探索。

1988 年 5 月，农业银行上海分行第一家市区支行——五角场支行挂牌开业，标志着农行向“城乡一体化银行”的方向迈出了一大步。

1988 年 11 月，农业银行行徽在全行正式启用，行徽图案为圆形，由中国古钱币和麦穗构成，外圆内方，麦穗芒刺向上，标准色为绿色，象征农业银行经营规范，作风稳健，农村金融事业开拓前进。

1989 年 1 月，农业银行国际业务部正式成立，全面开办外汇业务，对外业务实现一个新的转折。

1989 年 6 月，农业银行在上海举办了承包经营的签约仪式在全行全面推行“三包一挂”的承包经营责任制，即包上缴利润，包宏观调控指标，包经济效益指标，考核指标与超收分成挂钩。

1990 年 1 月，农业银行印发《中国农业银行思想政治工作暂行条例》，提出努力培养一支有理想、有道德、有纪律、有文化的农村金融职工队伍。

1990 年 1 月，农业银行提出“信誉至上，竭诚服务，高效廉洁，文明办行”的企业精神。

1990 年 6 月，农业银行开展了学雷锋、学“二兰”活动，在社会上产生了很大影响。

1990 年 8 月，农业银行浦东分行挂牌开业，成为浦东开发区国内第一家分行级中资银行。

1991 年 2 月，农业银行金穗信用卡在广州首发，掀开了银行卡业务发展新纪元。

1991 年 6 月，农业银行大中城市行工作会议在上海召开，提出把大中城市行办成多功能、现代化的社会主义银行。

1991 年 7 月，农业银行第一家银行保管箱业务在广东顺德启用，掀开了保管箱业务的崭新篇章。

1991 年 11 月，农业银行首家电脑储蓄联网作业系统——海南分行电脑储蓄联网系统 Cahns 在海口通过鉴定，开启了计算机联网业务新纪元，成为信息化建设史上的重要里程碑。全国农业银行大中城市资金融通网络正式开通。

1992 年 7 月，农业银行新疆生产建设兵团分行成立，成为金融系统在新疆辖内唯一有两家省级分行的银行。

1992 年 8 月，农业银行推出了 ATM，标志着自助金融服务正式开启。

1992 年 9 月，农业银行首次引进国际银团贷款 2000 万美元支持国内大型企业——天津无缝钢管厂，成为农行进入国际金融市场的一个新起点。

1993 年 7 月，农业银行在伦敦设立第一家海外机构——伦敦代表处。

1993 年 12 月，国务院发出了《关于金融体制改革的决定》。该《决定》指出："中国农业发展银行成立以后，中国农业银行转变为国有商业银行。"

1994 年 1 月，农业银行恢复使用借贷记账法。

1994 年 4 月，国务院发出《关于组建中国农业发展银行的通知》，农业银行向筹建中的农业发展银行划转了大部分政策性业务，11 月，农业发展银行正式成立。

1995 年 1 月，农业银行分行行长会议在北京召开，明确提出："农业银行由国家专业银行转为国有商业银行，转轨不转支农方向，要继续把支持农业和农村经济全面发展放在各项工作的首位。"

1995 年 6 月，农业银行天津津门支行试办的电话银行业务成功运行，掀开了农业银行开展电话银行业务的序幕。

1995年7月，农业银行西藏自治区分行成立，标志着西藏农牧金融工作进入了一个新的阶段。

1995年7月，新加坡分行开业，这是农业银行在海外开设的第一家分行。

1996年5月，农业银行印发了《中国农业银行企业文化建设方案》，明确企业文化建设的主要内容，即践行企业精神，规范视觉形象，统一行为规范，以增强农行内聚力和外张力，把农行办成一家管理严谨、经营稳健、实力雄厚和效益良好的国有商业银行。

1996年8月，农业银行不再领导和管理农村信用社，农村信用社与农业银行脱离行政隶属关系。

1996年9月，农业银行印发了《中国农业银行视觉形象标识规范》，对视觉形象标识的使用做出统一规定。

1996年10月，下发《关于启用〈中国农业银行视觉形象标识规范“简体字方案”〉的通知》，在全行开始实施中文简体字魏碑字体行名和英文Helvetica字体行名方案，不再使用繁体字行名。

1996年12月，农业银行全辖联行业务告别传统手工时代，被高效快捷的电子汇兑系统取代，揭开了支付结算业务发展的新篇章。

1996年12月，农业银行印发了《关于下发全国农行系统对外宣传口号的通知》，“存款到农行，可靠又吉祥”“耕耘中华大地，共建美好城乡”“播撒绿色，收获金穗”等宣传口号统一出现在神州大地上。

1997年1月，农业银行启动了旨在培养跨世纪、高层次、复合型人才的“115工程”，目标是到2000年培养100名高级、1000名中级、5000名基层金融管理人才。

1997年8月，农业银行出台了《中国农业银行基本制度》，这是农行加强制度建设的重要举措。

1998年6月，农业银行成立了系统党委，实现党的领导体制与经营管理体制的统一，为全行的改革和发展提供有力保障。

1998年11月，中共中国农业银行党校正式成立。

1999年4月，农业银行召开了首次党建工作会议。

1999年10月，中国长城资产管理公司成立，农业银行向新组建的长城资产管理公司剥离了不良资产。

2000年4月，农业银行印发了《中国农业银行关于规范信贷决策的若干规定》，“信贷新规则”的出台，标志着农行开始实施以审贷分离为核心的信贷审批管理体制。

2000年4月，农业银行在福州市举行金穗借记卡首发仪式。

2000年10月，农业银行首届零售业务技术比赛在北京举行。

2000年12月，农业银行“95599在线银行”在上海开通，这是农行发展金融电子化项目的重要成果。

2001年1月，农业银行推出了“银证通”业务，受到同业的广泛关注和广大股民的欢迎。

2001年8月，农业银行首笔“西联汇款”在杭州解付，标志着外汇实时汇款业务成功启动。

2001年9月，农业银行第一批金融超市挂牌营业。

2001年12月，农业银行与万事达卡国际组织合作推出的通行世界的银行卡——金穗国际借记卡在北京、上海、深圳、苏州、温州发行，标志着业务国际化发展迈出了坚实的一步。

2002年1月，农业银行全面推行贷款质量五级分类管理，真实、动态、全面反映贷款质量和风险程度。

2002年2月，农业银行互联网网站正式开通。

2002年4月，农业银行正式开办网上银行业务，实现了从传统手工业务到电子渠道服务的跨越。

2002年8月，农业银行叶又升等四名员工首次获得国务院特殊津贴。

2002年9月，农业银行远程教育网《中国农业银行在线培训》开通，网站集中了行内及社会上优秀的网络学习和培训资源，标志着农行在人才培养、员工队伍建设和信息化建设方面又迈上了一个新台阶。

2003年1月，经中国证监会批准，农业银行正式获得期货交易所结算银行资格。

2003年6月，农业银行代销首只银河银联系列基金。

2003年7月，农业银行出台了《中国农业银行贷后管理若干规定》，这是对信贷新规则的重要完善，是对贷后管理的一次全面创新，是完善信贷全过程风险控制的重要制度保障。

2003年9月，农业银行在北京、天津、上海、浙江、广州、深圳六个城市同时举行发卡仪式，推出了真正意义上的贷记卡产品——金穗信用卡。

2003年12月，农业银行现金管理平台正式运营。

2004年1月，农业银行启动实施"四大工程"，即基础管理、贷后管理、科技创新、人才培养工程。

2004年10月，农业银行长三角16个城市行共同签订了合作协议，"农业银行长三角区域金融共同体"启动，这是农行推进区域发展战略的重要举措。

2005年1月，农业银行在京举行"传世之宝、招财进宝"个人黄金业务全面推出新闻发布会。

2005年10月，农业银行确立"伴你成长"的品牌战略定位。

2006年4月，农业银行组织信贷资产证券化业务试点工作，这是农行应对金融业务综合化经营的重大举措。

2006年5月，农业银行出台了《支持新农村建设工作意见》，进一步提升支持新农村建设的责任感和主动性。

2006年10月，农业银行启动全面人力资源综合改革，按照现代商业银行经营管理的要求，制定人力资源战略规划、梳理业务流程和优化组织架构、建立清晰有序的岗位体系、建立规范有效的绩效管理体系、建立公平合理的薪酬管理体系五大模块，逐步形成具有农行特色的人力资源激励与约束机制，这是股份制改革的重要工程。

2006年11月，农业银行首次推出了"金E顺"产品，这是电子银行业务发展的又一重要举措。

2006年11月，农业银行全面完成数据集中工程，全国2万多个网点、20多万名柜员可以集中、并发使用同一套账务体系，成为国内首家实现"一个系统，一个中心"的商业银行。

2007年1月，第三次全国金融工作会议明确提出农业银行“面向‘三农’、整体改制、商业运作、择机上市”的改革总原则，农业银行进入股份制改革新阶段。

2007年5月，农业银行在京召开了历史上第一次党代会，选举5名代表出席中国共产党第十七次全国代表大会。

2007年5月，农业银行成功地将核心业务生产系统从北京一次性迁移到位于上海的数据中心，实现了全国数据中心核心业务数据远程备份和应急恢复。

2007年6月，农业银行全面完成了全国37家分行财务集中改革任务，这是农行股改准备阶段实施的一项重要改革。

2007年8月，农业银行出台了《关于进一步做好面向“三农”服务工作的决定》，确定8家省（市）分行为股份制改造中面向“三农”的试点行。

2008年1月，农业银行提出了“3510”发展战略，确立了建设成为面向“三农”、城乡联动、融入国际、综合经营、致力于为最广大客户群体提供优质金融服务的现代化全能型银行的战略远景目标。

2008年4月，农业银行推出了服务“三农”的拳头产品——金穗惠农卡。

2008年8月，农业银行设立了“三农”金融事业部，全面推动“三农”金融事业部制改革。

2008年10月，国务院常务会议审议并原则通过了《中国农业银行股份制改革实施总体方案》。

2008年11月，农业银行发布了首份企业社会责任报告，向社会展示了农行社会责任观和社会责任践行情况。

2009年1月，中国农业银行股份有限公司挂牌成立。

2009年1月，农业银行网点转型工作启动，同步实施网点硬转和软转竞争力提升工作，改善客户服务体验。

2009年10月，农业银行完成内部审计体制改革，完善总行审计局建设，按区域科学设置审计分局，直属分局、沈阳分局、上海分局、济南分局、郑州分局、武汉分局、广州分局、成都分局、昆明分局、西安分局等十个审计分局挂牌成立。

2010 年 1 月，农业银行正式发布企业文化核心理念，提出将践行“面向‘三农’、服务城乡、回报股东、成就员工”作为企业的使命，将建设城乡一体化的全能型国际金融企业作为企业的愿景。

2010 年 7 月，农业银行先后在上海证券交易所和香港联合交易所挂牌上市。

2010 年 8 月，农业银行率先在全国范围内启动大学生“村官”招聘计划，拓宽大学生“村官”发展通道，为农业银行补充县域优秀人才，得到中组部的充分肯定，受到大学生“村官”的普遍欢迎。

2010 年 9 月，农业银行在上海正式推出私人银行服务。

2011 年 1 月，农业银行数据中心通过了中国信息中心安全认证审核，获 ISO 27001 安全体系认证，初步达到国际公认的安全管理标准。

2011 年 6 月，农业银行行史陈列馆开馆。

2011 年 7 月，农业银行在福建创新推出“村村通”工程，农民足不出村就可以办理业务，获得普惠金融服务，受到社会广泛关注。

2011 年 8 月，农业银行推行以集中作业、集中授权、集中监控（“三大集中”）为重点的新型业务处理运营模式，建设现代运营体系。

2011 年 9 月，农业银行印发了《中国农业银行营业机构“三化三铁”工作考评办法》，拉开了“三化三铁”创建工作的序幕，这是农行有史以来全行基础管理工作中覆盖面最广、实施难度最大的一项系统性工程，工作内容涵盖 2 万多个营业网点，20 多万名柜员。

2011 年 11 月，农业银行首台受理金融 IC 卡 ATM 在湖南上线，标志着全行金融 IC 卡自助设备受理环境改造工作正式拉开了序幕。

2012 年 4 月，农业银行在京召开了金穗“惠农通”工程推进工作会议，提出把金穗“惠农通”工程打造成服务“三农”的主打品牌和最大亮点。

2012 年 5 月，农业银行印发了《关于实施“十二五”期间农村产业金融业务“千百工程”的意见》，明确提出优先支持千家国家级产业化龙头企业发展，重点拓展千个大企业或大项目建设，全面服务千个县域大型商品流通市场，稳步推进 500 个县（市）城镇化建设等以千或百为单位的一系列发展目标，推动农村产业金融业务又好又快发展。

2012 年 12 月，农业银行自主研发的新一代核心业务系统（BoEing）一期投入运营，标志着农行信息化发展跨入了又一新时期。

2012 年 12 月，农业银行人力资源改革方案全面落地实施，历时六年，全行建立起以市场价值为核心、绩效优先为导向的全新岗位、绩效和薪酬制度。

2013 年 3 月，农业银行制订了《县域青年英才开发工程实施方案》，全面启动县域青年骨干人才的选拔培养工作，通过岗位锻炼、项目实践、任职培养等个性化培养计划，搭建青年英才脱颖而出的成长平台。

2013 年 6 月，农银大学成立，构建起横向覆盖全行所有岗位序列和层级，纵向覆盖各类员工职业生涯的全方位、全过程的教育培训体系。

2013 年 7 月，农业银行提出建设一流现代商业银行的战略目标。

2014 年 3 月，国务院总理李克强视察农业银行辽宁分行营业部，要求农业银行更好地服务“三农”，支持老工业基地振兴，更有效地服务中小微企业、基础设施建设等薄弱环节。

2014 年 4 月，农业银行成立中国—东盟跨境人民币业务中心，首家发布“农银人民币兑东盟货币汇率指数”“农银越南盾指数”，并挂牌人民币与东盟 9 国货币汇率，进一步完善了银行间货币挂牌和交易体系。

2014 年 9 月，农业银行首创研发推出了“超级柜台”新型运营服务模式，开启了银行网点服务客户的新方式。

2014 年 11 月，农业银行印发了《关于建立绿色信贷指标体系暨修订“两高一剩”行业信贷政策的通知》，围绕效率、效益、环保、资源消耗以及社会管理五大类指标，建立了绿色信贷指标体系。

2014 年 11 月，农业银行出台了《支持“美丽乡村”建设服务意见》，进一步创新金融服务，助推宜居、宜业、宜游的“美丽乡村”建设。

2015 年 4 月，国务院正式批准农业银行将“三农”金融事业部改革试点覆盖到所有县域支行，农行全面推开“三农”金融事业部改革的试点，这是农行实现服务“三农”、商业运作相统一的重要尝试。

2015 年 7 月，由农业银行与刚果（布）股东合资新设的全功能商业银行——中刚非洲银行，在刚果（布）首都布拉柴维尔对外营业，这是农行设立的首家中外合资银行。

2015年10月，农业银行自主研发的BoEing（四期）新一代核心业务系统建设工程全面收官，该系统荣获2016年度中国金融行业最佳创新大奖。

2015年10月，农业银行在伦敦上市中资金融机构首单绿色债券。

2016年1月，农业银行创新推出了农民专属个人住房贷款产品“农民安家贷”，这是国内首个专门针对农民群体的个人住房贷款产品。

2016年8月，顺应互联网金融发展趋势，农业银行在福建安溪试点推出了“惠农e贷”，从而踏上了“7×24”小时服务农户的数字化服务之路。

2017年1月，农业银行明确把互联网金融服务“三农”作为全行的“一号工程”，努力实现金融服务的“线上和线下服务一体化”，提高农村金融服务的效率和可获得性。

2017年2月，农业银行印发了《“三线一网格”管理模式推广实施方案》，全面加强党的建设、监督执纪和防范案件风险工作。

2017年6月，农业银行出台了《普惠金融事业部建设实施方案》，设立普惠金融事业部，搭建从总行到分支行的普惠金融事业部组织架构。

2017年7月，农业银行推出了“刷脸取款”业务，用户可以不带卡，只要刷脸就能取款，实现了数字化金融服务的新突破。

2017年8月，农业银行全球法人客户统一授信管控中心（C3C）成功投产，实现了“全机构、全客户、全品种”的统一授信管理，标志着农行具备了集团层面法人客户统一授信和管控的能力，是信贷业务发展史上的重要里程碑。

2018年5月，农业银行人工智能核心系统金融大脑项目（一期）正式通过各项验收测试，初步具备为全行各业务条线提供智能化服务的能力，开启了农业银行AI新时代。

2018年8月，农业银行首次发布了《普惠金融服务报告》。这是连续3年发布小微企业服务报告的基础上，首次发布的这一服务报告。

2018年9月，农业银行首次推出了金融“智慧+”服务。这是农行发展互联网金融的创新和突破。

2018年9月，农业银行个人存款余额突破10万亿元，成为全球首家个人存款规模超过 10 万亿元人民币的商业银行。

2018 年 11 月，农业银行出台了《关于加大力度支持民营企业健康发展的意见》，提出了 22 条措施，着力破解民营企业和小微企业融资难、融资贵问题。

2019 年 1 月，中央纪委国家监委驻中国农业银行纪检监察组成立，拉开了农行实施派驻机构改革的序幕。

2019 年 1 月，农业银行顺应金融科技发展趋势，启动实施了“推进数字化转型再造一个农业银行”的战略。

2019 年 8 月，农业银行印发《加快推进数字化转型人才队伍建设实施方案》，推动建设高素质数字化转型人才队伍，打造至少 4000 名能创新引领数字化转型的复合型科技人才，加强产品经理、数据分析师和科技项目经理队伍建设，培养一支 9 万人左右擅长数字化渠道营销获客的高素质客户经理队伍，有效夯实数字化转型人才基础。

2019 年 9 月，农业银行正式上线农村集体资金资产资源“三资”管理平台，为各级政府开展“三资”管理和乡村治理的行政管理，附加金融服务模块，助力提升乡村治理水平。

2019 年 10 月，农业银行“5G+ 场景”智慧网点品牌正式发布。

2020 年 2 月，农业银行出台了《关于做好脱贫攻坚金融服务工作的意见》，明确在 832 个国家扶贫重点县新增贷款不低于 1000 亿元且贷款增速高于全行，在 4 个定点扶贫县贷款增速高于全行。

2020 年 7 月，农银金融科技有限责任公司正式注册成立，这是农业银行加快数字化转型服务数字经济的重要举措。

2020 年 12 月，农业银行设立 1000 家总行级普惠金融专营机构，普惠金融领域贷款（人民银行口径）余额超过 1 万亿元，服务各类小微企业客户超过 100 万户，成为唯一一家连续 11 年普惠金融领域监管指标全面达标的商业银行。

2021 年 1 月，农业银行召开党建和经营工作会议，提出“以服务乡村振兴为总抓手，全力打造县域金融服务领军银行；以服务构建新发展格局为重点，当好金融服务实体经济的主力银行”两大定位，聚焦渠道建设、大数据应用、业务基础、科技支撑四大领域，以“十大工程”为依托，进一步加大金融科技创新的力度。

2021 年 2 月，农业银行山东阳信支行耿建国、湖南保靖支行龙俊、总行付志强三位同志荣获“全国脱贫攻坚先进个人”称号，江西分行扶贫开发金融部、重庆秀山支行、贵州安顺分行、西藏分行和总行扶贫开发金融部扶贫金融处五个集体荣获“全国脱贫攻坚先进集体”称号。

2021 年 3 月，农业银行出台了服务成渝地区双城经济圈建设工作意见和 21 条差异化支持政策，积极推动成渝地区共建西部金融中心，共同唱好“双城记”，携手共建好“经济圈”。

2021 年 6 月，农业银行正式印发“十四五”规划，提出以高质量发展为主题，突出“服务乡村振兴的领军银行、服务实体经济的主力银行”两大定位，全面实施“三农”普惠、绿色金融、数字经营三大战略，加快建成国际一流商业银行集团。

2021 年 6 月，农业银行出台《关于加快推进绿色金融业务发展的指导意见》，紧紧围绕实现碳达峰、碳中和目标和打造农行绿色金融优势品牌战略定位，对绿色金融业务发展的目标、路径和重点工作进行规划，全面部署支持绿色低碳发展和应对气候变化投融资工作。

2021 年 6 月，农业银行推出掌上银行乡村版和大字版，加快手机银行掌银功能优化，提升智能掌上银行服务能力。

2021 年 6 月，农业银行出台《关于优化调整分行分类管理的意见》，实施分行“五分类”管理，建立差异化的区域资源配置机制，增强分行差异化发展能力。

2021 年 10 月，国家乡村振兴局、四川省人民政府、中国农业银行在四川成都举行共建乡村振兴金融创新示范区启动仪式，围绕巩固乡村振兴成果、现代农业、乡村建设等重点领域，加大投入力度，加快产品创新，满足农业农村不断升级的金融服务需求。

2021 年 11 月，农业银行联合国家乡村振兴局推出“富民贷”产品，首批在 160 个国家乡村振兴重点帮扶县开办，精准支持脱贫地区农民发展生产增收致富，这是农行贯彻落实中共中央、国务院《关于实现巩固拓展脱贫攻坚成果同乡村振兴有效衔接的意见》的重要举措。

后 记

《深耕大地——中国农业银行奋进七十年纪实》的编写工作于 2020 年 6 月启动，2022 年 1 月形成了图书送审稿。在本书编写过程中，我们立足于严谨性和艺术性相结合。在表现原则上，我们力求尊重历史，实事求是，公正客观地反映农业银行历史进程和发展成果；在内容归纳上，我们突出了发展重点、关键点，充分考虑选材代表性和影响力，力求从多侧面、多维度，充分展现农业银行重大改革、历史责任、重要事件、英模典型、感人事迹等；在写作手法上，我们采用综述和纪实相结合的手法，在坚持准确、严谨和简洁原则的基础上，突出了案例的鲜活性、内容的可读性，力求让读者轻松读懂农业银行的总体风貌和文化底蕴。

与此同时，我们坚持“集思广益、博采众长”的原则，注重发挥农业银行各层级、各条线和离退休老干部的作用，努力汇集大家的智慧。为了更全面、准确、生动地展示农业银行改革、发展进程和成就，我们还通过《中国城乡金融报》《金融文化》等系统内媒介，以及部分外部媒体，搜集了大量写作素材，并参考了《中国农业银行史》等多种书籍。我们将收集到的素材进行反复和认真的整理、筛选、鉴别、编辑，去粗取精，精心取舍，有效地充实了图书的内容，扩大了图书的信息量，增强了图书的可读性。

在本书编写过程中，我们得到了总行各部门、各分行和离退休老干部的大力支持和帮助。大家提供了大量的资料和数据，并帮助解决了许多疑难问题，为图书顺利撰写打下了良好的基础。对此，我们向总行各部门、各分行、离退休老干部表示深深的感谢。

这本图书将作为农业银行对外宣传、员工教育、文化建设、资料留存等用途。我们衷心地期待图书能够发挥“记录农行历史、宣传农行形象、展示农行情怀、提升企业精神、激励员工奋进”的作用。

本书难免存在一些疏漏及不妥之处，请大家多提宝贵意见，以便我们在日后图书修订工作中加以改进和完善。

《深耕大地》编写组

2022 年 1 月